CORAÇÕES MORDIDOS

CORAÇÕES MORDIDOS

EDLA VAN STEEN

global
EDITORA

© Edla van Steen, 1983

2ª Edição, 2002

Diretor Editorial
Jefferson L. Alves

Gerente de Produção
Flávio Samuel

Revisão
Ana Maria S. Santos
Arthur R. Esposito

Foto de Capa
Claudia Andujar

Capa
Ricardo van Steen – Tempo Design

Dados Internacionais de Catalogação na Publicação (CIP)
(Câmara Brasileira do Livro, SP, Brasil)

Steen, Edla van.
S826c   Corações mordidos / Edla van Steen. – 2ª ed. – São Paulo : Global Editora, 2002.
                                                  (Coleção múltipla)
    ISBN 85-260-0407-7

1. Romance brasileiro I. Título.

83-0669   CDD-869.935

Índices para catálogo sistemático:

1. Romances : Século 20 : Literatura brasileira   869.935
2. Século 20 : Romances : Literatura brasileira   869.935

Direitos Reservados

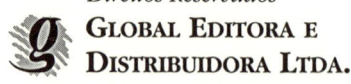

Global Editora e Distribuidora Ltda.

Rua Pirapitingüi, 111 – Liberdade
CEP 01508-020 – São Paulo – SP
Tel.: (11) 3277-7999 – Fax: (11) 3277-8141
E-mail: global@globaleditora.com.br

Colabore com a produção científica e cultural.
Proibida a reprodução total ou parcial desta obra
sem a autorização do editor.

Nº de catálogo: **1407**

O minucioso realismo deste romance de Edla van Steen pode, ao longo da leitura, dar-nos a viva impressão de um mundo concreto, com seus ambientes e personagens extraídos diretamente do real. Numerosas figuras transitam por suas páginas, com a autenticidade de seres colhidos acidentalmente pela objetiva, e que continuarão sua vida, alheios à momentânea inserção na inexistencialidade. Não falta sequer um tom acusatório contra esses paraísos imobiliários que se plantam nas fronteiras do não-ser, nem uma que outra figura malévola cujo molde talvez se ajuste a alguém que toparemos na próxima esquina. A Aldeia dos Sinos fervilha em torno de nós, ocupando um espaço definitivo, mesmo quando, buñuelescamente, entra em decomposição e o mau cheiro pressagia o fim. O romance quer ser lido como romance, e Corações Mordidos o é. Romancista, Edla van Steen não privilegia nenhuma porta de acesso, a leitura pode ser feita pura e simplesmente, sem que o leitor precise munir-se de um guia para atravessar a pequena selva da Aldeia.

É uma opção, e qualquer obra literária vale também pelas opções que oferece. Mas Edla van Steen quis também que este livro pudesse ser lido como um romance que se escrevesse a si mesmo, isto é, como uma ficção criada a partir do mundo imaginário de Greta. O criador dá o sopro inicial e deixa que a criação siga o seu curso. Podemos então, ver Corações Mordidos como uma colagem e como um sonho. As linhas com que se abre apontariam para um reflexo da realidade, o mundo, a vida, as pessoas devolvidos por um espelho manchado. É claro que toda ficção tem sua referência no real, ela afinal de contas é um artifício de transferência. As teorias explicam a forma. O tema da colagem — a certa altura, alguém se queixa de ser visto *como se fosse "um daqueles pedaços de papel de suas colagens" — aponta para a própria estrutura do livro, que quer desenvolver-se de acordo com suas próprias leis, ainda que estas mudem constantemente. Uma destas mudanças é bastante singular, pois Sônia desprende-se da personagem que a cria para tentar penetrar no universo mais íntimo de outras pessoas, oriundas de estratos aleatórios, que são os daqueles de quem ela deseja comprar os sonhos. A criatura sonhada torna-se mais real do que o sonhador.*

Corações Mordidos, em ser fragmentário, incorpora uma grande riqueza de materiais de ficção, cujo único risco é serem de tal modo absorventes que lançam verdadeira trama de galhos e raízes por cima e por baixo do solo ficcional. De repente, a Aldeia dos Sinos passa a constituir-se num mundo-próprio, numa biota, e seus habitantes por sua vez reivindicam segmentos particulares do real. Não só as pessoas se afirmam e se definem, a ponto de uma delas, com um piscar de olhos, apelar para a cumplicidade da escritora. Também os objetos, o ambiente, adquirem grande nitidez — e nisto Edla van Steen é uma das poucas exceções na atual ficção brasileira, na qual os objetos são mais referidos do que tocados, o décor se dilui numa indiferenciação gestáltica.

Assistimos à lenta desagregação da Aldeia dos Sinos e aos esforços, nem sempre bem intencionados, dos que pretendem salvá-la. A misteriosa pestilência que, por fim, a envolve pode antes provir das almas do que dos corpos. E o que arde no final? A casa? toda a Aldeia? o livro? Quando um livro queima, as folhas se dobram sobre si mesmas, numa integração derradeira, as chamas seriam a última leitura. Greta renuncia a seu existir? Na verdade, o fogo liberta o real — cria, e tudo recomeça.

FAUSTO CUNHA

Para Ricardo, Anna e Lea,
Ângela e Marcos,
meus filhos.

Sábato Magaldi,
meu marido.

"Oh, senhor, sabe muito bem que a vida é cheia de infinitos absurdos, os quais, descaradamente, nem ao menos têm necessidade de parecer verossímeis. E sabe por quê? Porque esses absurdos são verdadeiros."

PIRANDELLO

O fato é que Tina vinha se comportando de um jeito bastante esquisito. O gesto que mais intrigava Greta era o seguinte: braços apoiados sobre a pia do banheiro, ficava horas seguidas olhando-se no espelho. Aproximava bem o rosto do cristal, no pouco espaço ainda metalizado, pois a umidade manchava quase toda a superfície, como se quisesse tocar o seu reflexo.

O espelho tinha três divisões, duas das quais ocultavam as prateleiras cheias de frascos e cosméticos. Tina colocava-se apenas defronte da porta da direita, exatamente a mais danificada pelo mofo. Sabe-se lá por quê. Greta chegou a pensar se ela, de alguma forma, não estaria tentando desvendar o futuro na imagem refletida. O que não era absurdo.

Disparatada, isso sim, era a sua instabilidade, de uns tempos para cá. Andava de um lado para outro, suspirava, abria um livro, largava, pegava outro, mais um, ia à cozinha, esquentava café — bebia mais de dois litros por dia —, trazia a xícara para a sala e sorvia os goles devagar, contrariando o seu próprio clima nervoso: provocaria uma pausa interior, um intervalo de si mesma? Depois refazia os mesmos atos, numa aflição de dar pena.

Não agia assim sempre. Houve época em que ambas se divertiam e a mútua companhia era satisfatória. Na primavera, por exemplo, apreciavam passear pelo jardim, subir nas árvores e recolher barba-de-velho, excelente para acender fogo na lareira. Atravessavam então o terreno imenso, carregando as cestas entupidas daquela úsnia seca e soltando boas risadas. Os serões podiam ser agradáveis, também. Jogavam baralho, ouviam música, liam poemas em voz alta.

Em certos períodos, Tina acordava tão contente que Greta a ouvia cantando, enquanto regava ás plantas. Era então surpreendente a sua juventude. Transmitia a alegria de quem tivesse acabado de fazer amor: a expressão suave, a pele fina, um sorriso brando de cativar qualquer um. Havia outros, porém, em que Tina envelhecia repentinamente; a pele tornava-se áspera e a voz saía rouca, uma espécie de grunhido carregado de palavras duras e amargas. Daí, Greta nem a cumprimentava, preferindo se distrair com a televisão. As fases ruins talvez tivessem ligação com a falta de cartas.

Uma das funções de Tina era esperar o carteiro, porque recebia constantemente correspondência e revistas. Greta se encarregava das compras e das retiradas bancárias, já que ela não admitia mais as idas à cidade, argumentando que as frutas e as verduras do quintal supriam suas necessidades. Cumprindo as atribuições assumidas naturalmente, viviam em harmonia as duas. Mantinham o acordo tático de ninguém abordar o passado, e Greta aceitava a restrição de não fazer perguntas sobre as cartas.

Dizem por aí que Tina costumava visitar amigos, dar algumas festas, e que a família era grande e abastada. De que maneira acabou sozinha, ninguém sabe. Greta respeitou o acordo — não tinha igualmente a menor vontade de falar de si. O presente era mais interessante.

Mas Tina deu para sofrer de insônia. Só conseguia dormir de madrugada. Então inventou um sistema curioso de vencer as horas: produzir colagens. Primeiro, recortava revistas. Depois, modificando o sentido original das figuras, ia construindo suas próprias imagens. O retalho de um campo de flores ou de um trecho de mar podia ser transformado em tapete ou em toalha de mesa, ou em simples vaso. Minuciosa e perfeccionista, levava noites e noites preparando a colagem, indecisa com as inúmeras opções oferecidas pelos recortes. A princípio, copiava quadros de Rousseau, Chagall e Marie Laurencin. Mais tarde, desistiu das meras reproduções. As colagens passaram a revelar composições imaginárias.

Greta incumbia-se de mandar emoldurar os melhores trabalhos e pendurava pelos quartos. O quadro que está na sala de jantar é a sua última composição. Uma paisagem surrealista, delicada e rica de colorido: ao fundo, um livro de pé, aberto, insinua uma casa; em primeiro plano, a silhueta de dois pássaros, transportando malas nas asas. Título: Paraíso.

Intimamente, Greta talvez atribuísse àquela colagem toda a mudança de comportamento da amiga. Sem mais nem menos, ela guardou numa caixa a tesoura, o estilete, o vidro de cola, a espátula e nunca mais fez nada. A interrupção da correspondência pode ter sido também fator decisivo. Tina ia esperar o carteiro e voltava desacorçoada do portão.

No começo, Greta não prestou atenção às novas esquisitices, de ficar observando o céu, por horas a fio, à espera do avião das seis. Daí, ela se penteava, pintava e ia às pressas para o jardim, como se pelo portão adentro fosse entrar alguém muito especial. Um noivo ou o pai. Quem sabe? Greta resolveu propor as funções de aguardar o carteiro, quando Tina alternou os gestos estranhos: pegava o retrato de um homem e permanecia com ele nas mãos o dia inteiro, fitando-o completamente absorta. A foto era de um homem sisudo, de cabelos pretos. (Um dia a foto apareceu colada no tal espelho.)

Nunca se referia ao homem pelo nome. Dizia: ele hoje está assim, assado. Tinha circunstância em que ela o via de óculos, mas em outras, sem que soubesse o porquê, os óculos desapareciam. Uma espécie de mágica da memória? Ou então via-o com os olhos fechados, dormindo, e pedia silêncio. O comum, entretanto, é que conversasse com ele. Nesses momentos pronunciava palavras incompreensíveis. Dirigia-se a um

Luís Leoni e se chamava pelo nome de batismo: Cristina.

Finalmente, veio a história do espelho. Era de cortar o coração. Procurava o que, naquele rosto refletido, o quê? — Greta se perguntava ao retirar a bandeja, com as refeições intactas. E pé ante pé sondava, atenta ao menor ruído. Foram três dias e três noites de jejum e vigília. Ela parecia aguardar um milagre — qual?

Até que aconteceu o inexplicável: os olhos de Tina fixaram o retrato com um brilho tenebroso — um brilho de quem estava prestes a sofrer uma metamorfose — e foram perdendo a cor azul. Ficaram pretos.

Tina soltou então uma gargalhada forte, masculina, assustadora.

Na fotografia, os olhos do homem clareavam, os cabelos cresciam alourados sobre os ombros.

Chegaria a tanto uma saudade? — Greta vem se perguntando insistentemente. Certas situações escapam ao entendimento. A atmosfera emociona mais do que os fatos. Em alguns momentos, as criaturas adquirem tamanha individualidade que o importante é se colocar à espreita, procurando decifrar os gestos enigmáticos. Seria justo esse alheamento, esse esconderijo onde Tina se refugiou? — Greta pondera, a caminho da clínica.

Sentada na cadeira, rígida e indiferente, Tina transmitia uma tristeza infinita. Por quê? Greta fez esforço para conversar, trazia notícias de casa, dos girassóis novos que abriram no jardim. Conhecia aquele blá-blá-blá, não é? Mudou de assunto, prestando contas das providências tomadas: o encanamento ia enfim ter os reparos imprescindíveis (as casas velhas são charmosas, mas têm inúmeros problemas de funcionamento), a cerca e o portão seriam pintados como tanto planejaram. Tina não deu a menor demonstração de interesse. O olhar continuava parado, tal estivesse ali apenas de corpo presente, os pensamentos vagando por zonas intransponíveis. Dói ver Tina naquele estado. Greta sente enorme falta da sua alegria e descontração anterior. Uma pena mesmo.

As noites estão frias e estreladas. A lenha crepita na lareira. Se Greta apagar a luz, um fantasma — o homem do retrato? — pode aparecer e abraçá-la pensando que é Tina. Afinal, as duas se confundem fisicamente. E Greta detesta e teme ilusões de qualquer espécie.

Melhor pensar em outra coisa, como a faxina que pretende fazer no porão — ah, a tentação de não escapar à solução fácil das casas com porões misteriosos! A faxina será, deixa ver, na cômoda antiga do corredor? Quem sabe. É uma cômoda colonial, dessas de guardar roupa de padre nas igrejas, tem um nome específico... arcaz? A cômoda está sendo devorada pelos cupins. Greta deu-lhe uma vez umas injeções, depois encerou, lustrou — ficou nova. Tina não permitiu que tirasse as gavetas, alegando que encerravam segredos esquecidos. Precisava ter visto a quantidade de pó de madeira que Greta varreu hoje de manhã... Se a gente não toma atitude, os cupins continuam sua trajetória devastadora no assoalho, que é de madeira também, não é?

Mais dia, menos dia vou satisfazer minha curiosidade — Greta prometeu-se. Tem resistido bastante ao desejo de remexer naqueles guardados. Medo do que irá descobrir, lembrar, inventar?

Talvez devesse começar pelo cenário e não por Tina. O nome do lugar: Aldeia dos Sinos. Soa meio precioso, mas tem sua razão de ser. A iniciativa privada faz o que pode para vender seus produtos e, no caso, o nome de um empreendimento devia ser sugestivo, para promover o local, com muita vegetação, e a igreja em construção. A área era belíssima, cheia de árvores nativas, além dos chorões mandados plantar — por um tio de Tina, o idealizador do projeto —, em volta de um lago artificial.

Racionalmente, a antiga fazenda daria um excelente loteamento. Em especial, pela filosofia proposta de retorno à vida em pequenos núcleos habitacionais, longe da tortura do centro, o homem ganhando sua dimensão real e em contato com a natureza. O insucesso do projeto é incompreensível. Se iniciativas semelhantes tiveram tanto êxito em outros países, por que não aqui?

Bem, isso não tem mais importância. O que vale dizer é que a Aldeia dos Sinos se limitou a uma única rua habitada, a rua das Palmeiras, e ao cemitério, inventado depois que o empreendimento gorou. Santa invenção, porque vai de vento em popa: a renda de Tina foi salva e a condução, na avenida que corta a Aldeia, é farta. Não fosse o Cemitério das Flores, as cinqüenta famílias que se transferiram para cá não teriam condições de permanecer, por falta de transporte.

Olhando-se de cima, a Aldeia é uma imensa zona verde, cortada ao meio pela avenida asfaltada. Do lado direito, aparece um esqueleto da igreja, as ruínas de um prédio de quatro andares e a rua das Palmeiras; as ruas que existiam originalmente foram desaparecendo, por falta de conservação. O mato cobriu todas. Ainda se podem ler algumas tabuletas capengas em um ou outro mourão de eucalipto: rua das Mangueiras, das Araucárias, dos Coqueiros. Do lado esquerdo da avenida, um lago. E o cemitério, que é muito bonito. Em vez de túmulos, em cada lote, delimitado por plantas, vê-se apenas uma placa de concreto, com o nome do morto. Só tem uma construção vertical onde estão instalados os velórios e a administração.

Há alguns anos correram boatos de que a Aldeia era mal assombrada, que os mortos não aceitavam ficar enterrados sob os canteiros, um monte de besteiras. Os moradores não se incomodaram, mas o lugar não se desenvolveu. Que existem algumas anormalidades, não há dúvida. Aparentemente todos se habituaram a elas. Ou será que...

Talvez valha mencionar que a Aldeia foi matéria de reportagens em jornais de São Paulo. Tudo por causa do edifício de quatro andares que inicialmente se destinava aos escritórios da Fortuna, Companhia Imobiliária e Construtora. Como as vendas foram irrisórias, o prédio teve que ser adaptado para oito apartamentos, que logo se venderam. No entanto, a Prefeitura mandou que a construção fosse demolida, pois não atendia às exigências legais.

Acontece que no último andar vive Míriam, uma criatura extravagante, que teima em não sair do prédio. A Fortuna tem feito o diabo para tirá-la de lá, porque enquanto o edifício não for demolido deve recolher multas diárias aos cofres municipais. Ninguém entende o sentido de tanta obstinação. Tina levantou a hipótese de que talvez Míriam estivesse esperando alguém, daí a sua insistência em permanecer. É possível. O problema: a firma perdeu a paciência e, excluindo o apartamento dela, o panorama é desolador. Todas as janelas e portas foram retiradas, e os andares se transformaram em depósito de lixo.

Quando os jornalistas estiveram na Aldeia, Tina sofreu muito, penalizada com a situação da teimosa proprietária, que se negava a aceitar (como os demais) as ofertas de troca da Imobiliária. Míriam não saiu de casa por uma semana, sendo fotografada atrás da vidraça, uma expressão de ódio impressionante. Não houve jeito, os repórteres acabaram desistindo de entrevistá-la. Tina usou de todos os argumentos que podia, era acionista da firma, porém os diretores — gente sem escrúpulos — não quiseram saber de nada. Medidas drásticas foram programadas para breve: uma enorme máquina, uma espécie de trator com guindaste, foi colocada defronte do prédio.

Por acaso as bobagens que diziam da Aldeia seriam mesmo verdadeiras? Uma série incrível de fatos inexplicáveis — sinos que tocam sem mais nem menos, quando a igreja não tem nenhum sino —, o caso de Míriam... Uma aflição para todo mundo. Como se a Aldeia tivesse uma espécie de magia, de maldição.

Às onze horas da noite todas as casas mergulhavam naquele silêncio e escuridão que afligem os insones, principalmente Greta e o homem do outro lado da rua, que igualmente não dorme cedo.

Chama-se Camilo. É alto, nariz largo, pele escura. A barba e o bigode são brancos, com alguns fios negros. Deve beirar os setenta anos. Mora com um menino aleijado, que não pode deixar a cadeira de rodas, débil mental. Greta costuma visitá-lo de vez em quando, porque Ivo, o menino, fica muito alegre. Emite sons indescritíveis. Podem ser gemidos? Não. Também não são grunhidos. Sons estranhos. Camilo, nessas ocasiões, serve licor que ele mesmo prepara, para acompanhar o pequeno bolo que Greta se habituou a levar. Não têm empregada, porém a ordem lá dentro é impressionante. O chão, um espelho.

A casa foi destinada a outros moradores — Tina andou explicando — um casal jovem, animado e barulhento, que dava festas até de madrugada, incomodando a todos. Ninguém agüentava aquela orgia. Um dia eles sumiram no mundo e mais tarde é que o homem e o menino chegaram. Pelas manhãs, o dia estando bom, saem a dar uma volta na rua: o mais velho empurra a cadeira com dignidade de quem está passeando numa rua de Paris. Usa lenço de seda no pescoço e transmite um quê de solenidade nos passos lentos. Se alguém lhe dirige a palavra, não vai além de dois dedos de prosa e continua o passeio. Uma vez ou outra aparece um parente: a filha? Podia ser. Greta sempre a surpreende de costas, porque desce do carro e entra logo, sem olhar para trás. Ontem, Camilo disse a Greta uma frase que a deprimiu: "Eu tenho um medo pavoroso de morrer, por isso durmo pouco. Quem vai cuidar do meu menino?"

Por que será que alguém elege amigos, prefere este àquele vizinho? — Greta pensou. São poucas as pessoas da Aldeia e ainda assim escolhe apenas algumas, como se as outras não merecessem atenção.

Os moradores do 508, por exemplo. Uma família comum, aparentemente bem constituída, cinco filhos. O homem se chama Antônio, tem uma loja de colchões. Sai cedo, nunca almoça em casa, e aos domingos gosta de tirar uma soneca no jardim, com travesseiro e tudo. Só Deus sabe o tipo de satisfação que encontra em deitar na grama daquele jeito. A mulher, Jane, vive limpando a casa, varrendo a calçada. Leva uma vidinha calma. Deixa as crianças no colégio, volta, quando dá cinco horas vai pegar os filhos porque, por enquanto, apenas o mais velho se locomove por conta própria. Com exceção de uma das meninas, que é estrábica, são todos bonitos e saudáveis: um dos garotos tem uma falha na sobrancelha, provavelmente causada por alguma queda ou corte. Nada demais. As crianças dão colorido especial à rua, se estão a andar de bicicleta ou a brincar de amarelinha com os amiguinhos do 531.

Antônio é o atual síndico da Aldeia. Cobra impostos, zela pela conservação da rua, mantém a comunidade em ordem. A maior dificuldade dele, no momento: convencer os moradores a assinar um requerimento solicitando à Prefeitura mudança de numeração das casas, antes que seja eleito o novo síndico. A idéia partiu dele, que é uma dessas pessoas que têm orgulho em ser prestativas. Não se justifica uma rua começar com o número 500 e acabar com 600. Se os planos não deram certo e houve a interrupção do desenvolvimento no outro lado da avenida, onde a numeração devia supostamente começar... O homem tem motivos de sobra para querer a alteração.

Greta vai até a janela. A Aldeia dorme. Menos Camilo, que assiste à tevê: o quarto tem aquela luz fria, um pedaço de lua caído lá dentro.

E... surpresa! Sônia, a vizinha da direita, está com a luz da biblioteca acesa.

O motorista chega todas as manhãs na hora certa. Desce do automóvel preto — não sabe a marca, mas provavelmente é um carro antigo, porque não há iguais pelas ruas da cidade — e, depois de abrir a porta, posta-se em atitude de espera. Não entra na casa, não toca a campainha. Simplesmente deixa-se ficar ali, no seu terno escuro, a camisa branca impecável.

Sônia vai aparecer logo em seguida. Se estiver de bom-humor, cumprimenta o chofer com um sorriso. Se não, entra apressada, de cabeça baixa, colocando-se no lugar de costume. Em geral, as pessoas sentam-se do lado direito para ter a visão livre. Ela, entretanto, escolhe o assento atrás do motorista.

O chofer, de idade indefinida, tanto pode ter cinqüenta ou sessenta anos, liga o motor mansamente, engatando as marchas com suavidade. Deve ter um carinho particular pelo carro.

Não se falam no trajeto, a não ser que Sônia lhe dirija a palavra. O que às vezes ocorre. Mas o comum é que ela pegue um livro e mergulhe nele até a parada final, o edifício de consultórios médicos.

Até hoje não se tem certeza a quem pertence o carro. Tanto pode ser dele quanto delas, de Sônia e da mãe. O mais provável é que ele seja o dono. Talvez o tenha comprado das duas. O carro não dorme na casa; ele o traz diariamente. Por outro lado, não tem jeito de ser o proprietário, pela maneira de servi-las. Entra pela porta dos fundos e, quando não carecem de seus serviços, permanece sentado ao volante, horas seguidas. Ou gruda numa flanela e lustra pacientemente o capô, assim como quem está acariciando uma foca.

A Sônia compete abrir o consultório, mas, se o Dr. Bóris não tem operação, chega antes dela. Dizem que convidou a sobrinha para trabalharem juntos, logo que ela entrou para a faculdade. E lastima profundamente que tenha desistido do curso. Tão dotada para a pediatria! Jamais entendeu também o porquê de aceitar aquela função inferior de ser sua assistente, há tantos anos. Poderia ocupar posições mais importantes, ou, o que seria mais lógico, com o dinheiro herdado do pai, viajar pelo planeta sem a menor preocupação. Existem pessoas que não sabem aproveitar o que têm — repete constantemente, acompanhando a frase com um movimento de negação, o que provoca o riso da sobrinha. Gostava do consultório e nada lhe dá mais prazer do que os livros — o tio devia compreender. Por que não lia no trabalho? Ora, se coisas aprendera com o tempo, uma delas era não esbanjar leitura sem assimilação completa. As tentativas de voltar a trechos interrompidos representavam quebra de emoção. Se uma cliente chamasse para marcar hora, levaria alguns segundos para sair de uma atmosfera e entrar em outra, o que não ficava bem — o tio não concorda? Memória curta, os livros eram usufruídos no ato da leitura, nem mais nem menos. Chegou inclusive a reler cinco ou mais vezes alguns deles sem que houvessem perdido o sabor, pois, ainda que estivesse familiarizada com os temas, não se recordava das minúcias...

— Interessante a observação — o médico resmungou, convicção íntima de que a sobrinha estava se tornando um pouco enfadonha. — E de cinema, você não gosta?

Não, não apreciava imagens sucedendo-se tão rapidamente. Os filmes provocavam pensamentos depois de consumidos e ela, ao contrário, preferia pensar durante o desenrolar dos acontecimentos. Se é que se explicava direito. Além disso, os livros, nas prateleiras, podiam ser aproveitados em mais de uma oportunidade.

— Bem, minha cara, já vou indo, da próxima vez continuaremos a excelente conversa. Lembranças a Elisa. Venham jantar conosco, um domingo desses.

Ela fecha as janelas, limpa os cinzeiros, desliga o esterilizador e pendura a roupa branca. Depois, seleciona as fichas de consultas para o dia seguinte.

Cútis clara, cabelos presos na nuca, numa espécie de birote, alta e esguia, Sônia lembrava a figura de Ingrid Bergman. Porém, como ela própria não freqüentasse cinemas, o pormenor passava despercebido. E a verdade é que não dá valor à aparência: cara lavada, roupa discreta.

— Quem é a dona de óculos? — o homem perguntou ao porteiro.

— Trabalha no sétimo andar. Desista — cuspiu — é uma perfeita múmia.

— Peguei o elevador com ela. Dá pro gasto — o homem piscou, esticando o pescoço para ver se a encontrava na fila do ônibus. O que viu, Sônia entrando na limusine e o motorista a fazer os gestos de praxe.

Neste percurso ela se limita a apoiar a cabeça no vidro ou no encosto. Em certa ocasião o chofer tentou saber em que ela pensava, assim tão tristonha. A primeira reação de Sônia foi a de não responder. No entanto, deve ter se convencido de que ali, na sua frente, estava alguém que a conhecia desde criança. Merecia respeito. Não estava triste nem pensando, dormia — deu a resposta e voltou a cabeça à posição anterior.

O motorista se desviou de outro carro, que entrava na contramão, tomando, sem querer, uma ladeira inclinada. Um incidente banal que viria a propiciar-lhe uma exclamação: no horizonte percebia-se, nitidamente desenhada, uma linha vermelha. Teve ímpetos de acordar sua passageira para que ela não perdesse aquele espetáculo da natureza. Ele gostava muito de paisagens, e aquela faixa reta, espremida entre duas superfícies escuras, era de uma beleza incalculável. Como se tivesse durado apenas o tempo exato para que ele a notasse, a mancha rapidamente perdeu a intensidade. A noite ia se instalar de todo, a menina que dormisse seu sono tranqüila.

Mas Sônia não dorme. Uma idéia rodando na cabeça: comprar sonhos. Absurdo? Nem mesmo original. Leu metade de um conto, uma tarde, enquanto aguardava para ser atendida pelo dentista. "O homem que comprava sonhos." A leitura fora interrompida e, quando o tratamento terminou, a revista tinha sumido da sala de espera. E ela nem sabia o nome do autor. Daí em diante nunca mais leria nada que não pudesse acabar — prometeu-se —, a vontade da compra de sonhos retornando continuamente. Planejava e planejava a imitação do conto sem, entretanto, se decidir. Existiriam, de verdade, vendedores? O que faria o comprador com o material? Se mandasse publicar um anúncio idêntico nos jornais da cidade, o que aconteceria?

Uma das características da personalidade de Sônia era prender-se a tudo, obsessivamente. Houve época, por exemplo, em que caía de amores por personagens lidos. Não conseguia nem aceitar novo protagonista, apaixonada ainda pelo último, com a irredutível intenção de o manter vivo dentro de si. Empilhados na mesa do quarto, os volumes esperavam a paixão arrefecer. Gatsby ficou bastante tempo na fila. Valeu a pena, ela lhe dedicou intensidade extraordinária. Raro, se bem que acontecesse, encantava-se pelos autores. Nesse caso, corria para a Biblioteca Pública na hora do almoço, a maçã comida às pressas, a procurar mais e mais informações. Ah, se os autores fossem tão substanciosos em informações quanto os personagens por eles descritos.

Quem não se conformava com o vício de Sônia era Elisa, que não podia entender a filha, por mais que se esforçasse. Há quase quinze anos via dolorosamente seu alheamento do mundo social. Antes ela não era assim. Criar uma filha para aquilo, em vez de casar-se e dar-lhe netos — não é, Greta? Preferia que fosse volúvel, namoradeira, qualquer coisa, menos maníaca por livros. Credo.

Elisa andava falando sozinha, coitada, tão solitária após a morte do marido. A televisão era uma das suas diversões na vida; a outra, jogar paciência, ou servir chá com biscoitos para as vizinhas, às quartas-feiras.

Sônia jamais participava dos chás, chegando no momento das despedidas. Hoje, entrou direto para o quarto, sem cumprimentar as visitas. Tinha trabalho, a redação de um anúncio, não ia perder tempo com as malditas mulheres — a mãe que desculpasse —, fechou a porta violentamente.

Nessa noite, Greta notou que Sônia estava fechada na pequena sala, a escrever. Devia optar pelo texto simples e direto? "Compro sonhos. Entrevistas aos sábados e domingos, das 8 às 18 horas."

Depois, fechou a casa e deitou-se vestida mesmo, adormecendo instantaneamente.

Quinta-feira. Dia de ir à clínica. Aniversário de Tina — ouviu o som insistente da buzina.

— Já vou — acenou para a vizinha.

Não fosse a carona de Sônia, nem sabe o que ia fazer para carregar o bolo de chocolate. Podia segurar o prato e dirigir o carro ao mesmo tempo? — bateu o portão.

— Bom dia, Sônia. Você deve ter ido dormir tarde...

Sônia mostra a redação do anúncio. Greta elogia o plano, que considera sensacional, mas pondera que talvez não apareçam muitos vendedores, a distância um dos obstáculos.

— Quem tem vontade, encontra — ela reagiu. — Além do mais, indiquei a linha do ônibus, o ponto da descida. Você não acha o cemitério um ótimo guia?

Greta concorda, desejando sucesso. Normalmente a vizinha não aprecia bater papo fiado e esta manhã está com toda a corda. Fala engatando um assunto atrás do outro; a provável demolição do prédio, a escolha do futuro síndico, quem seria?, a manhã friíssima. Ou era muito doida ou muito corajosa aquela mulher. A experiência de leitora que testa a criação, repetindo-a, era de causar inveja e admiração em qualquer um. Quantos não teriam pensado nisso?

— Você pretende aproveitar os sonhos? — pergunta.

Sônia sacode os ombros, com ar de pouco caso.

— Não sei.

Greta insiste.

— Devia. Vai conseguir um material incrível, se alguém aparecer. As chances de conhecer gente interessante são tão raras... Milhares de vezes ouvi histórias contadas que lamentei não fossem escritas.

Sônia alisa, indiferente, a saia preta. O pulôver branco de tricô realça os cabelos castanhos.

— Sabe o que eu penso, Greta? Se eu tivesse realmente talento já teria escrito alguma coisa séria. Tive pretensões intelectuais, numa certa época — fez uma careta feia. — Aos quinze anos namorei um poeta. Discutíamos horas a fio um livro. Ele queria que eu fosse a Jane Austen nacional, imagine. Nesse tempo morávamos no interior e fazíamos planos de escrever juntos, quer dizer, a quatro mãos. Um dia ele ficou doente. Eu lia alto para distraí-lo. Morreu em seis meses. De leucemia.

Greta quase agradeceu a confidência. Quem diria. Todos nós temos nossos motivos para ser o que somos.

— Você ainda tem tempo, Sônia, e uma boa oportunidade na mão.

— Esquece. Graças a Deus nem todo mundo é artista. Do contrário, quem ia exercer as outras profissões?

O motorista parou o carro. Greta se despede da vizinha com um beijo. Alguns raios de sol infiltram-se pela neblina. O dia junino promete ser resplandecente. Como ontem.

Míriam também saiu cedo da Aldeia. Neste momento está voltando para casa. Faz um frio de rachar e na vastidão dos cruzamentos o vento gelado é ainda pior — aguarda o sinal de trânsito fechar. Os carros, quando passam correndo daquele jeito, são tão violentos que às vezes derrubam a gente, puxa.

De costas, com o chapéu de abas caídas, a pelerine surrada, meio capenga, botas gastas e tortas, é uma figura desconcertante — Greta observa, ao vê-la com o frango apertado contra o peito, enquanto a outra mão tenta proteger a capa, que insiste em voar.

Agora Míriam vacila, mas escolhe a viela escura que encurtará caminho para o ponto de ônibus, a expressão desarvorada de sempre. Uma expressão de quem não está certa se vai ser capaz de emitir um sorriso. Ou de quem tem medo de se mostrar uma pessoa? Nunca se sabe quais são os medos individuais. Pela maneira com que Greta a está seguindo — podem bater um papo no trajeto de volta — é até razoável que sinta medo. Apesar de que, para viver naquele prédio feio, sujo, inacabado, sob ameaça de demolição, com ou sem ela lá dentro, deve ter caráter, céus, que caráter.

Quem é Míriam, de onde veio, como vive em pleno século XX com aquela roupa de antiquário — são questões que alimentaram longas conversas de Greta e Tina. Nas várias tentativas de decifrá-las, pensaram na possibilidade de ser bilheteira de cinema.

— Não sei por que as bilheteiras de alguma forma me comovem — Tina disse.

— Ela quase não sai de casa, não pode ter essa profissão.

Greta muniu-se de coragem e foi visitá-la: estava bordando camisinhas infantis.

— Com que capricho enchia os ramos de margarida, no linho, Tina, ponto cheio nas pétalas e nas folhas, uma perfeição. Ela trazia o tecido bem próximo dos olhos, assim, ou se curvava sobre ele que nem uma planta murcha. Fiquei fascinada como conversava comigo e com os seus três bonecos ao mesmo tempo. Uns bonecos maravilhosos. Um se chama Horácio, bebê gorducho, de fabricação alemã, do século XIX, acho. Veste uma encantadora roupa de veludo, com botões de madrepérola. Daisy é uma menina tipicamente francesa, uma camponesa que tem um capuz enfeitado de galões. Ao contrário do bebê, com o corpo e os membros de pano, os braços e pernas dela são de cera, naquela cor dos bonecos antigos, sabe, quando não se usava o corante rosa. E, a mais incrível, Elisabeth, uma senhora inglesa, que é provavelmente dos anos mil e oitocentos. O traje malva indica alguém que está pronto para ir a uma festa numa corte qualquer. O vestido é de cetim perolado, com enfeites de renda. Uma renda fantástica. A cabeça, levemente inclinada para a direita, o leque e as luvas dão uma impressão de... sei lá, uma impressão sonhadora. São lindos os bonecos, Tina, só vendo. Ela disse que eles lhe fazem companhia, que Horácio gosta de frango, Daisy prefere sopas e que Elisabeth come saladas.

No meio da viela, Míriam olha para cima, franzindo a cara: a nesga de céu azul e luminoso entre os edifícios é quase provocação — vira-se uma, duas vezes —, alguém a seguia. O coração dispara descompassado. Um ladrão? Apressa o andar. Súbito, pára: o espelho da vitrina talvez mostrasse quem... Acelera o passo de novo, em direção à praça, cortando-a pela alameda central. Em outra circunstância talvez sentasse num daqueles bancos e ficasse admirando os patos a nadar no lago. Hoje não dá. Porque não é a primeira suspeita de perseguição que tem. Há dias sente um calafrio no corpo — corre e entra no ônibus.

As vizinhas conversaram pouco nos vinte minutos do percurso de volta. Míriam ainda apertava o frango contra o peito.

— Está gostoso, assim quentinho. Horácio vai lamber os beiços.

Greta concordou. Devia ser um calorzinho gostoso mesmo. Alguma coisa na memória trazia até ela uma sensação análoga à que a amiga experimentava naquele momento. Quando? Como? Falaria disso na próxima ida à clínica. Por enquanto, melhor pensar se vai ou não abrir o tal arcaz. Tão simples, basta se decidir. Nem chave precisa. Observa Míriam: o nariz é fino, o pescoço longo, mas as mãos são grosseiras com aqueles dedos curtos e as unhas roídas. Nota que o rosto tem uma cor amarelo-pálida, esfumaçada, de pele sem viço. Os lábios são dois riscos magros e o olho, visto daquele ângulo, uma esfera inquieta na órbita. Está espantada com o quê? Lá fora o dia se põe rapidamente.

— Cinco horas e já escureceu.

A outra não tomou conhecimento. Greta lembra-se vagamente de Tina ter dito, uma vez, que escreveu um diário do internato, uma espécie de relatório secreto — será que está... Mencionou também que chegou a aspirar ser freira. Qual foi a menina de colégio religioso que não quis um dia ser freira? — Greta argumentou. Todas quiseram ser noivas de Cristo por exacerbação mística. Tina sorriu misteriosamente. Tinha verdadeira mania de encerrar-se, num sorriso, como se dissesse não-vou-falar-mais-nada. Você-não-me-entende. Por-que-eu-tenho-que-ser-aquilo-que-você-imagina-que-eu-sou?

Ela nem precisava falar. Conhecia aquele sorriso.

Terminado o jantar, Greta ligou a televisão, sentindo um peso sombrio na sala. O vento frio entrava pelas frestas do assoalho. Desligou o aparelho e foi buscar a manta escocesa para embrulhar as pernas. No corredor, deu com a cômoda. Por que não esta noite? Estou com preguiça, amanhã talvez. Mas o que custa? Não vou me deter em nada. Pego as folhas amarradas com a fita azul — imagine que se recordava de um detalhe tão especial. Claro, ora, vira inclusive uma foto de Tina, aos dez anos, com a fita no cabelo. Onde andava a bendita foto? No álbum. Cadê o álbum? Por aí. Então, está bem. Vai abrir as gavetas e procurar o calhamaço sem fuçar mais nada.

O *Réquiem* de Mozart encheu a casa e ressoou na Aldeia. Greta pegou uma garrafa de vinho e sentou-se, no sofá, embrulhada na manta.

Retrato íntimo à procura de identidade: 1963 — Greta pasmou. Aquilo foi escrito quando Tina estava com 25 anos. Não era, portanto, um diário.

Estou morrendo de medo de ir para o colégio. São sete horas da manhã de um dia frio, muito frio. Primeiro de março de 1945. Nunca mais esqueço esta data. Visto o uniforme — saia preguedada, blusa gênero marinheiro, a gola dura de goma, boina, tudo azul-marinho, menos as luvas e as meias, brancas.

No espelho, vejo uma menina de sete anos, cabelos louros, escorridos, olhos esbugalhados de pavor.

Examino o quarto pela última vez: a cama está arrumada com a colcha cor-de-rosa. É um quarto bonito. Sentirei falta dele e das bonecas também. Estão guardadas no armário, exceto a recebida naquele Natal, a minha predileta, que dorme no berço. É parecida comigo, por isso tem o meu nome. Beijo-a como quem se despede de uma filha. E sinto um nó na garganta.

O resto, interessa? A cozinha. Abro a porta — minha mãe acaba de embrulhar uma maçã. Taier novo, preto. Cútis de porcelana. É linda — penso, ao entrar no táxi.

Não olho para trás, domino a casa, nem ouço as recomendações que ela me faz e que sei de cor. O que me importa, é reter a imagem de minha mãe. Estamos de mãos dadas: a minha mão um passarinho dentro da outra. As mãos de minha mãe cheiram a vaselina. Certo, vaselina não tem cheiro, mas eu aspiro o odor esquisito daquele creme transparente. Uma fragância transparente, pronto.

Voz cadenciada, de uma sonoridade doce. Um riso cristalino. Mesmo de longe o riso de minha mãe me protege. Engraçado isso. Sempre que me lembro dela, está rindo. O coque na nuca expõe o seu rosto completamente. Um coque redondo, vazio no meio.

"O colégio é aquele prédio no alto, à esquerda, está vendo?" — ela apontou. Demorei a me debruçar na janela do carro para enxergar o edifício. Quando consegui, ele contornava um muro, onde a hera densa subia pela pedra para ir espiar do outro lado.

Desci do táxi, confusa. Um monte de gente entrava no convento. O motorista carregou a mala escada acima. Olhei para dentro: na penumbra, não distinguia feições, apenas contornos sombrios. Penso em dar um grito e sair correndo. Só não dei porque a freira gorda se acercou de nós, mansa, um gato traidor. Não entendo o que ela e minha mãe dizem: estou surda e paralisada de medo. Aliás, há um sussurro baixo, igual ao que se escuta nos velórios. Pelo menos, muito semelhante ao murmúrio que notei no enterro de vovó, no ano passado. Se estivesse viva, eu não iria interna de jeito nenhum. Ela cuidaria de mim, enquanto mamãe fosse trabalhar, tenho certeza. Minha mãe sorri toda gentil para a freira, mas percebo que seus lábios tremem.

De repente, um sino toca agudo e penetrante, logo acima das nossas cabeças. Todos na sala se retesam em expectativa. Como se ali, naquele exato momento, algo muito especial fosse acontecer.

Mamãe aperta minha mão com força e meus olhos se enchem de lágrimas: o passarinho ia morrer sufocado. Procuro encará-la firme — você-não-devia-me-deixar-aqui-por-favor-me-leve-embora. Alguém se movimentou e um raio de luz iluminou-lhe o rosto. Nos olhos azuis, naqueles olhos inacreditavelmente azuis, a tristeza cintilava úmida. Engulo a recriminação e me agarro, desesperada e contundente, ao seu pescoço.

Greta parou de ler, emocionada também. Preciso de um gole de vinho — pegou o abridor de garrafa. Detesta beber sozinha, mas esta noite está com Tina, presente através do relato. O curioso no texto manuscrito a lápis, com letra miúda e nervosa, é a contenção, o despojamento repentino na maneira de escrever. O que nada tem a ver com Tina — ou tem? — que fala de si como se estivesse construindo a identidade de um personagem. Isto é bom ou ruim? Não sabe. Há um quê de distanciamento brotando daquelas páginas... E aqui cabe outra pergunta: em que circunstância emocional estava escrevendo? Retrato íntimo: verdadeiro ou ficcional? A casa é a mesma. Talvez pudesse aproveitar para descrever a arquitetura... Isso o que ela, Greta, faria, Tina, não. Ela agora está no colégio. Se alguma descrição houver, deve ser... O gole de vinho tinto aqueceu o estômago e trouxe sangue para a alma.

A construção: um enorme quadrado com um pátio no centro. Não sei julgar a arquitetura. As grades nas janelas projetam uma funesta atmosfera de opressão. As paredes são amareladas e as portas, de madeira natural, envernizadas. Numa das faces, situam-se as salas de aula; na outra, os dormitórios, os banheiros, a cozinha e o refeitório; a terceira é domínio das freiras e das noviças, além de abrigar o serviço de lavanderia; e, na quarta, localizam-se a secretaria e o parlatório, com ligação direta para a capela; o subsolo é destinado ao orfanato e o andar superior foi reservado para os consultórios médico e dentário e residência do Padre Ferdinand, responsável pelas missas diárias e pelas lições de catecismo.

Admiro o padre e seu sotaque francês. Muitas vezes vou sentar-me com ele, sob a figueira do pátio ou na varanda que o circunda, para escutá-lo falar da França, quer dizer, de Avignon. Não, não tem saudades de sua terra, em absoluto. Tem saudades, isto sim, da paisagem francesa.

Os dormitórios: cinqüenta camas separadas por mesas-de-cabeceira. O espaço é insuficiente para as internas maiores se ajoelharem e, no escuro, trocar o uniforme pela camisola. Rezando ave-marias, tiram-se as mangas, depois a blusa, enfia-se a camisola e, por fim, solta-se a saia no chão. Luz acesa, pen-

duramos a roupa no armário e escovamos os dentes. Tudo cronometrado.

Ah, que curiosidade de ver a Irmã Olga — a mesma que me separou em prantos de minha mãe — se despir. Ela possui um canto isolado por uma cortina, que corre numa armação de ferro. Uma freira de bochechas coradas, bonachona, simpática. Luzes apagadas, da cama eu ouvia a Irmã deixar cair as saias, que eram três. Quem sabe fosse por isso, pelo número de saias usadas e não pela falta de banho, que tivesse aquele cheiro acre tão insuportável. No verão as freiras fediam.

O hábito: comprido, preto, de lã. Na cabeça, uma espécie de touca branca que desce pelo pescoço e termina em grande babado sobre o peito. Um véu preto é preso na touca por um alfinete, um ponto luminoso na opacidade geral.

Nunca ouvi a Irmã Olga se pentear. Acho que ela raspava os cabelos. Porém aguardava o som da dentadura cair no copo d'água: em poucos minutos um ronco forte ecoaria no dormitório, cobrindo as camas como se fosse uma rede.

Pobre Irmã Olga. Não gostaria nada do que foi dito — Greta pensa. Um dado espantoso: a insistência de cheiros na infância de Tina. Adulta, é completamente desprovida de olfato.

Sete anos. Penso em mim e tenho vontade de chorar.
Oito anos. É meu aniversário. Atravesso o pátio na carreira e subo as escadas de três em três degraus. Puxa vida, a Mère me permitiu sair. Uma bruta deferência.

Mamãe e eu vamos ao cinema. Quando crescer quero ter um namorado bonzinho como o Van Johnson. E ser meiga e carinhosa como a June Allyson.

Nove anos. Uma nebulosa. Por que a cronologia? Bobagem. Em todo caso, colocarei nesta idade a fase mística, que poderia ter sido aos oito ou aos dez, indistintamente.

Numa das freqüências solitárias à capela, eu me dedicava a elas ultimamente, senti uma presença estranha — alguém me observava? Arrepiada, couro cabeludo repuxado, não tinha coragem de averiguar. Hora de recreio. Talvez outra menina buscasse paz no silêncio da capela? Virei para trás: ninguém. Eu, que nunca rezava, me concentrei nas orações com fervor. Alguém estava lá e se escondia, disso estava segura.

De repente, um senhor se aproximou de mim. Era um homem distinto, de terno e gravata, chapéu na mão. Um homem compreensivo. Por qualquer motivo, considerei sua fisionomia familiar. Ele permaneceu de pé, no corredor, como se me conhecesse realmente e aguardasse um convite para sentar. Encarei-o estupefata, incapaz de formular uma só palavra. Então ele me acariciou a cabeça. Um carinho suave, delicioso — fechei os olhos. Ao abrir, ele tinha desaparecido.

Aquilo me impressionou. Perguntei à freira do parlatório se vira alguém entrando na capela. Não, não vira. Eu devia ter sonhado.

Retornei ao banco, intrigada. Teria sido uma alucinação? — quase indaguei a São Judas Tadeu. Daí reparei que o rosto dele tinha um quê do homem de há pouco.

Por todo aquele ano compareci à capela assiduamente, na esperança de que o acontecimento se repetisse, que o homem voltasse. E descobri que desejava ser freira — afirmei abertamente para a Irmã Ofélia, a professora de música. A partir disso nos tornamos amigas e mantivemos longas conversas sobre a minha indiscutível vocação.

Sempre demonstrei preferência pela Irmã Ofélia. Talvez porque tocasse piano, talvez porque, voz corrente, tivesse entrado para o convento por desencanto de amor. Um dia perguntei se o boato era verdadeiro. Ela me deu um sorriso doce e não desmentiu.

Tempos mais tarde, já distante do colégio, encontrei uma foto de meu pai. Localizei, enfim, o homem da capela.

A visita imaginária foi a única que ele jamais me fez.

Greta toma mais um gole de vinho. Conseguirá abordar a falta que o pai lhe fez? Terá algum ressentimento? Ou simplesmente encara o problema sem dramatizar? Nota que o *Réquiem* parou. Levanta-se e vira o disco — há quanto, rodando daquele jeito? Vai até a janela. A Aldeia está encoberta pela neblina. Sinal de sol amanhã — volta a sentar-se.

Dez anos. Fico as férias de julho no internato. Me revolto contra as injustiças do mundo e contra Deus.

Em agosto, na primeira saída, abro o armário — as bonecas continuam sentadinhas na prateleira. Cristina cresceu, o pescoço tão torto... Fixo as bonecas com desprezo e arranco a fita que uso no cabelo.

Constantemente resvalo na tentação de mentir — mentir para mim? — e devo reconsiderar as lembranças vindas à tona. Não seriam delírios?

Um fato não posso negar: naquele colégio aprendi a mentir. Mentia por medo. Um medo doentio. Tudo era pecado. Inclusive roer unha. E eu comia unha até sangrar. Sabonete diretamente na pele, um erro que era obrigatório confessar e que nunca foi. A norma: entrar no chuveiro de camisola, porta do box aberta. A gente ensaboava a camisola, de tecido tipo fralda, com a trama espaçada, sob a vigilância da guardiã do banheiro.

— Esqueci a toalha, noviça, pode pegar, por caridade?

Cada quarta e sábado, os dias de banho, cabia a uma das internas solicitar algum objeto. Ela dava as costas e nós ensaboávamos a pele. Ainda agora não sei se a noviça desconfiava do truque. Provavelmente também mentisse que nada percebia. Provavelmente.

Uma noite, voltávamos da missa diária, a caminho do dormitório. Eu tinha mais ou menos onze anos. O Padre Ferdinand acabara de pregar um sermão assustador, a respeito dos pecados da carne. Saí da capela aterrorizada, pois em conversa com as meninas mais velhas adquiria noções de sexo. Dormir, com aquele pânico? Sonhando se pecava contra a castidade. Sonhando!

Na época, andava cismada de que minha mãe planejava se casar novamente. Mandava chocolate e doces, que eu recebia com ódio no coração, em vez de vir me apanhar nos domingos de folga. Acordada ou dormindo, eu construía visões tenebrosas de minha mãe a amar um homem — a viuvez, uma provação para toda vida. Pelo menos no meu entender.

Durante o sermão do padre, um suor gelado corria pelo meu corpo trêmulo. Como se eu estivesse com febre.

Pretendi contar minha aflição a outra menina, na fila, onde era categoricamente proibido falar. A freira virou-se para trás, indignada.

— Quem está falando?

Diante do tom autoritário, não confessei. Calei a culpa e, ainda por cima, recomecei o assunto. Um medo pavoroso do que o Padre Ferdinand dissera: mãos deterioradas pela lepra, lábios cobertos de ferida, um verdadeiro desenrolar de doenças horrendas. A Irmã Olga não duvidou em me aplicar a penalidade prevista. Escrever, antes de dormir, cem vezes a frase "não devo falar na fila".

Entre os dormitórios, existia uma carteira destinada a esses castigos, apelidada "a forca". Após as orações, de roupa trocada, enfrentei sozinha o corredor da morte. Pálida de pavor. Um corredor comprido e ermo.

Escrever cinqüenta frases não custava tanto, porém as outras... doía nos dedos e na alma. Eu me distraía à toa, as palavras interrompidas continuamente, ora pelas batidas de leve no vidro da janela — alguém queria entrar? — e que me provocavam uma taquicardia medonha — um galho de figueira — suspirei aliviada, ora pelo ronco da Irmã Olga, que aquela noite não me abrigava, pelo contrário, me intimidava. Parecia o coaxar de um sapo — abri o basculante. O vento frio de junho refrescou meu rosto em fogo. Ao longe, o trem corria iluminado. Escrever a coluna do "não" inteira podia ser menos angustiante do que a frase completa. Experimento. E se eu fugisse naquele trem? Órfã de pai e mãe, sem colégio, sem amigas, sem nada, desaparecendo no mundo? Todos se arrependeriam, a freira, mamãe, todos. Idealizei minha figura: andrajosa, suja, irreconhecível. A histeria manchando o papel, borrando a tinta. No momento que eu iniciava a coluna da "fila".

Fui obrigada a refazer a página. Ignoro quanto tempo levei para terminar a punição. Sei que sofri por longas e intermináveis horas — o horizonte clareava ao me deitar?

Caí doente por uma semana. Cumprira o castigo às vésperas de uma cachumba violenta.

Se os mais velhos e os educadores entendessem que a criança tem memória, talvez o convívio humano fosse menos difícil — Greta sentenciou para si e serviu-se de mais vinho. O segundo copo. Precisava mudar o disco, que é angustiante. Ela não está morta, ainda, para tanto *Réquiem*. Ou será que... Chopin. Estudos para piano. Homenagem a um grande pianista — tim, tim: Cortot.

Ouve Tina a dizer: Detesto assistir a filmes românticos porque me comovem demais. Especialmente se contarem histórias de famílias desmoronadas... ou de amor. Sempre choro.

Faz sentido. Algumas pessoas são capazes de colocar a sensibilidade acima da razão. Tina é uma delas. Calcule a complexidade de alguém com essa característica. No mundo não há lugar para os românticos (todos são internados em clínicas?). Só na cabeça da gente.

Tenho dúvidas se tudo isso que estou contando aconteceu de fato. Posso simplesmente estar inventando. E de onde, santo Deus, extrairia tanto material? Faz pouco, vacilei em jogar estas folhas no lixo e mandar pro inferno a busca de identidade. Um detalhe qualquer está me incomodando... Um que já passou ou que está por vir?

Hoje, alimento inflexível horror à mentira, que não perdôo, seja qual for a justificativa. Portanto, declaro que a viuvez de minha mãe não é autêntica. Meu pai vive. Os dois apenas se separaram. Mas eu não o conhecia.

Treze anos. Estou novamente na enfermaria. O dia é longo demais quando se está doente — digo para Neusa, uma órfã, que chega sorrateira. Ela tem dezessete anos. Aos dezoito, abandonará o orfanato. Não vê a hora. Mamãe prometeu arranjar um emprego, nem que fosse lá em casa. Neusa sonha com o instante em que vai receber o salário — a limpeza da escola é realizada pelas órfãs, em retribuição à moradia, à alimentação e ao curso primário. Ela deposita o álibi, uma comadre suja, sob a cama. Se a freira aparecer, está de serviço: às internas é vedado se dirigir às órfãs. Sabe lá Deus por quê.

Neusa veste uma túnica cinza. Pele morena, cabelos pretos cortados curtos, para evitar piolhos. Um rosto comum. O que lhe dá caráter é a meiguice e a voz, de uma doçura extraordinária.

— Você melhorou? — acerca-se da janela.

— Mais ou menos. As cólicas foram violentas de manhã. Será que é apendicite?

— Na sua idade? Prá mim é chico.

— O quê?

— Menstruação, como vocês chamam.

— Eu já sou moça — menti, porque há vários meses fingia estar menstruada, para não ser diferente das outras colegas e gozar do privilégio de conviver com as meninas maiores.

— Então, não sei.

Neusa pegou uma escova e começou a me pentear. Nada podia me dar mais prazer do que aquilo — fechei os olhos. Gratificada.

— Você tem o cabelo tão fininho. O meu é grosso que nem vassoura.

As paredes do quarto, rosadas. Fora, o céu vermelho. Eu adorava qualquer pôr-de-sol, mas a satisfação daquela escova é insuperável — tornei a fechar os olhos.

— Você já beijou algum rapaz, Tina? — Neusa pergunta.

— Claro — enganei-a, de novo, pois ela podia revelar para as meninas que, na realidade, não, eu nunca beijara nenhum rapaz.

— Como é que é? A barba não machuca?

Lembrei de Jussara, uma aluna externa, explicando a irritação na cara.

— Barba arranha, mas é gostoso.

— O que a gente faz com a língua?

Fiquei corada. Como escaparia dessa? Para ganhar tempo, pedi que Neusa abrisse mais a cortina porque estava escurecendo.

— Espera um pouco — a órfã ajoelhou ao meu lado. — O que é que a gente faz com a língua?

— Depende. Cada um tem seu jeito de beijar... — me considerei brilhante na resposta.

— Você seria capaz de me ensinar?

— Eu?

— É. Eu beijo na boca e você me mostra.

O assunto foi interrompido pela cólica forte, que me obrigou a curvar de dor. Forçando-me a recostar, delicadamente massageia minha barriga. As dores se tornavam intensas e, curioso, eu intumescia, flutuava. Suspensa por um fio. Alguma coisa ia arrebentar dentro de mim. Alguma coisa que eu não distinguia — gemi alto. O líquido grosso verteu como se, repentinamente, eu fosse uma planta ou uma flor, partida.

Greta parou, por alguns minutos. Fica-se moça de várias maneiras. Uma jovem não é igual à outra. Greta nem sentiu a primeira menstruação. Um dia, pimba, acordou incomodada.

O Chopin acabou, ela está com preguiça de levantar — consulta as anotações. Falta pouco. Pelo menos por esta noite.

A idéia de capinar o passado, como se a infância fosse uma espécie de pasto, tem, de verdade, algo a ver com a minha identidade atual? Duvido. A gente não foi, é. As cicatrizes condicionam os sentimentos? Justificar algumas particularidades de comportamento pode ser um gesto de... é se olhar "através" do espelho e não "no" espelho. Que outra pessoa posso ser, se não aquela que eu enxergo?

Domingos. Passeios em grupo pela cidade, as negras pastoras guiam as bestas submissas pelo asfalto. Dentro de seis meses vou embora. Adeus colégio. Adeus amigas. Adeus infância. O mundo me espera.

Mas eu me situo desajeitadamente. Minha mãe tem um homem que eu não suporto. Ele entra em casa, eu me enfio no quarto. A casa não é mais a mesma, ela se mudou para a cidade. Tenho saudades da fazenda.

Sou bonita? O espelho diz que sim, em alguns dias; em outros, que não. Minha boca é grande demais. Me olham na rua. Tenho pavor de estar fedendo como as cadelas no cio. E me perfumo toda.

Dezesseis anos. Meu primeiro namorado é louro — uma espécie de irmão? O meu Van Johnson. Pega na minha mão, na matinê, e roça o braço no meu seio. Prometo a mim mesma casar com ele, para que Deus não me castigue. Até domingo. O filme será "Escola de Sereias", com a Esther Williams.

A uma hora, aguardo ansiosa, na porta do Cine Avenida. Estou de vestido novo. Uma e meia, vejo Murilo chegando — que decepção — de mão dada com outra. Volto para casa em prantos. Os homens são perversos.

Outros nomes: Kiko, Dirceu, Almir, Carlos, Emílio e João, o que sofria de epilepsia. Desmaiava a três por quatro, o aviso chegando quando os lábios tremiam, e espumava e se torcia todo. Depois que passava a crise, dizia que ia morrer. Eu me sentia uma irmã de caridade. Um locutor de rádio. Eu ouvia a voz modulada dizer "boa-noite, caros ouvintes", com a gravidade de quem escuta Deus.

O casamento. De véu e grinalda, linda como um anjo — a sogra disse. Grande festa. A igreja cheia de gente que eu não conhecia. Um pânico avassalador. Durou três anos. Um dia acordei, fiz as malas e me escondi na Aldeia.

— Ninguém me obrigará a voltar atrás — berrei para minha mãe e ele, o marido. — Ninguém.

Nem meu tio, quando quis lotear a fazenda. Aceitei o desafio de ficar aqui, durante as obras. Lastimei profundamente o trator devastando tudo. Uma violação.

Naquele tempo, ia à cidade todos os dias. Foi quando me apaixonei. A única vez. Mas ainda não posso falar no assunto. Meu coração volta a sangrar.

— As paixões parecem fortes porque duram pouco — minha mãe sentenciou.

Estava doente, a pressão a 27. Há muito não nos falávamos longamente, cada uma na sua vida. Sentei numa cadeira de balanço, distante um pouco da cama, e me senti com os papéis invertidos. Naquele instante, eu assumia um certo poder, era a mãe e ela, a filha. Por isso, resolvi externar minha opinião. (Me admiro de que o tivesse feito!)

— Para mim, a paixão é uma representação dramática do amor. Acredito no final feliz.

— E ele merece tanto romantismo? — ela me olhou tristemente.

— Não sei. Que importância tem isso?

— Todas as paixões acabam mal, minha filha. Depois não sobra nada.

(Pobre mãe, que equívoco. Sobra, sim: uma enorme sensação de fracasso.)

Ela morreu com arteriosclerose. Regrediu tanto. Uma criança recém-nascida. Perdeu a fala. Somente os olhos continuavam vivos, porque chorava muito. Se eu chegava, de alegria; se partia, de tristeza.

Quando morreu, toda enrugadinha, pude me controlar.

Mas outro dia, vendo uma foto dela aos trinta anos, me debulhei: ela sorria, lindamente.

Sábado, Sônia acordou cedo e leu alto para a mãe a coluna de "Negócios e Oportunidades" do jornal.

— Pena que o endereço e o número de telefone saíram com letra tão pequena, não é, mamãe?

Elisa, excitada, perguntou quanto custara o capricho.

— Quase nada. Por que a menção ao dinheiro?

— Quero saber, minha filha. Custam muito caro os anúncios? — a mãe procurou dissimular a irritação.

Eram oito horas da manhã. Sônia suava de escorrer, apesar do frio.

— Quantos graus está fazendo hoje?

— Uns quinze, acho — Elisa foi conferir, na varanda. — Imagine — gritou — treze graus. Está frio mesmo — acenou para Greta, à janela.

O vento entrou, confirmando as palavras. Sônia ergueu a gola do roupão de lã, encolhendo-se.

— Feche logo essa porta, mamãe. O café vai gelar.

— Este inverno será rigoroso — Elisa disse, retornando à mesa. — Ainda é junho e a temperatura já está baixa. Tenho que encomendar lenha para a lareira.

— Que nada — foi a vez de Sônia levantar. — Com essa neblina, o dia promete ser lindo.

A mãe admirou-se da frase otimista. Sua filha é, de fato, espantosa. Vivem há tanto tempo juntas e...

Poderia ser boa esposa, tão meiga, correta, um coração de ouro. Bonita não é, porém está longe de ser feia: pele sadia,

43

dentes claros e limpos, olhos expressivos. Com um pouco de pintura, ficaria atraente. As entrevistas, um excelente pretexto.

— Que pintar nada. Sei lá se alguém vai aparecer. Que horas são?

— Oito e pico.

— Temos tempo, então.

Elisa limpou a mesa e examinou rapidamente a sala. Tudo em ordem, apesar da falta de empregada nos fins de semana. Para quê? As duas podem se arranjar sozinhas. O importante é que o motorista não falte, para levá-la às compras.

— Você vai receber as pessoas aqui?

— Na biblioteca... depende... se alguém tiver que esperar...

— Certo, Sônia. Devemos servir café e biscoitos?

— Talvez.

— Preciso ir até o supermercado. Pense se você quer alguma coisa.

Dentro em pouco a mãe vem se despedir.

— Filha, não se ofenda, mas o que é que você vai fazer com os sonhos dos outros?

— Ainda não sei, mamãe.

— Por favor, Sônia, confie pelo menos uma vez em mim. Você nunca se abre, não me transmite seus problemas. Vivemos como duas estranhas.

— Tem que ser agora? — fixa a mãe, impaciente.

— Quando você quiser.

Ela pensa durante alguns segundos, depois muda o tom de voz.

— Prometo que eu conto — aproxima-se de Elisa e passa-lhe a mão na cabeça. — Sabe que você ficava melhor de cabelo comprido?

— Não desconverse. São nove horas, o telefone não demora a tocar.

— Tomara.

— E quanto pensa pagar pelos sonhos?

— Dinheiro, outra vez, mamãe?

— Está bom, desculpe.

— Ah, mãe, esqueci de comprar lápis. Veja se me consegue uma dúzia, daqueles apontados, que têm borracha atrás. Sabe quais? Vá depressa. Se vier gente sem avisar, nem caneta eu tenho.

— Na cozinha, em cima da pia, tem uma pendurada naquela tabuleta de anotações.

— Obrigada, querida — dá-lhe um beijo na testa e vai se vestir: saia cinza, suéter preto, blusa branca.

Pronta, desembrulhou um pacote de fichas, arrumando-as sobre a escrivaninha, ao lado do telefone. A biblioteca, o seu lugar predileto na casa. As paredes estão ocultas por prateleiras cheias de livros, brochuras de lombadas gastas e encardidas; de frente para a janela, as duas cadeiras de vime parecem pessoas conversando — ela suspira, satisfeita. Uma réstia de luz entrou na biblioteca, iluminando-a de repente. O telefone tocou pela primeira vez.

Engano. Desligou aliviada. Onde já se viu tremer tanto a voz? Quase se arrependia de ter publicado o anúncio.

A segunda chamada: uma doceira, oferecendo bolinhos passados no açúcar. De bom-humor, Sônia explica à gentil senhora que os sonhos solicitados eram visões tidas nos sonos.

— E isso lá se compra, gente? — bateu-lhe o fone no ouvido.

Que confusão de palavras. Se todo mundo pensasse que nem a mulher de há pouco... A inquietação foi suspensa pelo telefone, que tocou novamente. Desta vez era uma voz masculina. Marcou a entrevista para as onze horas. Grave, quem sabe um tanto indeciso, teria o vendedor compreendido o seu objetivo?

O que faltava urgentemente resolver é se devia dar valores diferentes, de acordo com a qualidade da mercadoria, como no conto, ou se devia pagar por sessão. Um sonho curto podia ser tão bom quanto um longo. Além do mais, seria difícil julgar a qualidade na frente dos vendedores. Pagaria por sessão, decidiu, dispondo-se a preparar alguns envelopes de pagamento. No momento exato, sentiria se alguém estivesse blefando. As pessoas que usam óculos têm certas conveniências — coloca-os —, podem esconder reações. Se o sonho não me interessar, despacho na hora. Sei muito bem identificar vigaristas.

— Alguém telefonou? — a mãe interrompeu-lhe os pensamentos.

— Vem uma pessoa, às onze horas.

— Homem?

— É. Por quê?

Elisa não respondeu. Pois até que a filha podia encontrar alguém — encheu-se de esperanças e foi ajeitar os biscoitos na travessa de prata.

— Aos sábados é horrível fazer compras. A população inteira está nas ruas — resmungou da porta e voltou para a cozinha.

Sônia enfileirou os lápis na gaveta, deixando apenas um de fora. Daí pegou um livro de fotografias de Veneza, que o tio lhe deu de presente. Demorou-se longamente sobre a primeira reprodução: sabe lá Deus em que pensava, assim tão atenta. O que via? Veneza coberta de neblina. A água, crespa, tinha um reflexo dourado. Um homem, vassoura em punho, varria uma praça. Veste macacão cinza, no original devia ser azul, porém na reprodução parece cinza-chumbo. Traz um cigarro pendurado na boca e os sapatos são velhos e empoeirados. É uma imagem de Veneza vazia.

O som da campainha fez Sônia empalidecer.

Elisa encaminhou o visitante para a biblioteca, cerimoniosamente.

— Sou Mateus. Uma amiga me contou sobre o anúncio. Fiquei intrigado... Acho que ela vem aqui, pois costuma anotar todos os sonhos.

— Ah, é? Sente-se — ela falou com a voz embargada. Ele se parecia com alguém... já sei, com o Kafka. Isso mesmo, Franz Kafka, lembrava-se perfeitamente de uma foto.

— Incomodo, se fumo?

— Fique à vontade — ela gira a cadeira para o jardim, mas logo volta à posição inicial, de frente para a escrivaninha.

Mateus espiou a estante, sem se deter em nenhum livro. Ela observa que as calças dele estão puídas na bainha e que a postura é atenciosa.

— Existe um conto de Truman Capote, sobre um comprador de sonhos. Conhece?

Ela anota o nome do autor, alvoroçada. Que sorte o visitante ser alguém que conhecia o conto!

— Sabe em que livro foi publicado?

— *"A tree of night".*

— Existe tradução?

— Não sei. Se houver, deve obedecer ao título original: A Árvore da Noite. O nome do conto, em inglês, se não me engano, é "Master misery".

Sônia narrou o episódio da sala de espera do dentista, honestamente. Tivera curiosidade na experiência. Sabendo o nome do autor, podia procurar uma edição em português e continuar a leitura interrompida — abaixa a cabeça, momentaneamente envergonhada. O fato de localizar a imitação do anúncio esfriava o seu entusiasmo. Havia um quê de enfado no homem, ou seria de deboche?

— Se quiser, posso traduzir o conto. Tenho um exemplar do livro em casa.

— Quero, sim. Tradução se cobra por página, não é?

Ele concordou. Estava comodamente instalado e acendendo o segundo cigarro. Dava a impressão de ser alguém em visita a uma velha amiga, ou a uma tia. Os movimentos de aspirar a tragada e soltar a fumaça no ar são delicados, quase femininos.

— Estou tentando me lembrar de algum sonho e não consigo. Deu um branco na minha cabeça. Porque eu sonho muito...

— E eu nunca, quer dizer, raramente.

— Não é possível. Todo mundo sonha sempre.

— Acho que esqueço, então — ela reconheceu, rápido.

E pensou, consigo mesma: sonhar é um ato de criação do subconsciente. Eu devo ser medíocre até em sonhos.

— Estou me lembrando de um... ele fez uma longa pausa, como se o estivesse reconstruindo mentalmente, antes de contar.

Nesse instante, Elisa entrou, trazendo café e biscoitos. Depositou a bandeja na escrivaninha, olhos fixos na filha, com o rosto em expectativa. Um rosto suspenso, se é que isso é uma definição.

Sônia serviu o café em silêncio, não queria estragar o embalo.

Ele pegou a xícara mecanicamente, como se também não quisesse perder o fio da meada.

— Sonhei que a lua desdobrava-se em várias luas. Uma forma de visão do fim do mundo, sabe? O céu era em tamanho reduzido e eu podia tocar a linha do horizonte com a mão, se quisesse. A impressão geral da imagem era a de um cataclismo prestes a acontecer. Acordei agitado, suando. Aliás, este sonho se repetiu várias vezes, não sei por quê.

— Quer mais café?

— Obrigado. Está delicioso. O que é que vai fazer com os sonhos?

— Um fichário.

Ele não se mostrou surpreso. Pelo contrário, demonstrou aceitar a resposta com naturalidade.

— Os sonhos da Alice é que são bons. Vai ver só.

— De quem?

— Da minha amiga. Aquela que me falou do anúncio.

Sônia repara que ele tem uma ruga enviesada na testa, uma ruga mais funda do que as outras, e que as pernas dele são compridas e que os dedos da mão são curtos e finos. Provavelmente ela fazia um papelão, do jeito que o estava encarando — baixou os olhos.

— Engraçado, estou tentando me lembrar o que o comprador dos sonhos fazia com eles no conto do Capote e não consigo... Em todo caso — acendeu mais um cigarro, o quinto, ela contou os tocos no cinzeiro —, posso saber apenas quando estiver em casa.

— Eu não cheguei a saber, porque parei no meio.

— Ainda outro dia estava explicando pro meu tio exatamente isso, que não se deve parar uma leitura...

— Eu concordo, também.

Mais alguns minutos de silêncio e Mateus se levanta, prometendo fazer a tradução para dali a uma semana, ou dez dias. Antes que ele se despedisse, ela pediu o endereço para que pudesse ir buscá-la, na saída do expediente, ali pelas sete horas.

— Na outra terça-feira, de hoje a dez dias, está bem? Aqui está o seu pagamento pelo sonho... quis entregar-lhe um dos envelopes.

— De jeito nenhum. Não contei nada que prestasse. Tive uma hora muito agradável, obrigado. Até breve.

Sônia acompanhou-o até a porta. Tentou sorrir, mas não conseguiu.

Naquela tarde ninguém mais apareceu ou telefonou. Repassando o encontro com Greta, que veio conversar no portão,

Sônia considerou normal que eles não tivessem se chamado pelo nome nem uma vez. Os contatos humanos são embaraçosos, não entende por que Greta estranha. Não se pode tratar uma pessoa por você no primeiro encontro. É preciso manter uma certa cerimônia.

Ao se recolher, Elisa pressente a filha a abrir livros e gavetas: procura febrilmente um velho recorte de revista com a fotografia de Franz Kafka.

Há pouco Elisa mencionou que ela e Sônia não têm empregada nos fins de semana. Na Aldeia dos Sinos apenas duas ou três famílias mantêm domésticas permanentes e exclusivas; as demais se acostumaram com faxineiras diárias, que vêm da favela atrás do cemitério. Os serviços caseiros só pesam realmente para as pessoas que trabalham na cidade; para quem fica em casa são uma distração. O cansaço físico ajuda, inclusive, a esquecer as inquietações mentais. Por exemplo, quando se está muito afobado não dá tempo para esperar os sinos da igreja — a mulher do síndico comentava ontem. As horas voam e ela até esquece de ouvir. Atualmente tem gente negando de pé junto que escuta o incompreensível badalo, ou porque não quer discutir o fato ou porque não quer alimentar mais um diz-que-diz-que mal-intencionado.

Se o problema dos sinos não bastasse, umas coisas esquisitas estão aparecendo no cruzamento da rua das Palmeiras com a Avenida: galinha morta, garrafas de pinga, imagens de santos amarrados, velas queimadas, o diabo. Ninguém agüenta tanta macumba. Dizem que as bruxarias são feitas pela moça que trabalha no 580, que é mãe-de-santo de um terreiro famoso. Ela faz mais o gênero de maluca do que de macumbeira. Alguém — sempre tem um espírito de porco — afirmou que aquilo parecia ato da Fortuna para assustar os moradores. Imagine. Quem da Fortuna ia encomendar as mandingas?

Uma vez Greta conversou sobre o caso com Tina. Ela disse que não se deve ser descrente, pois existem poderes sobrenaturais que desconhecemos. Estavam as duas tomando a fresca no jardim, sentadas embaixo de um caramanchão que outrora abrigou uma coleção de orquídeas. Aquele caramanchão é um dos lugares mais aprazíveis do mundo. Só quem já sentou ali e viu o entardecer de um dia de verão, pode avaliar igual sensação de paz e de beleza. São deliciosas as raízes retorcidas e nuas que entrelaçam as vigas de madeira corroídas pelo tempo. Um banco de ripas velho e carunchado está coberto de musgo escuro e úmido, por onde passeiam as mais variadas espécies de vermes. Um passatempo gostoso contemplar aqueles bichinhos transitando de baixo para cima, de cima para baixo. Alguns são preguiçosos, outros apressados.

Quando Greta sentiu a admissão das bobagens sobrenaturais, desistiu dos argumentos inteligentes. Gastou uma vez latim à toa com uma antiga cozinheira que vivia sofrendo dores pavorosas de estômago, uma brancura de dar dó, convicta de que havia um "trabalho" contra ela e o namorado, um sujeito casado e sem-vergonha à beça. Coitada, os adeptos de tais crenças não se convencem jamais.

Mas culpar a pobre da empregada do 580 passava da conta. Se dissessem que ela é engraçada, Greta concordaria. É uma peça. Vive de turbante na cabeça e usa uns sapatos de salto altíssimo, por isso ganhou o apelido de Carmen Miranda. Aos sábados toma uns pileques homéricos. Ninguém se incomoda, porque durante a semana se comporta direitinho.

Um som agudo, de gralha, se aproxima — Greta foi olhar. Falou no diabo, o rabo aparece. Carmen Miranda voltava cambaleante para casa. É engraçado que uma simples gargalhada pode provocar sensações distintas do seu próprio sentido. Naquele momento, a gargalhada dá a impressão de que ela estava zombando de todos os moradores da Aldeia. Ou será que aquele som estridente e lúgubre apenas anunciava mais desgraças?

Tina parecia tão abatida na última ida à clínica. Nem a comemoração do aniversário adiantou. Todos comeram o bolo, as enfermeiras, o grupo, menos ela. Permaneceu apática, fria. Num determinado instante fixou o médico como se estivesse se olhando no espelho. Ou vendo um retrato.

O domingo amanheceu limpo — Sônia constatou, enquanto tentava adivinhar formas nos desenhos dos cirros; às vezes era possível descobrir animais, objetos, até palavras. Um dia as nuvens escreveram a palavra *eu*. Infelizmente, hoje, as manchas dispersavam-se uniformes, em longo véu. Debruçada na janela, teve a impressão que não era exatamente ela quem estava ali, e sim a sua figura em criança — sorri. Com a idade, algumas experiências da infância retornam tão nítidas como se as revivêssemos de novo — reconheceu antes de entrar no chuveiro. Que preguiça.

Vestiu a mesma roupa do dia anterior, saia cinza, suéter preto, blusa branca, não, esta não dá, trocou por uma bege, e instalou-se na biblioteca à espera de chamadas telefônicas.

Elisa, retornando da missa, dispensou o motorista e deu seu passeio costumeiro pelo jardim. Tinha pudor de confessar que conversava com as plantas. Aprendeu isso num programa de televisão. E confiava realmente na sensibilidade das plantas. Tanto, que não entendia pessoas que admitiam cortar galhos ou flores para enfeitar vasos. Um verdadeiro crime, matá-las tão gratuitamente — não acha, Greta? Ela jamais o faria. O lugar das plantas é nos canteiros, afirmou. Nos canteiros.

E foi preparar o almoço, comido quase em silêncio. Sônia preocupa-se em encontrar justificativas para o desinteresse dos leitores pelo seu anúncio: ninguém telefonou esta manhã. Elisa pensava no seu jardim.

Quando acabavam a sobremesa, a campainha tocou. Era uma mulher, de seus quarenta anos, incrivelmente branca.

— Desculpe se não marquei entrevista. Não tenho telefone e nos aparelhos públicos é impossível falar, vivem quebrados.

— Por favor, não tem importância. Venha, vamos para a outra sala. Você leva lá o café, mamãe?

A visitante repara nos tapetes e pára alguns minutos diante de um armário.

— Bonita peça.

Sônia agradece e indica-lhe o caminho para a biblioteca. É uma mulher de aparência fora do comum, não apenas pela maneira extravagante de se vestir — de preto com aquele sol! — mas também pela personalidade que irradia. O vestido é uma túnica de seda, amarrada na cintura com um cordão trançado, que cai em duas pontas. Além da bolsa, carrega uma sacola de palha.

— Meu nome é Alice Gross. Meus pais são austríacos... Que jardim fantástico — exclama. Adoro, assim sem flores. É psicanalista? — encara Sônia cordialmente.

— Não — ela se diverte. — Pareço?

— Deixa prá lá — senta-se numa das cadeiras de vime e Sônia na outra. — O que eu quero é me ver livre deste caderno — tirou-o da bolsa. — Há anos venho anotando sonhos, apesar de não saber que fim dar a eles. Lendo o jornal, sexta-feira, respirei aliviada.

Sônia pegou o caderno de cor parda, tipo escolar. Folheou-o, estava praticamente preenchido.

— Pode me emprestar por uns dias? — ela pergunta.
— Tem bastante material aqui. Agora seria meio difícil ler...

— Ouça, quero me livrar do caderno. Minha condição...
— E o preço?

— Eu não quero absolutamente nada em troca. É um presente, se é que essa porcaria...

Sônia fixou-a surpresa. A segunda pessoa que respondia ao anúncio sem almejar lucro.

— Bem, vou indo — levanta-se.

— Fique mais um pouco — Sônia quase gritou, temendo que ela se fosse de verdade.

Alice aceita o convite imediatamente, tornando a sentar-se.

— Apareceu muita gente vendendo sonhos?

— Você é a primeira, quer dizer, a segunda.

— Mateus esteve aqui?

Sônia confirma.

— Ah, eu sabia. Ele ficou curiosíssimo. Se o anúncio fosse sobre taras sexuais, você ia ver, esta casa se enchia de gente.

— Acha?

— O mundo está cheio de tarados — abaixou-se para retirar da sacola uma agulha de crochê e um novelo de lã, pondo-se a trabalhar como se tivesse planejado isso mesmo.

Sônia aproveita o intervalo para folhear o caderno novamente. Os sonhos tinham títulos: A pérola, A vitrina, Os bebês.

— Entende minha letra?

— Perfeitamente.

A grafia é segura, inclinada para a esquerda.

— É canhota?

— Sou.

Elisa entra com o café e, em vez de simplesmente depositar a bandeja na mesa, resolve servir. Quem sabe não podia prosear um pouco? Sabia muitos pontos de crochê. Alice, entretanto, de cabeça baixa, examinando atentamente o trabalho manual, se recusa a tomar conhecimento da presença de Elisa. Sônia registra a atitude, atônita com a rejeição e com o sorriso conivente que Alice lhe dá no instante que a porta é fechada.

— Algum problema? — pergunta, encarando a visitante.

— Nenhum. Me distraí e quase errei o ponto.

O caderno deveria ser lido do início, ainda que a ordem não alterasse o conteúdo — Sônia depositou a xícara.

A Pérola. Eu estava de pé, com T. e várias pessoas que eu não conhecia. Pergunto: quem tem o que eu quero? Todos levantam a mão. T. demora, mas levanta a dele também. Examino as mãos, uma por uma: seguram conchas, que vão sendo abertas à medida que eu chego perto, mostrando pérolas. T. expõe a mão, fechada. Ele me olha muito amoroso, para ver se não ordeno que a abra. Aguardo impassível e ele finalmente não tem nenhuma alternativa. Mal posso acreditar, a concha está vazia. Indago: o quê? Nem uma única pérola você tem para mim? Viro-lhe as costas. Os outros poderiam tê-las aos milhares, grandes, pequenas, coloridas, que não me interessava. Queria que ele, apenas ele, tivesse uma pérola para mim, ainda que minúscula. De repente, ouço a voz de T. me chamando. Ele me estende um colar de pérolas, lindo. Pergunto se as contas são dele. Ele diz que sim. Constato que é mentira, porque todas as conchas, antes cheias, estão vazias. Louca da vida jogo o colar, que se arrebenta no chão. T. fica zangado e, ao mesmo tempo, chocado: afinal, o que você quer? As pessoas começam a rir e a gritar: ele não sabe, ele não sabe. Formam uma roda em torno de T., dançando e cantando. Ele põe a mão na cabeça e chora. Tenho pena, desejo aproximar-me dele e não consigo.

— É curioso — Sônia observa — e está bem narrado.

— Eu sempre quis ter um filho com ele. Acho que esse sonho revela isso, não é?

Elisa entra para retirar a bandeja. Alice torna a ignorá-la.

— É provável — diz e repara que ela faz crochê com a mão direita.

— Aprendi a usar esta mão, depois de muita sova.

— De quem?

— Dos adultos, é claro. Tive bastante dificuldade para aprender. Fui gaga, sofri dos intestinos, o diabo. Agora, posso me utilizar de ambas as mãos para atividades diferentes. Por exemplo, escrevo com a esquerda, bordo e faço crochê com a direita, que também serve para mexer as panelas. Mas, se você me entregar um objeto, a mão que me ocorre usar é a esquerda, assim por diante.

— O que vai sair dessa tira que está fazendo?

— É o último pedaço de uma manta. Aproveito sobras de lã.

— Quem é T.?

— Meu marido. Sonho demais com ele. Não sei por quê.

A Vitrina. Estou andando por uma rua do centro, quando noto um monte de gente defronte de uma loja. Chego perto e as pessoas se afastam. Na vitrina, um homem está deitado. Ele se espreguiça e caminha na minha direção. Reconheço que é T... Bato no vidro, preciso falar com ele. T. demonstra que não ouve nem vê nada porque me dá as costas e se dirige para a cama. Bato com mais força ainda. Então ele se vira para mim, só que não tem mais o rosto de T. Recuso aquele rosto, com a cabeça, ele me dá outra vez as costas. Torno a bater na vitrina, ele se mostra com outras feições. Sem compreender, continuo batendo no vidro e sempre um novo rosto aparece para me atender. Choro, de pena de T. Pela última vez ele se volta e o que vejo? Um rosto sem traços, sem olhos, sem nariz, sem boca. Liso que nem massa de miolo de pão, branca e crua. Grito e acordo.

Sônia examina a prendada sonhadora com brusca ternura. Que gostoso estar ali naquela companhia silenciosa e que sabe entreter-se com as mãos.

— Acabou de ler o segundo sonho? Este, nunca entendi. Alguns, eu consigo explicar, pelo menos para mim; outros, não. Permanecem obscuros. Escute, tem um rádio por aí? Adoro música.

— Se quiser, vou buscar o do meu quarto.

— Não, por favor. Eu sei cantar.

— Sabe?

Uma voz clara, educada, encantadora, encheu a biblioteca. Sônia ouve atentamente a melodia estranha, cantarolada sem palavras.

— Música é a mais fantástica das artes — exclamou.

— Ninguém precisa ser culto nem muito sensível para apreciar uma canção. Basta que não seja surdo — Alice emite a opinião e sorri.

— O que era?

— Uma dessas musiquinhas medievais, que aprendi no colégio. Conta a história de um pescador que atrai peixes cantando. Esqueci a letra.

— Dá para você repetir? Quem sabe se posso aprender a melodia...

Alice, cantando, é a mais perfeita imagem da amiga que ela nunca teve.

— Olhe, falta pouco para terminar a tira. Acabo este pedaço e vou embora.

— Aceita mais um café?

Não esperou pela resposta. Elisa dorme no sofá, a televisão ligada. A filha diminui o volume e se dirige para a cozinha, onde pega a garrafa térmica e os biscoitos.

Alice continuava na mesma posição, a agulha a tecer em seus dedos hábeis.

— Tiago adora manta para enrolar as pernas, e a que ele tem está caindo aos pedaços, por isso inventei esta aqui, com as sobras de lã. Terá dupla função, porque eu posso usar — experimentou —, não é?

Sônia elogia o efeito.

— Por favor. Leia alto o sonho *A operação*. Considero este tão complicado... ela própria procurou-o no caderno, que devolveu aberto.

A sala é imensa e tem as paredes em forma de degraus, onde estão sentadas pessoas em silêncio absoluto e com expressão de expectativa.

De repente, entra um homem forte, todo vestido de branco, máscara de médico; depois, duas enfermeiras e uma senhora muito gorda, nua da cintura para cima, carregando uma cesta de vime com os seios dentro. Vem ofegante e cansada.

O homem forte faz uma reverência para o público. A platéia aplaude. Ele levanta a mão e as duas enfermeiras colocam a cesta no chão. Cada uma pega um seio e dá cinco passos para a frente, até que ele fique completamente estirado. O homem tira um barbante do bolso, mostra para o público, e amarra cada um dos seios.

Em seguida, ele estala os dedos e aparece um homem alto e magro, todo de preto, com uma tesoura comprida na mão. Dança, pula, faz piruetas, como se fosse um bailarino. Novamente o homem de branco estala os dedos e o outro lhe entrega a tesoura. Ele executa umas piruetas no ar e, um, dois, corta os seios da mulher gorda.

As duas enfermeiras, suando, arrastam para fora os pedaços do seio cortado, que esguicham sangue no público. O homem se curva em todas as direções, mas, em vez de aplausos, recebe um oooh de desaprovação. No corpo da mulher, os restos dos seios pareciam margaridas franzidas.

Então ele tira um coco verde do bolso, corta-o ao meio, sopra dentro dele três vezes e joga as partes com toda a força na mulher. Quando os pedaços do coco atingem o peito, ouve-se um estampido, um tiro. O homem de preto corre e pinta rapidamente os cocos de vermelho. O público exclama um aaah de aprovação.

Cada seio tinha ganho um lindo bico vermelho. Agora tudo estava realmente de acordo.

Sônia fechou o caderno.

— Extraordinário.

Alice solta uma risada, o olho esquerdo mais fechado que o direito, os músculos atados à orelha por fios invisíveis, sustentando um rosto prestes a rachar.

— Também acho — ela recompõe a fisionomia. — Veja, terminei a manta. Ainda bem, porque Tiago detesta que eu chegue em casa no escuro. Daqui a pouco vai anoitecer.

Sônia acompanha a visitante até o portão.

— Muitíssimo obrigada pelo caderno, nem sei como retribuir.

— Tire da cabeça — pega-o das mãos de Sônia e escreve na capa um endereço. — Apareça em casa. Tiago vai gostar de conhecer você.

Passo lento, parando aqui e ali, Alice examina um e outro jardim, arranca um galho de primavera na casa de Camilo — vira-se para dar adeus a Sônia, que está firme a ver a amiga repentina ir se distanciando em direção ao seu próprio mundo.

O parêntese da visita à Aldeia fechado para sempre?

Seis horas. Os sinos tocam. Greta deu as costas para a casa de Sônia — sim, sentia a solidão da vizinha — e examinou a rua com um aperto no peito.

A arquitetura da rua das Palmeiras recende a passado. A casa de Tina quase não se vê, porque está coberta de unha-de-gato. Na varanda, a hera subiu no telhado e tornou a descer, formando uma cortina, o que deixa a sala deliciosa no verão, mas sombria no inverno. Por ser a mais antiga da Aldeia — sede da fazenda? —, guarda vestígios coloniais: as janelas e portas têm aquelas vergas de madeira em forma de canga de boi. Na entrada principal, uma escada de oito degraus dá acesso ao andar habitável, pois o inferior serve apenas de porão — em tempos idos teria sido residência dos empregados, adega e lavanderia. Na cozinha, a mesa escalavrada pelo uso e o velho e aposentado fogão à lenha mantêm intacta uma ordeira atmosfera familiar. Tina vacilou no começo em tomar conta da cozinha para as colagens. Acabou se decidindo pela sala, que era mais aconchegante e, no frio, recebia o calor da lareira. Evitava, assim, trocar de lugar a toda hora, a papelada zanzando de um lado para outro.

A casa de Sônia também tem hera; a de Camilo, é pintada de azul, guarnecida nas janelas por madeira natural e venezianas de treliça. Pessoalmente, Greta prefere arquitetura mais moderna, como essa de concreto que se faz hoje em dia. Não pode negar, no entanto, a simpatia da rua com aquele ar dos anos 50. A única construção execrável, de verdade, é o bar da esquina. Um genuíno mostruário de pastilha, cada pedacinho de porcelana numa cor. Alguns moradores, se fossem caprichosos, mandariam consertar os rebocos rachados, contribuindo para que aquela atmosfera geral de ruína fosse contornada... já não era suficiente o prédio em decomposição? Depois que seu Ananias morreu, a casa dele, que estava caindo aos pedaços, ficou uma beleza. O novo morador pintou, ele mesmo, as paredes. A família do 515 tratou de pintar a moradia também com uma tonalidade ocre. Se todos seguissem o exemplo... Greta está pensando isso, mas duvida que gostasse do efeito: os bairros novinhos em folha não têm alma. Na Aldeia percebe-se um ambiente denso, com personalidade. Míriam e sua pelerine surrada, Camilo a empurrar a cadeira de rodas como se estivesse no Champs Elysées, o motorista de Sônia, empertigado que nem um príncipe, Elisa a conversar com as plantas, o cantor de óperas do 520... Apesar dos problemas, Greta não trocaria a Aldeia por nenhum outro bairro, ah, não trocaria. A Aldeia dos Sinos era o seu paraíso, com ou sem solidão.

Viver é um sonho consciente?

Terça-feira, Sônia acordou com dor de cabeça. Nem conseguia levantar da cama. Talvez estivesse muito doente — pegou o termômetro na mesa-de-cabeceira. Depois de um minuto conferiu a temperatura: normal. O aparelho não funcionava. Colocou-o novamente na axila. Tinha que ter febre. Os calafrios, a enxaqueca e a fraqueza eram dados sintomáticos. Precisava medicar-se. E a mãe que não viesse com a eterna lenga-lenga de hipocondria. Cansara-se do argumento. Se uma pessoa se sente mal é porque está doente, ora.

O termômetro insistiu em negar-lhe febre. Então, por que suava tanto? Desidratava visivelmente. Apoiou a mão na barriga: o gesto fez que se lembrasse de que tivera um pesadelo. Impressionante que ela também sonhasse!

Esticou o braço para pegar um dos livros sobre sonhos que pedira emprestado da Biblioteca, ontem. Passou os olhos por vários parágrafos, detendo-se no que dissertava sobre a autocensura, a justificar as formas simbólicas dos sonhos. Freud que vá para o inferno — trocou de volume, abrindo-o a esmo. A palavra "lua" trouxe-lhe a imagem de Mateus. "No Egito, ver a lua brilhar era considerado favorável e revelava um sentido de perdão. Este astro apresenta geralmente um aspecto feminino e, em particular, maternal. Quando Calígula se retorcia no leito, chamava a lua para que compartilhasse de sua cama e de seus ardores. A lua podia ter, assim, um significado incestuoso. Mas, se bem que tenha um sentido maternal, não é a mãe. Continua sendo um astro que os antigos transformaram em divindade. Calígula queria unir-se à deusa-mãe, o que implicava desejo de casamento sagrado, de incesto transcendente, de união religiosa. Um incesto com a mãe real jamais o teria satisfeito. A lua, em sonho, envolve sempre um mistério, um rosto desconhecido, de mulher ou de mãe. Entretanto o mistério encerra igualmente a idéia de rapidez de mudanças, em função da própria agilidade das suas fases. Finalmente, está associada a intuições de morte, já que é um astro morto, apagado, onde não existe vida".

Seria o sonho uma indicação da personalidade de Mateus? Reviu a figura dele com uma nitidez inacreditável. Que tal procurar o sentido do seu próprio pesadelo? Não saberia por onde começar. Vagamente, sabe que tentava sair de um túnel profundo, de pedra. Suava para agarrar-se às escarpas pontudas, e, quando conseguia, o poço aumentava de profundidade. Afinal de contas, era poço ou túnel? Não se recorda mais. As duas coisas, acha. E não tem noção do que possa significar.

Sônia, levanta-se: forte nevoeiro cobria a Aldeia. Não, não iria ao consultório. Afinal, adoecera. Merecia o repouso. A mãe aconselhou que primeiro ela se alimentasse e mais tarde tomasse uma decisão. Conhecia de sobra os desequilíbrios emocionais da filha; a indolência, um sinal inconfundível. Quem iria ajudar o tio, com todas as horas marcadas? Sônia sabe o quanto faria falta, não comparecendo. Não precisava ir à casa de Mateus? — pondera, propensa a interromper aquele desânimo.

A manhã no consultório nem pesaria, se o passatempo na sala de espera surtisse o efeito pretendido: indagaria os sonhos das crianças. Surpreendentemente, elas se retraíam, feito moluscos em suas cascas, à simples alusão à palavra sonho. "Não sei, não me lembro", a atitude unânime.

Desistia da pesquisa, quando a menina loura, de uns dez anos, respondeu: "Sonhei que Boni, meu cachorro, morreu. E eu não queria que ele fosse enterrado junto com meu pai, no fundo do quintal".

— Era bonito o seu cachorro?

— Ele não era, dona Sônia, ele é bonito. Foi um sonho bobo. É mentira que meu pai está enterrado. Acabou de me trazer para tomar vacina. Sonho é segredo. Não se conta para ninguém.

Segredo? Sônia ficou perplexa.

Ao meio-dia vagou um pouco pelas ruas. Tinha duas horas disponíveis. Em geral, sentava-se na lanchonete mais próxima e comia, a ler os jornais. Depois, fazia hora, percorrendo as livrarias. Sua predileção eram os sebos, quando não estava com apetite. O que não acontecia agora. E se fosse ver as novidades nas vitrinas? Há séculos não comprava roupa.

A manequim pareceu-lhe esplêndida nas botas de couro, a calça tipo bombacha e o lenço colorido no pescoço. Entrou na loja e experimentou o traje completo. Gostou tanto que deu a roupa usada para embrulhar. Certas coisas são capazes de ressuscitar cadáveres — reconhece —, roupa nova é uma delas.

Ao sair da loja, sentiu-se inesperadamente alegre. Ora essa.

Restaurante simpático e pequeno. Ainda estava vazio. Um raquítico raio de sol batia na mesa escolhida. Em vez do corriqueiro sanduíche, optou por filé de peixe, legumes e encheu-se de coragem para balbuciar "meia garrafa de vinho branco, seco". Não abriu o jornal, permitindo-se ficar à toa, distraída com o movimento da rua. Caras cinzentas, magras, apreensivas, os corpos vergados contra o vento gélido. A neblina persistia no ar, mais leve e rarefeita. Uma paisagem irreal — procurou os óculos na bolsa — talvez influência da miopia, comumente responsável pelas alucinações visuais.

O garçom trouxe a garrafa e ela provou. Vinho é bebida de deuses. Uma frase vulgar de vez em quando não faz mal a ninguém, é força de expressão. Ou...

À medida que saboreava os goles, aceitava, sem pudor, a sua solidão. A totalidade do seu ser estava à tona. O espelho, na parede ao lado da mesa, para onde propositadamente se virou, mostrou-lhe de repente um rosto simples. Um rosto de quadro acadêmico. Enxergou uma mulher solitária, a olhar para si mesma com bondade. Quem sou? E continuou a perscrutar-se no espelho, percebendo-se aos poucos, como se tivesse acabado de se conhecer.

Ai, meu Deus, a incoerência — Greta pensa. Alguém transmite uma imagem e, sem mais nem menos, se transforma em outra. A Sônia vidrada em literatura podia ser uma pessoa feminina e frívola, num passe de mágica? Multiplicidade de caráter. Ninguém é tão linear quanto se pensa. O erro, ou a mediocridade, está exatamente nisso, na visão unilateral que se tem das pessoas. É claro que Sônia, sob aquela capa ou crosta de leitora obsessiva, devia ser mulher ainda. Qualquer um que porventura passasse pela rua das Palmeiras naquele sábado e vislumbrasse os dois a conversar na biblioteca, pensaria logo, que casal simpático e distinto! A cena vista de fora, uma fotografia. Um reles instantâneo sem profundidade. Sônia é mais que uma coerência, como todos nós. E se ela subitamente fosse até a casa de Mateus para seduzi-lo? Improvável, mas e se o fizesse?

Greta deu um suspiro. Não se brinca impunemente com o destino alheio. A coerência, às vezes, é arma de defesa, de proteção. Seria Sônia desprotegida? Por que não pesquisar melhor Elisa, que até o momento aparece apenas de figurante? Porque Elisa perdeu a identidade, com a viuvez. O marido vivo, implicavam um com o outro, de manhã à noite. Ele: desde o cheiro do Leite de Rosas que ela usava na pele, até o tempero da comida. Ela: detestava que ele limpasse o nariz no banho, com o seu jeito feio de palitar os dentes e outras coisas mais que tinha vergonha de contar. Ambos dependiam dos pequenos ódios, para sobreviverem juntos. Depois da morte do marido, perdeu o estímulo, deixou-se enviuvar para sempre.

Não, Sônia apresenta mais curiosidade: pela incoerência e pela maneira caolha com que se situa no mundo.

O carteiro chegou quando Greta estava varrendo as folhas secas do jardim. Carta para Tina. Da Espanha. Tomara que seja do homem do retrato. O envelope era endereçado com uma letra miúda, masculina — pois claro que só podia ser masculina — enfiou-o no bolso. Elisa também recebeu correspondência.

— Que tarde, não é Greta?

Míriam desce correndo as escadas. O carteiro procura. Nada. Ela está com o bebê alemão no colo. Atravessa a rua.

— Viu isso? — aponta a máquina. — Se eles pensam que vou ficar com medo estão muito enganados. Seu Antônio disse que, enquanto ele for o síndico da Aldeia, não permitirá que a Fortuna tome qualquer atitude brutal.

Míriam veste uma saia comprida, ampla, de cigana, bastante desbotada e uma blusa de flanela cerzida aqui e ali. Greta nota e admira o cabelo preso em bandós.

— Precisamos fazer força para que Antônio seja eleito por mais dois anos — Greta diz. — Daqui a pouco acaba o período dele.

— É — Míriam começa a balançar o boneco como se fosse uma criança. — Acontece que ele não quer continuar, não. Teve muita dor de cabeça com a firma, que não consertou a pavimentação da rua, nem limpou o lago, essas coisas importantes para nós, além de não ter conseguido contratar o tal guarda-noturno que a gente propôs, na última reunião. Por ele, diz que não continua, e que o condomínio só funciona em outras mãos.

— Modéstia. Foi um excelente administrador. Semana que vem é a última reunião. Vamos insistir para que aceite o cargo mais uma vez.

— Você não pode ajudar, Greta?

— Eu? Sou a pessoa que tem menos força. A Fortuna é de opinião que eu devia dar o exemplo, me mudando daqui.

Greta faz menção de prosseguir varrendo o jardim. Sentindo que a outra mantinha-se ali, querendo prosa, apóia-se na vassoura displicentemente.

— Desculpe perguntar, Míriam: por que você não concordou com a troca proposta pela companhia?

Ela balança a cabeça, num gesto de irritação.

— Simplesmente porque me ofereciam uma pocilga no centro da cidade. Um sala-e-quarto infecto, numa rua barulhenta e cheia de inferninhos indecentes. Quando vim para cá gastei as minhas economias. Comprei o apartamento e a filosofia de vida ao ar puro que eles venderam na publicidade. Se me dessem um lugar aqui mesmo eu não faria questão. A falta de respeito da Fortuna é que não pode ficar impune, você não acha?

Greta reconhece que Míriam tem razão. Muita razão.

— Você não está sofrendo com toda aquela sujeira?

— Ah, Greta, nem me fale. De noite os ratos e as baratas fazem tanto barulho que não me deixam dormir. Tenho a sensação de que eles roem as vigas e as colunas, e que a qualquer momento a construção vai ruir. Um horror.

— E se todos nós ajudássemos você a limpar os andares?

— Não tem jeito. Como é que a gente vai tirar o entulho da demolição? As lajes estão cheias de tijolos quebrados, pedaços de parede. Aquilo é serviço para homens. E dos robustos.

— O condomínio pode conseguir alguém, Míriam. Fazer uma vaquinha...

Camilo, que aparece no portão, acena para as duas. Uma vez por semana recebe carta. Greta desconfia que seja um cheque, porque no dia seguinte ele sai para as compras.

— Você conhece o morador novo? — Míriam perguntou. — Dizem que é artista. Não podia mesmo ser outra coisa, prá pintar a casa daquela maneira.

— Quem falou que ele é artista?

— O seu Antônio, ontem.

— Ele mora sozinho?

— Não sei. Tchau, Greta. Vou chegando.

Ela vê que Míriam estaca diante da máquina por alguns segundos: em que pensará?

As crianças do 508 correm atrás da bola que se esconde sob o trator. O menorzinho dos meninos se deita no chão para pegá-la. Greta lembra, de repente, de... Ele desejava tanto ter um filho. A esta altura talvez o tivesse feito. A lembrança vindo assim, de chofre, era inquietante — tenta afastar o pensamento, recomeçando a empilhar as folhas do jardim.

Os sinos da igreja repicam vagarosamente, com preguiça, ou com dor. Greta acelera o passo, para entrar logo em casa.

Janelas fechadas, a salvo dos mosquitos, ela hesita em acender ou não a lareira. O tempo melhorara bastante. Talvez não precisasse do fogo esta noite, mas é tão gostoso e faz uma companhia! — agacha-se para arrumar as achas de lenha.

O banho quente deu um apetite daqueles. O que vai comer? Uma sopa de legumes — abre a geladeira —, droga, esqueceu que era dia de compras no supermercado. Então...

Batatas áo fornó e omelete de queijo. Menu resolvido, mãos à obra — liga o rádio. É curioso. Detesta rádio em qualquer outra ocasião que não seja esta, o momento de cozinhar. Recordações antigas, sorri. A velha Aurora ligava a Nacional a toda, naqueles horríveis programas de auditório, enquanto preparava o almoço. Sintonizou a Eldorado: Um piano ao cair da tarde. Muito sofisticado. Excelsior: discoteca. Daqui a pouco tem noticiário. O ideal seria um programa de sambas, se possível daqueles românticos, de dor-de-cotovelo. Procura. Música italiana. Menos mal, cafona o suficiente. Agora, às batatas.

Ufa, que trabalheira — senta-se. O barulho de papel amassado faz que se recorde da carta no bolso. Descola com cuidado, para não estragar o envelope, querendo esconder a indiscrição.

Tina querida,

está chovendo. Se digo isto é porque me sinto um pouco assim por dentro: sombrio e molhado. Há meses quero escrever para você (tentei várias cartas mentalmente). Problemas? Inúmeros. Ainda não me vejo curado totalmente dos pequenos sentimentos: a raiva, por exemplo. Raiva de ter acreditado em você inutilmente, apesar de reconhecer minha grande dose de culpa no fracasso da nossa relação. Paciência. Nasci enviezado na vida. Propus união e construção, ao mesmo tempo que neuroticamente começava a demolição.

Você me propôs o impossível: eu aqui, em Madri, você aí, na Aldeia, nesse fim de mundo que pensa ser um paraíso. O amor, à distância, não sobrevive. É preciso dormir e acordar junto, enfrentar o dia-a-dia. Sei que não adianta falar disso. Ainda ouço você dizendo que o amor não existe, e que só a paixão é real. Talvez tenha razão. Sei que fiz você sofrer, sou instável emocionalmente, mas você não vacilou em me descolar da sua vida como se eu fosse um daqueles pedaços de papel das suas colagens. Que amor era o seu por mim, que não resistiu ao menor obstáculo? Não tenho resposta. Olhei bem seus olhos no último dia em que nos encontramos. Vi amor e sofrimento neles. Jamais vou entender a ambigüidade de todas as Tinas que convivem dentro do seu corpo. Como vão vocês? Por aqui, tudo bem. Fico horas andando pela cidade, que não vou descrever porque não gosto dela (o que a salva do abandono imediato é o Museu do Prado. Absolutamente fantástico).

Os hotéis não são caros. Com o dinheiro que tenho posso ficar na Espanha três meses. Ou então me perder por este vasto mundo. (E não me chamo Raimundo!)

Logo que cheguei, escrevi dois atos da próxima peça. Empaquei no terceiro. Meus personagens parecem pães velhos: duros, sem vida. E mais complicados do que deveriam... Até agora não consegui tocar neles. Ou seria o inverso? Pirandello esgotou o tema. Depois dele, só gênio. Aliás, acho que errei de caminho. O que eu gostaria mesmo é de escrever uma espécie de romance falado, um imenso diálogo (odeio as descrições psicológicas e/ou ambientais, você sabe), sem pensar em efeitos de cena, teatralidade, essas babaquices técnicas. Ainda não sei. Escrever peças não mais me satisfaz. Sequei. O que tinha para dizer, disse nas quatro anteriores. É, acho que meu poço secou. Bastou eu falar nisso para me lembrar que tenho uma figura em mente (viu quanta contradição?). A figura de uma mulher solitária, ermitã, que vive à beira de uma estrada. Não tem parentes nem vizinhos. Alimenta-se de legumes de sua própria horta e de pesca de rio. Roupa e comportamento indefinidos quanto à época, igual àquelas mulheres do Cuevas. Um dia bate-lhe à porta um forasteiro (a moto quebrou) e com ela se instala sem cerimônias. Um tipo urbano, que foge da civilização. E começam os conflitos. Um detalhe importante e que me deixa prostrado: eu gostaria que a mulher fosse muda. Já pensou? Isso deita tudo por terra. Roteiro de cinema? Quem sabe. Estou apaixonado pela personagem. E angustiado. Fisicamente, quero-a idêntica a você/vocês. Um pouco mais tosca, quer dizer, menos "civilizada", em estado de maior pureza. Como o que existe na Tina que eu amo. (Deixa prá lá.)

Tenho lido meu xará, o Cernuda, e ouvido Piazzolla.

Adiós Nonino me emociona. Pudesse eu criar um texto com o mesmo vigor, a mesma sensibilidade.

Nenhuma falta do Brasil. De você, sim.

Um beijo, Luís.

Greta dobrou vagarosamente a carta, devolveu-a ao envelope e, com cuspe, colou-o novamente. As batatas, lembrou-se, e sentiu um leve cheiro de queimado.

A noite acabara de descer. O que terá acontecido a Sônia?

Sônia aperta a campainha do apartamento de Mateus. São sete horas. Vigésimo andar de um edifício antigo desses que têm corredores compridos, com muitas portas: a dele fica defronte do elevador. Enquanto espera, afasta-se até o vitral. Um resto de claridade ilumina os telhados negros da cidade de concreto. As antenas de televisão, libélulas sem asas. Ela jamais se habituaria a viver empoleirada daquele jeito — pensa.

Ruído de chave na fechadura. Sônia transpira de nervoso, súbito arrependimento de ter vindo. Infeliz ou felizmente, a porta que se abriu foi a do apartamento vizinho. Uma anciã, arrastando chinelos, vai morosamente atirar um saco no coletor de lixo da escada.

— Perca as esperanças, moça. Não faz nem quinze minutos que ele saiu — aponta — e quando pega a rua leva a vida toda fora.

Puxa, quinze minutos — Sônia lastima. Mateus foi, no mínimo, indelicado.

— Eu poderia deixar um recado com a senhora?

— Não, minha filha. Sou idosa demais para guardar recados. Às vezes esqueço até quem sou — sorri. Além do mais, não gosto dele. Cada vez que estou ouvindo minha novela, liga uns malditos discos de música clássica para me atrapalhar — a mulher coça o cabelo ralo — e ele está cansado de saber que eu sou meio surda. Faz de propósito.

O elevador pára. Ambas fixam a porta em expectativa. Uma adolescente, em uniforme de ginástica, carregando livros e cadernos. A velha se aproxima, repentinamente íntima.

— Por acaso é parente dele?

— Somos amigos.

— Uai, pensei que esse cara não tinha amigas! — tornou a coçar a cabeça. A única pessoa que vem aqui é um jovem cabeludo... E também o irmão dele, que mora no interior e aparece de vez em quando. Mesmo assim, é mais feliz do que eu, pois a mim ninguém visita. Nem meus netos, cambada de ingratos. Tem um cigarro?

— Desculpe, não fumo — Sônia chamou o elevador. Obrigada pela informação.

Ela aperta os olhos e examina-a de baixo para cima.

— Elegante a sua roupa. No meu tempo a gente usava essas botas para montar. Meu pai tinha uma fazenda, na época áurea do café. Se ele visse o pardieiro onde fui acabar...

Sônia sorriu, por educação emitiu um "até qualquer dia" e entrou no elevador. A mulher despede-se desejando muitas felicidades.

— Apareça sempre, minha filha, gostei do papo.

Vê se pode. Coitada. Que triste é a velhice. Daqui a alguns anos... — afasta o pensamento. Ainda que não quisesse, tinha de admitir que estava decepcionada. Imaginou tudo, menos que Mateus fosse dar um bolo daqueles — atravessou a rua cabisbaixa. O motorista cochilava.

— Já, menina Sônia?

— Meu programa não deu certo. Vamos para casa.

Sentia-se tão deploravelmente abatida. Afinal de contas esperou o quê? Que Mateus fosse gentil e generoso, que largasse todos os seus afazeres para atender uma louca que queria a tradução de um conto? — Sônia suspirou. A questão não era aquela. Há dias vinha pensando na fragilidade da sua vida, na gratuita posição de heroína de folhetim, que romanticamente se dedica à memória do seu primeiro amor. Uma D. Rosita absurdamente viúva. E as paixões pelos personagens, ou pelos autores? Não significavam traição, apenas transferência. Maurício teria amado Zelda, Emily Brönte, Emma Bovary e ela não teria ciúmes. Podia como?

O motorista freou bruscamente o carro diante da fila de automóveis. O trânsito estava brabo! Paciência — Sônia recostou a cabeça —, nenhuma atitude a tomar.

Varanda florida: as rosas desabrochavam.

A menina de quinze anos está lendo alto. A seu lado, um adolescente, recostado numa poltrona de vime. O jovem puxa a menina para dar-lhe um beijo. Na boca. Neste instante, Elisa chega. Situação nebulosa. Gritos. A menina chora.

Sônia levanta a cabeça, querendo afastar a imagem incômoda. Era só o que faltava, aquela cena ter servido de pretexto para que ela se fechasse no quarto a ler. Uma espécie de vingança, de agressão diária à mãe, a suspirar pelos cantos porque a filha não se casava? Elisa também se lembraria daquele longínquo fato? Seria a heroína romântica uma torpe desculpa para retribuir o castigo à mãe, que a reprimiu, envergonhou, machucou, por um simples e adolescente beijo? Essa não — Sônia desabotoa a blusa, solta o lenço do pescoço: o suor escorria. Odeia psicanálise barata e, no entanto, acaba de fazer uma — tira os óculos, mas torna a colocá-los. Quem é aquela lá no espelhinho? A doce, meiga e pobre criatura que se olhou no espelho na hora do almoço, como se fosse a primeira vez? Não. Uma mulher ridícula, que levou bolo de um sujeito que, no íntimo, desejou conquistar. Uma mulher que dentro em pouco ia ficar sozinha, que se divertia em ser enfermeira no consultório do tio, roubando, inclusive, o lugar de alguém necessitado. Uma mulher insignificante, que não conseguia nem aproveitar a fortuna deixada pelo pai, e que se escondia do mundo. Uma mulher cheia de incoerências, que nunca fez nada na vida, que não fede nem cheira. Um grande fracasso — assoou o nariz.

— Resfriou-se, menina? Chegamos. Quer que entre com o carro?

— Não. Boa noite, Mário. Até amanhã.

Sônia desceu e bateu a porta, como se saísse de um pesadelo. Não tinha a menor vontade de entrar e ver a mãe.

— Você demorou tanto, minha filha. Que aconteceu?

— Nada. O jantar está pronto?

Greta lia calmamente, quando Sônia chegou. Um presente dos céus. Não a esperava esta noite. Tão bom ter alguém para conversar — foi atiçar o fogo.

— Os ambientes abertos, amplos, aumentam a solidão das pessoas, por mais entulhados que estejam, não acha, Sônia?

— Eu gosto desta sala — olhou em volta.

— De vez em quando me ocorre que ela precisa de uma reforma, ou pelo menos de uma parede separando a mesa de jantar ali, está vendo? O piano poderia vir para cá, o espaço ficaria menos... não sei. Você sabe que, à noite, ouço o eco da minha própria respiração? — abre o armário — Que tal um copo de vinho?

Sônia pensa no prazer que sentira, ao beber vinho durante o almoço, e aceita.

Greta pega dois copos vermelhos de cristal.

— Que lindos — Sônia exclama.

— São Bacará, os últimos que sobraram — desarrolha a garrafa. — Este tinto não é nenhuma raridade, mas melhora nestes copos. Tim-tim.

— Ótimo — a outra elogiou.

— Adoro vinho. Branco ou tinto, tanto faz. O diabo é que, se não me policiar, viro alcoólatra.

— Toma tanto assim, Greta?

— Praticamente todos os dias. Fico escrevendo, lendo e, quando dou por mim, lá se foi a garrafa. O vinho aquece a alma.

— E destrói o fígado — Sônia ri, enquanto examina o copo, colocando-o contra o fogo. O cristal adquiria uma coloração fantástica.

— Um brinde à sua viagem à Europa.

— Ai, Greta, eu gostaria tanto de me entusiasmar por essa possibilidade.

— Depois de tudo o que você me contou do que anda pensando, não vejo outra alternativa. Nem que seja para alegrar Elisa.

— Temos uns parentes na Suíça, um tio-avô e alguns primos que nos enviam cartões de natal anualmente. Mamãe adoraria conhecê-los.

— Então, de que mais você precisa?

— De coragem. Uma atitude dessas significa que eu mudei por dentro, entendeu? Sou capaz até de casar.

Greta ia emitir uma opinião a respeito de casamento, mas se fecha em copas. Nem todos são fracassados. E aquela não era a ocasião. As duas permaneceram quietas alguns minutos. De repente, Sônia perguntou:

— E você, Greta, por que vive sozinha? O que foi feito de sua família?

Ela torna a encher os copos. Não desejava ser indelicada, nem mentir. No entanto, a pergunta à queima-roupa deixou-a completamente atônita. Preferia ouvir (ou sugar?) a falar (ou dar?).

— Sônia, esta noite o tema é você. Outro dia, quem sabe... Além disso estou me reservando, pelos motivos que você sabe.

— Eu fui indiscreta, desculpe — Sônia está visivelmente encabulada.

— Não se preocupe.

— Você está escrevendo na primeira pessoa?

— De uma certa forma. Às vezes sim, outras não. Por enquanto registro a Aldeia: não é um ótimo material?

— Depende. Aqui não acontece nada.

— Você não se considera um bom personagem?

— Eu? Largaria o livro na hora.

Greta soltou um riso forte.

— E Míriam?
— É uma figura interessante, mas indevassável. Ela me dá a impressão de ser incestuosa, não sei por quê.

— Um incesto? A idéia não me tinha ocorrido. Estou com ela meio suspensa... — interrompeu a frase porque respingara vinho no pulôver. — Com licença, Sônia, fiz uma besteira, me sujei. Vou passar um pouco d'água.

Sônia levanta-se também. Anda pela sala, destampa o piano. Duas teclas soam tímidas. Se tentasse um pedacinho do "Pour Elise"? — gira a banqueta.

O som enche a casa, ecoa na Aldeia. Greta fecha a torneira e fica, parada, à escuta. Podia ver Tina na pequena sala de música, do internato, a tocar piano com ódio no coração. Não havia nada que detestasse mais do que as aulas de piano. Greta reviu o pátio do colégio, a figueira. Ficção ou verdade, aquilo já existia dentro dela.

Sônia parou de tocar.

— Não dá. Meus dedos estão enferrujados. Penso na nota e bato na tecla errada. Uma porcaria.

— Que pena. Gostei tanto. Há anos ninguém tocava nesse piano. Pensei que estivesse desafinado.

— Não está, mas você devia chamar alguém para... Ah, quase me esquecia. Posso pegar o caderno dos sonhos?

— Lógico. Espere um pouco, está no meu quarto.

— Você chegou a ler?

— Claro.

Sônia sentia o rosto corado e os pés quentes. Até se acostumar àquelas botas... Destranca a porta, para ir se ambientando à temperatura exterior.

— Aqui está. Obrigada. Alguns sonhos são curiosos, aquele da vitrina...

— O meu preferido é o sonho dos seios — Sônia afirmou. Você vai continuar publicando o anúncio?

— Não sei. Acho que rendeu o que tinha que render.

Na frente da casa, as duas se viraram ao mesmo tempo.

— O cara é esquisito. Prá que aqueles holofotes no jardim? — Sônia comentou.

— Tenho vontade de conhecer o pintor. Será que é parente do velho Ananias? Coitado, não posso esquecer que foi atropelado... Ele parece morar sozinho, porque desde que se mudou não surgiu mais ninguém, nem nas janelas nem no quintal.

— Com que pretexto? — Sônia perguntou, a esfregar as mãos.

— Oferecer a Zaíra. É uma ótima faxineira e ainda não preencheu todos os dias da semana. Ela mesma me pediu. Estou curiosa, além do mais, para saber se a escultura de alumínio da entrada é obra dele. Lembra o globo do Morelet, um artista francês que expôs na galeria que eu tinha. Tomara que os passarinhos a descubram para poleiro. O que tem de pássaros ultimamente na Aldeia é incrível. Nos fins de tarde ou de manhã cedo, você não ouve o canto dos bem-te-vis? Em dia de calor, se a gente atravessar a avenida, pode ver agora um bando deles mergulhando no lago. Sujo ou não, ainda é um lago, não é?

Sônia concordou.

— Tchau, Greta, obrigada pelo vinho. Esfriou à beça. Entre logo.

Greta voltou, tiritando, mas dentro estava quentinho. O relógio marcava dez horas. Ainda podia trabalhar.

Míriam, menina, corre pelos campos. Franzina, olhos miúdos, surge e desaparece entre os pés de milho à procura das seis mais bojudas espigas para o jantar. O agricultor polonês, rosto queimado de sol, também está retornando, a cesta cheia de peixes. Pai e filha não se falam durante a subida da encosta, a caminho de casa. Andam lado a lado, quietos, sentindo a paisagem silenciosa de Santa Catarina. É um homem alto, sólido, duro: as botas plac, plac no cascalho.

Na varanda, a mãe borda um lençol de linho, enquanto o filho corta gravetos para a lareira. É uma mulher fina, de gestos suaves, os cabelos presos em longa trança caída sobre o seio. Dentro em pouco a velha ama vai anunciar que a sopa está servida. E eles comerão iluminados pelo fogo, o pai contando casos da plantação de arroz ou do nascimento de outra criança de algum colono. Após o jantar, eles jogarão crapô e os filhos, mico-preto ou dominó, até o grande relógio soar as dez badaladas.

Porque as tábuas largas de madeira estalam à noite, Míriam sempre tem medo. Então, abandona seu quarto e vai para a cama do irmão. Entra debaixo do lençol e trêmula se enrosca em Gricha.

Dezoito anos, o irmão deixa a casa, para servir o exército. Na volta, encontra Míriam moça — como espichou em tão pouco tempo! "Cuide dela, meu filho — diz o pai à morte —, os machos da vizinhança estão assanhados." Doze meses depois falece a mãe, picada por cobra venenosa. Sozinhos, os irmãos se descobrem e se amam. Jamais teriam desertado do sítio, não fosse a desapropriação do governo, ao passar uma estrada.

Gricha e Míriam vieram para São Paulo, atrás de uma tia viúva, com quem a mãe se correspondia.

E as bonecas, de onde teriam vindo? Da tia materna, que contou a tragédia familiar.

Olga, a mãe, se apaixonou por Ivan, o pai, que era administrador da grande fazenda do avô deles, perto do Paraná. Foi um Deus nos acuda a gravidez de Olga. O avô preferia qualquer coisa a permitir o casamento da filha, que podia escolher uma viagem à Europa ou esconder-se numa outra fazenda em Laguna, com uma condição, a de que ela desse a criança. Olga bateu o pé, chorou, fez o diabo. Acabou fugindo de casa e por muitos anos ninguém soube dela e do marido. Daí veio a segunda guerra mundial. Nosso velho, que era alemão, transferiu os bens — não sabia se todos ou se apenas alguns — para o nome de um advogado da família, que o traiu. Perdemos quase tudo. Naquela época, às mulheres eram proibidos os assuntos de negócios, como se fôssemos incapazes de pensar, imaginem. E àquela altura eu já estava casada e morando aqui, nunca soube, de fato, o que aconteceu. Um dia recebi uma carta de sua mãe, dizendo que vivia muito feliz e que tinha, além de você, Gricha, mais uma menina. Por isso guardei essas bonecas, que foram de sua bisavó. São estrangeiras, e eu não tive filhos...

Os irmãos se instalaram com a tia, provisoriamente, enquanto procuravam lugar para o seu próprio ninho. Ela recebia pensão do marido, alta patente da Aeronáutica, o sobrinho podia, sim, confiar Míriam a ela, se estava disposto a pesquisar que fim levaram os bens da família. A irmã, imitando a mãe, transformou-se em bordadeira, para preservar o pecúlio e ser útil. Ao aparecer o anúncio no jornal, do lançamento do prédio na Aldeia dos Sinos, Míriam quase gritou de alegria. Ela e Gricha teriam, enfim, um lar.

Ato de generosidade ou de hostilidade, de apreensão ou de busca, de isolamento ou de comunicação? O Dr. Oswaldo se nega a discutir a mágica da criação: Tina, Greta, Alice, Luís, Sônia, Elisa, Míriam. Em quantas individualidades pode se desdobrar um único ser?

Greta bate na porta do artista com a mão esquerda porque a outra segura o maço de folhagens. Um indecente maço, grande demais, e ele por certo não terá nenhum vaso e ela vai ficar atrapalhada...

Ele se espanta de ver Greta ali, desajeitada, atrás das folhas verdes que acabou de colher no jardim. Ela explica que é uma vizinha trazendo votos de boas vindas, mas ele não presta atenção, atraído pelas folhagens. Repara que as mãos dele estão sujas de tinta, a calça e os sapatos. Todos os artistas são iguais, pensa, lembrando-se de um em particular, que cheirava a terebentina da cabeça aos pés. Apontando uma cadeira de vime, que está perto da janela, ele desaparece da sala.

Ela examina o ambiente, familiarizada com o cenário: empilhados no chão, os livros esperam uma estante; telas viradas e encostadas nas paredes (estariam pintadas?), uma tábua apoiada em tijolos serve de mesa para pincéis, tubos de tinta, latas.

No canto, uma prancheta e a mapoteca. No lado oposto, um armário, caindo aos pedaços, repleto de potes. Esculturas, executadas nos mais variados materiais — ferro, madeira, bronze, acrílico, pedra —, dispostas desordenadamente pelo assoalho, transmitem um ar de improvisação, um ar de quem está em trânsito e não instalado para valer. Uma das obras comove Greta: no cavalete, um espelho com uma paisagem desenhada em guache. Ela se aproxima e sua imagem aparece refletida como se fizesse parte da composição.

O artista cruza o salão umas duas vezes. Atarefado com o quê? — Greta pensa. Eu só me aproximo de gente esquisita.

— Não encontrei nada melhor do que esta lata. Demorei porque estava dando um jeito para que não ficasse tão feia — disse, enquanto depositava a lata, pintada de preto, na mapoteca. A folhagem parecia solta no ar.

— Está bastante bom o arranjo — Greta elogiou.

Sentaram-se um defronte do outro. Ele acende um cigarro. Moreno, cabelos crespos, careca no topo da cabeça. Corpo esguio, tenso. Em torno dos quarenta? Expressão de indivíduo nervoso, desconfiado. Chama-se Alexandre. Faz perguntas gentis sobre os habitantes da Aldeia. Mostra-se interessado em

Míriam, que achou muito atraente, com aquelas roupas extravagantes. Um personagem de Poe.

— Para mim é mais de Lúcio Cardoso. Leu? — Greta pergunta, meio agressiva.

— Não. Conheci o Lúcio pessoalmente. Era uma figura demoníaca. Detesto ler romances brasileiros.

— Qual foi o último, quer dizer, o mais recente que leu?

— Nem me lembro.

— Talvez seja por isso. Temos excelentes autores. Você está com preconceito, como muita gente. Se quiser, empresto alguns...

Ele solta um riso de deboche.

— Quando surgir um Tchecov por aí, você me empresta — diz e se levanta. De um baú, tira uma garrafa de xerez e dois cálices.

— Estamos no Brasil e não na Rússia. A literatura está criando a nossa identidade...

— Já que estamos falando de coisas sérias, que tal uma bebidinha para compensar? — ele a interrompe, sem a menor cerimônia.

Greta aceitou o cálice, calada. A expressão de pouco caso, de desprezo encerrava o papo. Um a zero para ele — ela reconheceu. Beberia alguns goles e se mandaria.

Os sinos da Aldeia tocaram seis vezes.

— Você também ouviu? — ela perguntou.

— O que, seus pensamentos?

— Os sinos da igreja.

— Que sinos, que igreja?

— Esses que acabaram de tocar.

— Não ouvi nada — o artista deu de ombros.

81

— Isso acontece, no começo. Depois vai ouvir. Alguns escutam as badaladas à noite, outros de dia. Que horas são?

Ele estica a cabeça em direção à porta aberta — a cozinha?

— Cinco horas.

— Tomara que essa troca de horário — em geral eu ouço os sinos às seis —, não anuncie nenhuma desgraça para a Aldeia.

Ela suspira teatralmente.

— Você abona as besteiras de feitiço na Aldeia? — de novo ele lhe dá um olhar sarcástico.

Greta faz esforço para se controlar. O anfitrião não é nada simpático.

— Confesso que meu bom-senso não admite a hipótese, mas meus sentimentos sim — ela fixa o fundo do cálice.

— Você deve estar louca para me contar a história. Conte.

— Não existe uma história, existem várias. Algumas tragédias da Aldeia impressionam. O incêndio, por exemplo, há três anos, em que a família queimou, morreu inteira.

— Pode acontecer em qualquer lugar. Onde era a casa?

— Na rua das Magnólias. A única fora desta rua. Duas quadras ali adiante. Queimou em meia hora, a construção era pré-moldada. Restaram apenas as cinzas, que o mato cobriu.

Por motivos que Greta nem imagina quais sejam, sente absoluta necessidade de falar na sina da Aldeia. Entre goles de xerez, vai desfilando casos.

— Para terminar, no ano passado, foi aquele troço medonho, no dia 31 de dezembro. A gente já estava comemorando a passagem incólume dos doze meses, e o velho Ananias, que morava nesta casa, é atropelado pelo carro fúnebre na avenida. Velamos a noite inteira.

— Simples coincidência — ele disse bruscamente. — Não fosse a morte do velho meu tio, eu continuaria em Araraquara, naquele fim de mundo. Aí é que está. A casa me caiu do céu, pode crer.

Ele se levantou novamente, pegou um pano e se pôs a limpar uma escultura. Greta aguarda quieta alguns minutos: ninguém na Aldeia sabia da existência de parentes do velho Ananias. Pensava-se que não tivesse família porque ele, com oitenta anos, cozinhava, lavava e passava a própria roupa, vivendo em quase penúria. Que se soubesse, nunca foi visitado. O sobrinho tomou logo conhecimento da morte do tio?

— Minha irmã mora em São Paulo e a Fortuna avisou. Alguém tinha que providenciar o enterro, não é?

Eis um detalhe que não ocorrera a Greta. Alguém, é claro, providenciara o enterro, mesmo que não tivesse comparecido.

Ele interrompeu-lhe os pensamentos.

— O que você acha disto? — apontou uma escultura e acendeu a luz.

Óbvio que perguntou por perguntar, indiferente à opinião que pudesse ou não ter. Resolveu mostrar os seus conhecimentos de artes plásticas, analisando aquela e outras peças. A maioria não resistia. Eram propostas modernosas.

— Desculpe a crítica. Não precisa concordar.

— Às vezes, concordo. O enfoque é bom, mas os conceitos são muito rígidos. Deformação profissional, não é? — fitou-a maliciosamente.

— Como é que...

— Estive naquela sua galeria, num vernissage, anos atrás.

— E me reconheceu?

Dois a zero para ele — Greta admitiu. Que sujeito. Por que não disse?

O mercado de arte seria o próximo tema. Ele tinha enraizado ódio aos leilões, aos critérios de seleção e à má atuação das galerias.

— Quando eu quiser expor, vou colocar as peças em praça pública. Galerias não me pegam. No fundo não fazem nada, alugam o espaço e ganham comissão das vendas. Antes morrer de fome do que compartilhar da sem-vergonhice dos *marchands*, palavra de honra.

— Calma com o andor. Tem muita galeria que trabalha a exposição, chama os colecionadores, desempenha corretamente as funções. Não é bem assim.

Ele fixou-a atentamente. Pela primeira vez.

— Não se mexa. Quero desenhar você nessa posição — correu a buscar uma tela em branco e com um carvão começou a esboçar Greta, rapidamente. Os movimentos do carvão emitiam no pano um som áspero — o de um rato a se esfregar no chão? Ela se sentia intimidada com a expressão do artista. Era uma expressão de quem enxergava através dela — baixou os olhos, encabulada.

— Olhe para mim. Só mais um minuto. Agora pode olhar para onde quiser, mas não se mexa.

Então Greta viu: aquela mulher, a que ele estava desenhando, não era ela. De jeito nenhum. Era Tina quem brotava daqueles traços: a mesma postura lânguida, sonhadora, o clima da outra. Sem que se pudesse controlar, imaginou imediatamente ela e Luís abraçados, a andar amorosamente ao redor do lago. Rejeitada, Greta espionava-os cheia de inveja e dor no coração. De repente, Tina representava uma ameaça, como se ela, Greta, fosse perder algo muito valioso — mudou de posição.

— Dou o que quiser em troca do que estava pensando. Devia ser uma coisa importante, porque você quase evaporou.

Greta tentou despistar, brincando que queria o desenho.

— Não faz mal. Você fica extraordinariamente bonita assim pensativa. E quieta.

Ambos riram.

— Quando a tela estiver pronta, dou para você.

À noite, sem conseguir pregar no sono, Greta fez um longo passeio pelo jardim. Até que ponto existiria aquela simbiose do desenho? Pode um autor ter ciúmes dos seus personagens? O que significava a seleção daqueles protagonistas, naquele microuniverso em que os fechou? Teriam sentido? Distraiu-se ao ouvir a ária do "Rigoletto". Gino, o cantor de óperas, exibia-se a plenos pulmões.

Os pais de Gino de Carli vieram da Itália para o Brasil por volta de 1920. Aprenderam a língua, ouviram conselhos e antes que o dinheiro acabasse fixaram-se com um restaurante na Bela Vista. Uma cantina de massa fresca preparada por Dona Assunta, que era da Província de Potenza e desde sempre assistiu a sua mãe e a avó a cozinhar, a fazer queijos, pães e salames. Conhecia de cor as receitas e tinha talento para o ofício.

Quando Gino nasceu, seu Giuseppe fez uma promessa: o filho seria cantor de ópera, como Beniamino Gigli, o seu ídolo. Nem que fosse por uma única vez, veria o filho num palco. Aos quinze anos, Gino saía do ginásio e ia à força para as aulas particulares de canto, que escondia dos amigos e colegas, pois não olhavam com bons olhos esse tipo de coisa. Ia a contragosto e reclamando.

— Io ho fatto um giuramento, figlio mio — o pai insistia, quase de joelhos.

Finalmente o velho maestro italiano deu a Gino uma pequena chance em "Barbeiro de Sevilha". Estava prestes a completar vinte anos e era tudo o que o jovem precisava para livrar o pai da promessa. Na noite da estréia, seu Giuseppe e D. Assunta subiram as escadas do Teatro Municipal com orgulho de reis. Depois do espetáculo, a Cantina Di Carli ofereceu ao elenco uma festa. Gino não participou, vítima de uma das enxaquecas de que padecia desde a infância.

Mas, sem que soubesse por que, morto o pai, assumiu a direção do restaurante e passou a cantar para os fregueses. A cantina ficou famosa, pela comida e pelo cantor. Dizem que até o Presidente Getúlio Vargas comeu lá. Gino casou com Graziela, uma prima distante que veio para a casa dos parentes, de férias, em 1945. Tiveram três filhos, todos já de família constituída. Em 1970, Dona Assunta faleceu e o restaurante, que estava decadente, foi vendido. Gino aplicou o dinheiro comprando um apartamento para cada filho e a casa da Aldeia dos Sinos. Às vezes, à noite, gostava de cantar ou ouvir trechos de ópera e a sua voz de barítono enchia a silenciosa rua das Palmeiras. Cantava também em dueto com a gravação, como agora. Terminada a ária, Greta se recolheria. Atualmente ele cantava menos e apenas se a mulher passava uns dias com algum dos filhos.

Clima de paz, na Aldeia. Os dias arrastam-se intermináveis. A temperatura subiu, o termômetro anda pelos 18 graus. Zaíra limpou a casa de maneira especial — pensaria em viajar? Tirou os móveis, os livros e, ao meio-dia, apontou para o arcaz.

— Vou fazer faxina nessas gavetas. Não tem mais jeito.

Greta, atônita, ia argumentar algo, mas Zaíra, agachada, mostrava.

— Dê uma olhada nesses papéis. Isso aqui é comida de baratas — virou a gaveta no chão.

Horrorizada, Greta viu os restos mortais daquilo que tão arraigadamente escondia na arca. Um bolo de papel picado surgiu no chão.

— Não dá para guardar tanto papel. Não dá mesmo, Dona Greta, os ratos estão se refestelando.

Dos cadernos de contabilidade da galeria, sobravam praticamente as capas.

— Pode jogar fora — ela disse.

Por minutos, Greta reviu a loja. A casa reformada, a sua mesa, a máquina de escrever. Como conseguiu se integrar naquela droga? Jamais entenderá, por mais que tente. Houve mesmo esse tempo de aceitação daquele mundo? Ao conversar com o artista, há quinze dias, abordou o tema com a desenvoltura de alguém que ainda confiasse no caminho da arte, no mercado de arte. O que era absolutamente inverídico.

A gaveta foi recolocada no lugar. E aquele monte de cacarecos no chão? Zaíra aguardava que ela se decidisse. Uma caixa de madeira — abriu —, borracha e alguns clips, porta-retrato quebrado, anel de latão, botões de metal azinhavrados, fichas velhas de telefone, carimbo, pinça enferrujada, medonho broche sem alfinete, cadeado emperrado — de onde? —, chaves velhas e inúteis, pilhas gastas e um trapo de seda roxo, com flores.

— Tudo pro lixo — falou enojada. A sua alma seria um reflexo daquela bagunça? Com que propósito guardara aquilo?

A empregada obedeceu às ordens, varrendo rapidamente a tralha numa pá. E, sem cerimônia, puxou outra gaveta. Papéis e mais papéis de cartas e envelopes, de várias cores, correram pelo assoalho. Papéis timbrados, inclusive. Por que e quando se dera ao luxo?

— Fora!

— Ah, Dona Greta, levo para os meus meninos brincarem.

— Estão manchados, Zaíra. Não servem para nada. Não sei por que guardei... Se quiser pegar os melhorzinhos...

A operação guardar e bater gaveta se repetiu.

— Chega. Você vai ficar exausta com tanta bagunça.

— Não paro não. A senhora está pensando o quê?

— Prefiro que limpe as janelas. Os postigos sujaram...

— Na quinta-feira. Estou com a mão na massa — puxou a terceira gaveta.

— Essa não! — Greta quase gritou.

Tarde demais. Um monte de fotos, amarradas com uma fita desbotada, e outras avulsas eram manuseadas pela empregada.

— Que judiação, Dona Greta. Mal se pode ver de tão velhas. Essa aqui acho que é a senhora, de uniforme de colégio. Chiiiii, as fotos estão grudadas. E essas cartas, ainda prestam?

Greta ficou com vontade de botar a mulher porta afora. Que atrevimento era esse? O rosto branco de tensão. Zaíra deve ter sentido a gravidade do momento, porque, delicadamente, como se pegasse uma criança, colocou o maço de cartas de lado. Greta tremia, da cabeça aos pés.

— Por favor, pare.

— E o que faço com esse bagulho? Está cheio de mofo aqui, eu podia, pelo menos, tirar tudo das gavetas, ajuntar e guardar de novo. Veja, a parte de trás deste compensado está caindo.

— Não. Obrigada. Não quero que mexa mais nessas coisas — a voz dura, autoritária.

A empregada forçou a gaveta até que se ouvisse o barulho de que estava colocada. Greta foi até a janela, pensando que não se deve bulir na vida alheia. Aquelas gavetas encerravam a sua história.

— Venha cá, Zaíra. Alguém ateou fogo no capim.

— Nossa Senhora — levantou a vidraça.

Os tufos de barba-de-bode crepitavam. De longe se podia ouvir a palha a queimar. A linha de fogo desenhava no campo uma espécie de balão.

— Isso é obra de tarados. Como é que se chamam essas pessoas que gostam de atear fogo?

— Piromaníacos. Mas olha lá, Zaíra, o pessoal do cemitério vem apagar...

A faxineira pegou a vassoura, disposta a limpar os restos mortais da arrumação.

Greta tornou a olhar as labaredas que diminuíam de intensidade. A névoa densa encobria ainda os eucaliptos. Os pequenos montes, em primeiro plano, eram visíveis, mas as montanhas desapareciam sob a neblina. Ali perto, no jardim, as samambaias pareciam enormes vaga-lumes. Há três meses não chovia. E as plantas precisavam de água.

O convite para a Assembléia do condomínio — adiantada em quinze dias — chegou batido à máquina, o que era uma novidade. Talvez Antônio quisesse obrigar o comparecimento de todos, para propor a sua reeleição, ou desistir das funções de síndico — Greta dobrou o papel. Seria uma lástima se ele não continuasse.

A voz de Elisa interrompeu-lhe os pensamentos.

— Que calor, heim, Greta? Ninguém ia imaginar uma temperatura dessas em pleno mês de julho.

O filho do síndico esperava que a velha assinasse o protocolo da correspondência.

— Espera aí, Greta — (e, voltando-se para o menino) — Seu pai está bom, menino? E sua mãe? — tirou uma bala do bolso e deu ao garoto. — Depois eu leio a carta. Esqueci meus óculos.

Greta riu, encostada no pé de azálea.

— É um convite para a reunião, amanhã à noite.

— Agora é por carta? — ela se aproximou. — Ai que horror, a grama secou toda com o último frio. Está tão feia.

— Com esse calor brota logo. É só cair uma chuvinha — Greta comentou. — As azáleas estão viçosas.

Os terrenos não tinham muros divisórios e várias foram as soluções encontradas pelos moradores para delimitar, pelo menos visualmente, as propriedades. Elisa fez uma cerca viva de azáleas, Camilo plantou aglaias, que viraram enormes árvores, Tina enfiou xaxins, um ao lado do outro, formando uma parede de samambaias. As decorações dos jardins davam um encanto especial à ruas das Palmeiras.

— Se aquelas nuvens ficarem por aqui, é capaz de chover.

— Daí, vai-se o nosso veranico.

— Pois é. Nada é perfeito neste mundo. Sabe quem veio nos ver ontem? O sobrinho do Ananias. Moço agradável, cheio de mesuras. Falou no tio, em Araraquara, e que se sentia feliz na Aldeia. Disse que estava visitando todos os moradores, para conhecer os vizinhos. Não é gentil?

Greta concordou.

— Ele disse que vocês são amigos há muito tempo. É verdade? Ele deve ser um partidão — Elisa piscou.

Greta não confirmou a amizade, nem desmentiu. Tratou logo de se despedir, indignada com a petulância e a falta de honestidade do cara. Amigos!

À noite, sentada novamente à mesa, a conversa com a vizinha voltava-lhe nítida à cabeça.

A história de Míriam saiu mais folhetinesca do que a de

Sônia: por quê? Amanhã tentaria outra versão. Como é que o irmão poderia encontrar Míriam? Quando e em que circunstâncias? E se ela fosse mesmo bilheteira de cinema?

Talvez porque a noite estivesse amena — apesar das nuvens negras — ou porque o convite fora batido à máquina, quase todos os moradores compareceram à reunião de condomínio. As pessoas iam chegando e se cumprimentando cordialmente, enquanto a anfitriã servia refrescos de maracujá e uns deliciosos biscoitos amanteigados. Gente saindo pelo ladrão. Os retardatários teriam que ficar na garagem.

Nota-se que Jane caprichou na arrumação da casa e de si mesma: vestido preto, colar de pérolas e maquilagem. Sobre a mesinha de centro, um vaso de flores. A sala, ampla, foi dividida em dois ambientes pelos móveis. Os sofás de veludo são pesados, assim como as cortinas. Lembra um pouco a casa de alguma tia que more no interior e que escolheu mobília seguindo revistas de decoração. De veludo, essas casas de tia não abrem mão.

Muita gente chegava. O síndico consulta o relógio e dá início à sessão, excusando-se pelo aperto das acomodações. Prometia ser breve no relatório de sua administração, para não cansar os que estão de pé. Prescindiria, inclusive, da chamada de presença, pois era evidente que mais dos dois terços, exigidos pelos estatutos, haviam comparecido. Limitar-se-ia a passar o livro de assinaturas no fim da reunião. Ao invés desses gestos de praxe, aproveitaria para saudar o Sr. Alexandre Ribeiro, sobrinho do velho Ananias (que Deus tenha aquela bondade), a partir deste mês, membro da nossa pequena Aldeia.

O artista, de pé ao lado da anfitriã, cumprimenta os condôminos discretamente (intimidado com tantos olhares curiosos ou de mau-humor?). Traja terno caramelo, gravata marrom, mostrando que dera real importância à ocasião.

O síndico principia, então, a ler o relatório de suas atividades. Coisa desnecessária, todos sabem de cor o que ele fez. Enquanto a voz pausada, redonda e forte, lia a prestação de contas, Greta ponderava se podia ou não transmitir o pedido de Míriam de limpeza do prédio e garantias de proteção, caso Antônio não aceitasse a reeleição. Míriam sabia a opinião da maioria dos condôminos, por isso não compareceu. "Aquela cambada de gente sem caráter quer a demolição do edifício só porque enfeia a rua. Ninguém analisa o meu problema. Se o Dr. Alceu desse o ar de sua graça, representando a Fortuna, sem dúvida alguma eu ia. Eu podia perder a chance de enfrentar, cara a cara, o filho da mãe que me explorou? Mas ele inventou esse sistema de condomínio de propósito. Em vez de ouvir as queixas e as exigências individuais, usa o síndico de elemento de ligação ou pára-raios, sei lá, evitando chateações. É isso aí."

Greta compreendia a posição de Míriam mas, naquela noite, dificilmente teria condições de interceder pela amiga. O sistema de condomínio era, de fato, duvidoso. Para começo de conversa, as escrituras estavam, há muitos anos, emperradas. No lançamento do projeto, os proprietários compravam, além da casa, uma fração ideal da área comum, exatamente aquela onde seriam construídos o lago, a igreja, a praça de esportes, as ruas e etcétera. Por algum erro, ou descuido na organização do condomínio, à imobiliária não ficaram poderes para agir, se o empreendimento não desse certo. A porca entortou o rabo e a Fortuna foi salva da falência porque a área do cemitério estava fora do terreno do loteamento. Se não...

Nesse momento o síndico terminava o relatório comunicando, enfim, ter conseguido autorização para contratar um guarda-noturno, desde que as despesas fossem rateadas entre os moradores. O homem do 512, um corretor de seguros chamado Tancredi, imediatamente levantou-se e pediu a palavra para reclamar. Com o aumento dos impostos e das taxas de conservação, quem tinha dinheiro sobrando para pagar um guarda-noturno? Antônio permitiu que ele falasse e que alguns dessem seus apartes normais para finalmente dizer que o assunto devia ser discutido com o novo síndico, depois de efetuada a escolha.

Camilo transmitiu a Greta sua impaciência:

— Se essa droga não acabar logo, nem vou assinar a presença. O menino não está acostumado a tanta zoeira — abotoou o blazer preto.

Greta ia pedir-lhe calma, quando o anfitrião, elevando a voz, gritou por silêncio.

— Sua atenção, por favor. Os amigos conhecem e aceitam minha decisão de não continuar síndico da nossa Aldeia. Mesmo assim, diversos condôminos manifestaram desejo de que eu permanecesse por mais dois anos. Agradeço-lhes a confiança, mas creio firmemente que a renovação é sempre eficaz e necessária. Estou cansado, meus caros, quatro anos lutando para resolver todas as nossas dificuldades junto à imobiliária ou à Prefeitura me afastaram do que realmente gosto e preciso fazer. Mereço, também, ter horas de folga, como todo mundo, e dedicar meu tempo à família e aos meus negócios. Consultei vários vizinhos sobre a possibilidade de assumirem o espinhoso cargo e compreendo as respostas negativas. Desse modo, devo submeter-lhes o nome do único morador da Aldeia que se ofereceu para exercer as funções: nosso mais recente vizinho, o sr. Alexandre Ribeiro. (A platéia se espantou com a indicação. Por que haveria ele de querer o cargo? — Greta se perguntou.) Apesar de desconhecer nossos problemas, confio nas qualidades do senhor Ribeiro. Indico-o, portanto, com prazer, convencido dos seus propósitos em ser útil à nossa comunidade. Termino, apresentando a todos os que me ajudaram os meus agradecimentos.

Uma salva de palmas estourou na sala e na garagem, durante longos minutos. Indiscutivelmente Antônio havia sido um excelente síndico, justo, humano — no caso de Míriam — e eficiente em contornar as crises constantes com a Fortuna.

— Vamos à assinatura da ata da assembléia, ressalvadas as observações do Sr. Tancredi...

Greta distraiu-se, por instantes, com Ivo, que lhe segurou a mão.

— ...o nosso secretário, Gino de Carli, circulará o livro. Ao novo síndico, os meus melhores votos.

Outra vez palmas, porém mais fracas. Camilo, empurrando a cadeira de Ivo, se dirigiu ao artista.

— Não o invejo, meu caro. Fui o primeiro síndico, as dores de cabeça são inúmeras. Necessitando de ajuda, estou às ordens. Boa-noite.

Ivo, babando, não queria soltar a mão de Greta, que se viu obrigada a acompanhá-lo. Sônia e Elisa juntaram-se aos três. No trajeto de volta, Camilo observou que não lhe agradava a expressão do tal Alexandre.

— Vocês notaram o ar de desconfiança e de superioridade que ele tem?

Sem dúvida a observação procedia. No olhar do artista havia uma intenção qualquer, indecifrável. Como se ele estivesse de tocaia — Greta soltou um suspiro breve. Tocaia contra quem?

O ramerrão da vida cotidiana. Enfadonha aquela reunião, ainda mais contada assim, sem nenhum brilho. Terá sua razão de ser?

Chovia demais na hora de Greta sair da clínica. O Dr.

Oswaldo despedia-se dos pacientes com um frio cumprimento profissional. Até quinta. A pessoa mais fechada e gelada do mundo, puxa. Aquela gente tinha acabado de lhe entregar a alma, não custava nada dar um pouco de calor à voz ou ao rosto — Greta encolheu-se contra a parede para evitar os pingos do telhado. Tina podia se apaixonar por ele, Greta jamais. Pensou que talvez faltasse à clínica na próxima semana e sentiu uma dor no peito. Tantas pessoas logravam conviver com os seus conflitos, por que Tina não podia? O pobre do Cabral, enrolado em angústias, gastava dois terços do ordenado naquela terapia inócua, privando-se até de comer, vê se pode.

O Dr. Oswaldo olhou para Greta, embaixo da marquise, com indiferença. Vá ser antipático na China. A buzina insistiu. Tantanratantan. O médico correu. Greta viu a mulher de cabelo oxigenado dar-lhe um beijo na boca. Ou ele era um grande egoísta, ou muitíssimo mal-educado.

Cabral aparece com um guarda-chuva.

— Me leva para o carro?

O rapaz, de trinta anos, dá-lhe o braço. É um belo espécime masculino. Pena que seja tão infeliz e contraditório.

— Onde ele está?

— Do outro lado.

— Você vai pegar a Pamplona?

Ela confirma.

— Que bom. Pego uma carona até a esquina da rua Estados Unidos.

Os pingos grossos que escorrem do guarda-chuva caíam no ombro e escorregavam pelo braço — Greta balançou-o — enquanto os dois esperavam fechar o sinal para atravessar a rua. Finalmente entraram no carro. O trânsito, completamente congestionado.

— Vai indo bem a obra-prima?

— Péssima. Nem sempre encontro palavras correspondentes ao que pretendo contar. A toda hora tenho que procurar no dicionário o sentido para as palavras que me brotam soltas, ou para buscar outras mais exatas. Isso me consome um tempo enorme. Às vezes desisto, varro a casa, tiro o pó, aponto lápis, faço qualquer coisa que me distraia.

— Que precisão o que, Greta. O importante é a espontaneidade.

— Para ser espontâneo é preciso ter uma bruta técnica. Se a gente não se cuida, tudo fica pobre e vulgar. O que eu queria do Dr. Oswaldo é outra coisa. Uma interpretação...

— Você é engraçada. Quer que ele defina o processo de criação como se ele fosse um sabe-tudo, um profeta, um mágico, um filósofo.

— Não é bem assim. Em todo caso, vá lá. O que me impressiona é que, conscientemente, sou uma pessoa, escrevendo sou outra. Ontem fiz um pequeno texto, meio à toa, tentando abordar uma figura da Aldeia. Juro, não sei quem escrevia as palavras por mim. Eu não era.

— Não entendo muito disso, mas se não existisse algo sobrenatural, extra-sensorial, todo mundo seria artista, né? Cuidado! — ele gritou, nervoso.

Greta brecou em cima de um *pick-up*. Por pouco não dava uma batida.

— Já pensou? Credo. A boneca aqui não pode levar desses sustos, querida.

Ela sorriu, mas por dentro sentia o coração pulsar descompassado.

Cabral se despediu logo adiante.

— Não esqueça a cabeça, guria. Vejo você na quinta. Tchau.

Greta ligou o rádio. "Il mondo in Tasca". Detesta essas canções italianas. Mentalmente começa a redigir uma carta para Luís. Uma carta terna e amorosa. De amizade. E que, sabia, jamais seria enviada.

Choveu a semana inteira: uma calamidade para a Aldeia. Com exceção do cemitério, que se desenvolve numa acentuada elevação, toda a região ficou submersa em, pelo menos, meio metro de água (as rádios falaram que em zonas da cidade a enchente atingiu mais de um metro de altura). No caso da Aldeia e arredores, supõe-se que as galerias não deram vazão à água, ou porque estivessem entupidas ou porque não foram previstas para tamanho índice pluviométrico. A situação na rua das Palmeiras ficou insustentável. Ninguém podia sair e a maioria das famílias teve suas casas alagadas.

Greta corria de um lado para outro, lidando com baldes e panelas, pois apareceram muitas goteiras no telhado. Além disso, a ventania derrubou uma árvore em cima do alpendre, canalizando a chuva para fora da valeta de escoamento, cheia de folhas secas. A água subia a olhos vistos no jardim. Fatalmente teria invadido o porão. O jeito era vestir uma velha capa de borracha e limpar a tal valeta, senão os danos seriam catastróficos. A horta simplesmente desapareceu. À noite, ela caía exausta na cama. Que escrever que nada. Só queria dormir.

Sexta-feira o tempo melhorou. O céu continuava nublado, mas já não chovia. Então foi possível avaliar o montante dos danos da Aldeia: galhos de árvores caídos sobre os fios de telefone e de eletricidade, cercas vivas arrastadas pela correnteza, um lamaçal danado nas calçadas.

Durante todo o dia as famílias trabalharam na limpeza das casas e das ruas, com exemplar energia. Apenas os que deviam sair para os escritórios não participaram do mutirão. Camilo, prestativo e experiente, a todos dava uma mãozinha — a construção dele, de boa qualidade, era elevada do chão uns setenta centímetros. Míriam, que, é óbvio, não teve problemas pessoais no apartamento, retirava a sujeira da entrada do prédio com a pá e a lata de lixo. De certa maneira, a inundação limpara um pouco os apartamentos do térreo, carregando o entulho leve. No fim da tarde, a Aldeia adquiria seu ar de normalidade, sem tantos destroços aparentes, e os moradores puderam tirar seus carros da garagem e suprir as despensas.

Curiosamente, sem que ninguém tivesse combinado, uma reunião voluntária se organizou na casa de Greta. O primeiro a tocar a campainha foi Tancredi, o corretor de seguros.

— Desculpe incomodar, mas acho que devíamos...

— Entre, por favor.

Dentro de meia-hora, vinte pessoas estavam sentadas na sala. Greta pensou que talvez um tivesse procurado o outro morador e...

— Já que tanta gente está preocupada — o corretor elevou a voz —, acho que é melhor ter uma conversa coletiva, não? Assim as reclamações, ou lamentações, serão repartidas entre todos.

Antônio, cabisbaixo, parecia o mais aborrecido, andando de lá para cá sem parar.

— A experiência dessa semana de chuva precisa ser analisada — continuou o corretor. — Eu, por mim, decidi pôr a casa à venda. A patroa não quer mais morar aqui. Perdemos os tapetes, os móveis ficaram imprestáveis.

Sônia, que nunca abre a boca, deu um aparte.

— Eu perdi uma quantidade incalculável de livros.

— Como todos perderam alguma ou muita coisa — Camilo disse —, devemos redigir um abaixo-assinado à Companhia, solicitando providências para que isso não mais se repita. Aproveitamos para solicitar uma definição do loteamento, das obras prometidas. Choveu demais, é verdade, vários bairros da cidade sofreram, mas a Prefeitura é a responsável. No nosso caso, é a Fortuna. Temos direito a exigir o cumprimento das cláusulas contratuais de manutenção das ruas, que estão cobertas de mato e servem de refúgio para assassinos, prostitutas e ladrões, e das áreas de utilização comum. Sou de opinião que, se a firma não tomar providências drásticas e urgentes, devíamos denunciá-la pelos jornais e dar entrada numa ação. O novo síndico, que não sei onde se enfiou esta semana, deve ser o portador, além de exigir as medidas.

— Bati na casa dele — disse Soares, dentista aposentado e seu vizinho mais próximo —, ainda não voltou. Depois da eleição, não deu mais as caras.

— Talvez tenha ido para Araraquara — Greta arriscou — pegar o resto da mudança.

— Ele é de lá? Que engraçado, eu também sou — comentou a mulher do dentista, senhora de uns setenta anos e avó de vários netos.

— Vender a casa não é a solução, principalmente porque não temos as escrituras regularizadas — Camilo continuou.

— Quem adquirir, tem que aceitar as mesmas condições, transferência do compromisso de compra e venda com a Companhia.

— O amigo Tancredi sabe que não é assim — Camilo calmamente insistiu. — A Imobiliária quer acabar, anular a venda das casas. Não convém a ela manter a situação. Está bloqueada, impossibilitada de dar outro destino às terras.

— Então que me compre de volta a propriedade. Prefiro perder o lucro do investimento do que deixar minha mulher sofrer. Fiz um mau negócio, paciência, pagarei por ele — encerrou o corretor de seguros.

O caos se instalou na sala. As famosas escrituras eram o ponto nevrálgico da Aldeia. Ou havia união, com cotização para pagar um advogado, ou nada podia ser feito. Há anos aquela indefinição se arrastava sem benefício para nenhuma das partes. Se, de um lado, os moradores acreditavam ter direito à cota ideal da área, ganhando na valorização da terra, de outro, sem desenvolvimento, a valorização era lenta e fictícia. Melhor que se marcasse outra assembléia dos condôminos — o dentista aposentado sugeriu.

Nesse momento, Antônio resolveu contar que fora pesquisar a Aldeia, para aferir não só os danos sofridos mas, principalmente, o porquê daquela enchente. Descobriu o seguinte: alguém vedara, propositalmente, as canaletas de escoamento de águas, com a intenção clara de que ocorresse a inundação. Qualquer chuva menos forte causaria idênticos problemas.

A revelação foi estarrecedora. Quem seria o causador da maldade? Com que objetivo?

— O propósito só podia ser um: provocar, de maneira violenta, que os proprietários abandonassem o local, revendendo para a Companhia suas casas e cotas.

Os presentes se revoltaram, indignados. Aquilo era uma atitude de bandido, de gângster, de mafioso.

Os vizinhos finalmente se retiraram, cada um comprometendo-se a convencer os condôminos ausentes a ratear as custas de consulta a um advogado e, possivelmente, da ação contra a Fortuna.

Greta sentia os músculos do corpo doloridos, não estava acostumada a tanto esforço físico.

Tomou um copo de vinho e, antes de se deitar, viu Sônia e Elisa a bater papo tranqüilamente na sala. Àquela hora?

— Pois é, mamãe. Está decidido. Vamos para a Suíça em outubro. Dizem que o outono é lindo — Sônia suspirou.

— E o Bóris, minha filha, como fica?

— Conversei com ele. Não compareci esses dias por causa da chuva e não fiz a menor falta. A verdade é que ele anda desligado do consultório, planejando atender os pacientes no hospital. Que idade ele tem, mamãe?

Elisa pensou alguns segundos.

— É cinco anos mais velho do que eu: deve ter cinqüenta e nove anos. A idade que seu pai teria.

— Tão moço e cheio de neurastenia com o trânsito.

— Sofreu um enfarte, Sônia.

— De qualquer maneira, continue ou não com o consultório, nós vamos viajar.

Elisa estremecia de agradecimento e de emoção. Um desejo antigo que ia se realizar. Quase não acreditava. Nem perguntaria por que Sônia se decidira. A filha andava tão mudada, idéias totalmente malucas na cabeça, publicar aqueles anúncios — fez o sinal-da-cruz — imagine!

— Temos mil providências a tomar: documentação, financiamento das passagens, roteiro... Passei hoje na agência.

— Quanto custam os bilhetes?

— Não sei. Vou ver amanhã. Você quer ir de avião ou navio?

— Nunca entrei num avião, minha filha. Navio é mais seguro, não é?

— De navio, são doze dias de viagem até a Espanha e de avião, uma noite. A gente dorme e acorda na Suíça.

— Que diferença! Para que financiar as passagens?

— Num país de inflação galopante, é bom negócio.

— Não dou palpite, não entendo nada disso. Você trata de tudo e eu escrevo para os primos, comunicando a ida. E o tal roteiro, o que é?

— Os países ou cidades que se quer incluir na passagem.

— Para mim, visitar Genebra e Zurique basta.

Sônia ficou quieta. Não é que ela se sentia animada? Aquela semana, fechada na Aldeia, fora tiro e queda. Tomara real

101

consciência do isolamento e da inutilidade em que vivia. A agência tinha uma excursão programada a Paris, Londres, Amsterdam, Roma, com passeios terrestres. Na volta, pensaria em algo para fazer. Talvez abrisse uma livraria.

    Elisa levantou-se e carinhosamente deu um beijo na testa da filha.

    — Deus te abençoe, Sônia, pela alegria que vai me dar. Você acha que Greta aceita uma procuração para nos representar nesse problema de advogado?

    Ela concordou.

    — Durma bem, mãe. Amanhã a gente vê.

    Nesta noite, Sônia teve o estranho sonho que voava. Simplesmente abria os braços e levantava. Experimentou primeiro sobrevoar a rua das Palmeiras e retornar. Depois, foi até o lago. Em vez da lua, viu o sol espelhado nas águas escuras e se desconcertou. À noite, o céu e o lago eram iguais — seguiu em direção à igreja. Cadê os sinos? À esquerda do campanário eles apareciam pequenos, uma sineta de prata, e tilintavam baixinho. À direita, o vão da torre estava completamente vazio. Deu várias voltas, a mesma imagem persistia, ainda que ela se lembrasse que o som, ouvido lá embaixo, era o de um enorme cone de bronze.

    Sábado claro. O tempo firmou. A horta tem que ser refeita. Comprar sementes.

Vinte dias Greta ficou sem fazer anotações. Uma preguiça enorme e algum fastio. Fase de boa vontade para com a Aldeia. Por diversos dias foi aos escritórios da Fortuna, solicitou reuniões, discutiu os problemas das canaletas, do trator defronte do prédio, argumentando coação, abuso de direitos, o diabo. Tentava assumir uma disposição de luta que, no íntimo, sabia infrutífera. Mesmo assim, lutou. Na clínica, mudara o comportamento. Cabral brincava: muita esmola o santo desconfia.

Voltava esbaforida e neurastênica para a Aldeia. Deu até para fazer tricô. Ia dormir quando as agulhas caíam das mãos cansadas.

Tina se recupera. Pode ser que venha para casa. Definitivamente.

Ai, que tempo. Não é que está novamente frio? As margaridinhas do campo desabrocharam, de repente, desafiando o inverno: estrelas no chão. As nuvens, que passam lentas no céu de azul transparente, deslizam rápidas no lago escuro. Por quê?

— Os coveiros nem descansam as pás de tanto enterro — comentou o diretor do cemitério, ontem.

Camilo estava inquieto.

— As pessoas idosas não suportam as baixas bruscas de temperatura, Greta. Qualquer dia estico as canelas. E o que será do meu menino? Não consigo dormir quando penso nisso.

Míriam desce atrás do carteiro, diária e inutilmente.

Vou escrever uma carta para Luís — Greta se promete. Agora.

Luís, muito obrigada pela carta. Fico satisfeita em saber que está gostando da viagem e com tantos planos na cabeça. Pelo visto, vai sair coisa boa. Especialmente a história do homem que encontra a mulher muda. Parece estimulante. Se ele falasse pelos dois, poderia funcionar. Como se ele fosse o inconsciente do homem civilizado, que anda de moto e, repentinamente, checa tudo aquilo que absorveu na cidade grande, pesquisando a sua própria dualidade. O ser emocional, puro — ela — contra o ser racional, sofisticado dos centros urbanos. Sei o que está pensando. Que, afinal, a ambigüidade sempre foi o meu tema predileto. Talvez seja. Em todo caso, o fato de o reflexo ser feminino deve enriquecer bastante o diálogo. Toque o bonde.
Meus vínculos com São Paulo se estreitaram bastante. Além de problemas de ordem prática com a Companhia, que devem ser resolvidos (infelizmente), vou à clínica. A verdade é esta: Tina não suportou algumas particularidades do mundo real e precisa de tratamento. O que era de se esperar. Com a obsessão de que ficou possuída, não podia ser de outro jeito. "Amor, a quanto obrigas".
Enfim tomo notas sobre a Aldeia, o meu mundo. Incoerente, às vezes, contraditório, outras: monótono, talvez, para almas inquietas e ávidas de emoção; alie-

nado, para os que só conseguem entender um tipo de reivindicação. Mas não tenho pretensões. Rabisco observações, como se contasse histórias para mim. Sinopses, para ver se desenho, ou descubro, uma estrutura através dos fragmentos. E aqui vai uma confissão (um tanto constrangida): as sinopses me parecem mais curiosas do que o desenvolvimento completo e exaustivo. Os climas me soam mais instigantes do que tudo. A Aldeia é muito isso, uma seqüência de climas. Por enquanto. Bem, Luís, como vê, não tenho nada interessante para contar. Encontrou os poemas do Cavafy? Grande poeta. Não deixe de ler. Aproveite a viagem. Um abraço,

Greta

Alucinação, mania ou outra doença qualquer — finalmente sentou-se decidida. Impossível controlar os sentimentos. De repente, a certeza de que devia continuar. A Aldeia estava ali, fornecendo dados.

Mês de agosto, mês de desgosto. Gino de Carli matou-se. Um choque para todos. Ninguém esperava um gesto tão desatinado.

Domingo à noite, recém-chegado em casa, Gino pôs um disco na vitrola — aos domingos isso jamais acontecia — e cantou, na janela, a ária do "Trovador". Greta pensou: domingo? Abriu a porta e saiu para a varanda. Súbito, ouve um tiro. Segundos depois, Graziela, desesperada, estava na rua aos berros. Onze horas.

Um pronto-socorro foi chamado às pressas, mas a ambulância demorou demais. O corpo, requisitado pela polícia, levou toda a noite para ser desembaraçado. Grande parte dos moradores da rua das Palmeiras ficou acordada, fazendo companhia à viúva inconsolável, já que os filhos cuidaram das providências. Gino foi enterrado, às cinco horas da tarde, no Cemitério das Flores. O grupo de vizinhos voltava a pé, andando devagar como se seguisse uma procissão. Na entrada da Aldeia, todos pararam. Expectativa no rosto: os sinos da igreja tocaram tristemente as suas badaladas. Alexandre Ribeiro não compareceu ao velório nem ao enterro, embora estivesse em casa.

Curioso esse suicídio, tão inesperado. Uma pessoa que canta e gosta de música parece inverossímil que se mate. Graziela mencionou, uma vez, para Greta alguns problemas financeiros do marido, que adorava apostar em cavalos. Seu vício, ir ao Jockey Club aos domingos. Os bolsos sempre abarrotados de pules. Talvez por isso, aos domingos ele não cantasse nem ouvisse discos. Graziela nunca o acompanhava ao hipódromo. Achava um gosto bobo e estéril ficar torcendo pelos cavalos a soltar os bofes na pista. Anos atrás Gino fora, inclusive, membro da Diretoria do Jockey. A perdição. Um desfalque, envolvendo o seu nome, jamais ficou esclarecido. O que aborreceu o marido, pai e avô exemplar. Não tinha nada com o caso.

Além do suicídio do cantor, outros dissabores no mês de agosto: o novo síndico não quis contratar o guarda-noturno, alegando falta de dinheiro, e se negou a ser portador do abaixo-assinado pedindo as providências combinadas. Soares viu-o, um dia, saindo de maneira esquisita dos escritórios da Fortuna, numa atitude de muita intimidade com o Presidente, um dos batalhadores para tirar o pessoal da Aldeia.

Convém destacar o estranho comportamento adotado pelo síndico, após a eleição, indo de casa em casa falar mal do Antônio. Como se quisesse destruir a boa imagem e os atos do seu antecessor. Se alguém se atrevia a não concordar com ele, trocava de assunto, dava um tapinha nas costas do vizinho e afirmava que era brincadeira e tal e coisa. E prometia um plano que revolucionaria as condições de vida na Aldeia, criando fundos para benfeitorias. Não perdem por esperar, dizia. Já na próxima reunião as preliminares seriam discutidas.

Mas, para marcar a reunião, foi um sufoco. Ele não queria que fosse realizada na sua casa, justificando que não tinha condições de receber, era solteiro, que se fazia necessário criar um espaço na cidade, próprio para esse fim. Pegou a todos desprevenidos. As reuniões sempre foram um ponto de encontro, de papo. Cada um lutando pela sobrevivência, da casa para o trabalho e vice-e-versa, pelo menos uma vez por mês, os vizinhos se encontravam socialmente e mantinham diálogo. É óbvio que os encontros particulares ocorriam, pois um visitava o outro. Elisa recebia para o chá, alguns faziam estoques juntos no mercado: compravam caixas de frutas e verduras e dividiam entre si. Medida prática para quem morava longe e tentativa de reformular um pouco as relações humanas, em geral egoístas. Se as reuniões fossem na cidade, as mulheres que não trabalhavam fora não poderiam comparecer. Nem Camilo, impossibilitado de deixar Ivo sozinho. Em suma, um transtorno. Não daria certo. Até parecia um truque para que poucos comparecessem. O dentista resolveu a situação, oferecendo a sua casa.

Impasse contornado, a reunião realizou-se no dia 20 de agosto. Míriam veio acompanhada de um sujeito franzino.

— Este é meu irmão que chegou do Sul.

Greta olhou para ele estupefata. O irmão existia mesmo. Agora ela jamais poderia ser bilheteira de cinema, nem ter outro destino. Míriam estava muito bonita nessa noite, uma figura de Klimt, com aquele xale florido, os cabelos presos em tranças enroladas sobre as orelhas. Pela primeira vez Greta viu a vizinha pintada. Irradiava paz no rosto sereno.

Gricha, enlaçando os ombros da irmã, era mais suave do que ela. Talvez porque tivesse olhos azuis. Um tanto instável na postura desengonçada? Os músculos da face retesavam-se sem parar, demonstrando tensão interior. Ou seria timidez?

O síndico entrou na sala, carregando pranchas de papel. O único fantasiado de executivo, pois os demais tinham trocado os ternos por calças de brim mais cômodas. O que não deixava de ser um tipo de uniforme também. Ele não cumprimentou ninguém, como se fosse o dono da casa e ali estivesse o tempo inteiro. Fixou rapidamente Míriam e o irmão.

— Silêncio. Vou começar a sessão demonstrando o projeto que fiz para suavizar as despesas e criar um ponto de atração para a Aldeia dos Sinos, aliás, um péssimo nome. Isso, porém, é assunto para ser tratado posteriormente.

Alguns moradores se entreolharam desconfiados. Será que o homem ia querer trocar o nome da Aldeia? Ele desvendou a primeira prancha. Uma perspectiva da igreja inacabada. Ao lado, uma grande lona de circo. A reação geral foi expressa em longo oooooh. Greta não sabe se pelo desenho colorido, se pelo susto do circo.

— É o que vocês estão vendo. A proposta é alugar o terreno para um circo. Fiz várias pesquisas, o entusiasmo existe, apesar da distância. O Circo do Povo já se candidatou. As vantagens serão muitas: policiamento grátis para nós, promoção do local e renda para o condomínio e a Fortuna.

À primeira vista o pessoal gostou do projeto, olho fixo na prancha.

O dentista resolveu falar.

— Interessante, mas...

— Espere até ver a proposta completa — cortou o síndico.

E mostrou a segunda prancha.

— O circo vai gerar uma série de quiosques de venda de bebidas e congêneres, e o espaço ficaria assim ocupado.

O desenho: outra perspectiva, de ponto mais distante, ampliando o campo de visão, onde se insinuavam módulos de plástico, em torno da lona, similar às bancas de jornal que existem na cidade. Nessa prancha a projeção da igreja havia desaparecido.

— E a igreja? — perguntou a mulher do corretor de seguros.

— Não me interrompam, por favor. Se quiserem anotar as dúvidas, podemos discutir depois — o artista falou, incisivo.

E a terceira prancha foi escancarada. Além do circo e dos quiosques, podia-se ver uma roda-gigante, indicando que um parque de diversões fora incluído no projeto.

Este desenho, ele encheu de figuras humanas, dando um ar de animação, de movimento. Homens e mulheres com roupas coloridas, crianças segurando balões de plástico, uma apoteose de cor.

A platéia tornou a exclamar, impressionada. Ele registrou e conferiu o impacto.

— Não faço pequenas coisas e sim grandes projetos. A irrelevância das medidas práticas, deixo para quem quiser. Sou um homem de criatividade, como podem aferir.

— Muito bem — aplaudiu Tancredi.

Greta procurou Antônio que, dignamente, fingiu nada perceber.

Decorridos alguns momentos, todos falaram ao mesmo tempo, com os mais próximos. Jane, a mulher de Antônio, manifestava admiração. Míriam e Gricha discutiam em voz baixa. Sônia e Elisa, quietas, ouviam o dentista que, vermelho e irritado, esbravejava.

— Quem o autorizou a consultar o Circo do Povo?

O síndico elevou a voz, novamente.

— Noto que o projeto entusiasmou a todos. Os meus caros vizinhos demonstram inteligência e bom-senso.

Um sujeito que nunca dizia nada e que sempre aprovava tudo, Dilermando Canudos, radioamador, apertando o braço da mulher, uma senhora gorda, de rosto alegre e belos dentes, resolveu se retirar. Via-se que estava indignado.

— O que, o meu caro amigo vai sair sem me dar a sua preciosa opinião? — o síndico disse, em altos brados.

O radioamador fuzilou-o com o olhar, antes de responder.

— Meu caro senhor, até hoje a Aldeia foi um lugar sossegado e julgo que todos os moradores vieram para cá com o mesmo propósito. O seu projeto é, no mínimo, contra os nossos objetivos de vida. Uma violentação. Nenhum benefício nos traria, pelo contrário. A renda pertenceria à Fortuna, que possui a maior cota, e os aborrecimentos seriam nossos, que teríamos por vizinhos um circo e um parque de diversões. O senhor, por acaso, trabalha para a Fortuna? Quanto lhe pagaram para fazer esse projeto? Já pensou no desconforto da situação, com animais fedendo ao lado das nossas casas? Imaginou a balbúrdia que isso aqui viraria?

O síndico sorria sarcasticamente. De repente, as palavras do radioamador denunciavam o horror da proposta. Camilo aproximou-se.

— Se depender de mim, essa bobagem não será aprovada. Passe bem.

A confusão estava armada. Ninguém se entendia. Míriam e Gricha foram até Antônio. Precisavam de um conselho. Não agüentavam mais a pressão da Fortuna. Ontem lhe deram um prazo de noventa dias para deixar o prédio, sob pena de demolição com ou sem ela dentro. O que devia fazer?

— Você tem que contratar um advogado.

— Arranjei um, mas o sacana está fazendo o jogo da Companhia. No princípio, me dava razão, disse que podia exigir o que eu quisesse da Fortuna e, depois, deu para trás, afirmando que o problema era complicado, que eu devia entrar num acordo...

— Troque de advogado, Míriam. Seu irmão pode ajudar você.

Gricha, sem jeito, olhou para o chão. Míriam cochichou algo no seu ouvido. Ambos se afastaram, em direção ao síndico. Impossível falar com ele naquele instante: inflamado, justificava os planos.

— E o negócio das canaletas tampadas, em que pé está? — Soares indagou ao síndico.

— Meu caro, diante de uma idéia tão grande o senhor me vem falar em mesquinharias? Com tempo cuidaremos disso... Não acha importante a minha proposta?

O dentista deu-lhe as costas, sem a menor cerimônia. A Fortuna devia estar por trás daquilo. Quem sabe até tivesse pago o artista para desenhar aquelas pranchas. O que devia ser apurado.

— E a senhora, Dona Elisa, que me diz? — o síndico beijou-lhe, serviçalmente, a mão.

— Eu estava acabando de combinar com a vizinha do 580 uma discussão a respeito, amanhã, na hora do chá. Nós mulheres vamos nos reunir, não vamos, Clotilde?

O síndico não se deu por achado.

— Se quiserem posso expor o plano em detalhes. As mulheres são o esteio do mundo — declarou, malicioso.

— Desculpe, sr. Alexandre. Nossos chás são femininos.

Sônia reprimiu a mãe.

— Não se esqueça da viagem. Você não pode se envolver em nada.

— É do nosso interesse, minha filha. Nossas propriedades estão em jogo.

Clotilde, mulher espevitada, dinâmica, dona de uma fábrica de lingerie, ameaçou o síndico.

— Se nossos maridos não se mexerem, nós, mulheres, faremos uma frente, esteja certo. Nem a igreja vocês respeitaram! O que acontecerá com ela, heim?

O síndico pensou uns segundos para responder.

— Temos duas soluções: a primeira, demolir aquela construção, feia e caindo aos pedaços, por falta de conservação.

— Com essa, não concordaremos de maneira alguma.

111

— E a segunda, a senhora não espera eu acabar a explicação, seria aplicar parte da renda no término da construção, comprando-se um sino de verdade para que ninguém mais faça fantasias...

A mulher, corada, interrompeu..

— Não são fantasias, meu caro. Os sinos tocam mesmo.

O síndico não discutiu. O tema acirraria os ânimos. E tratou de se afastar, como se precisasse urgentemente se comunicar com alguém.

Greta não esperou pelo fim da reunião. Há circunstâncias que é preferível a gente se omitir, cair fora. O projeto do homem simplesmente destruiria a Aldeia. Um serviço a calhar para a Fortuna. As perguntas do Dilermando tinham procedência: quem pagou o trabalho do artista? Não valia a pena conjeturar. Greta ia questionar pessoalmente a diretoria. Alguém devia estar pensando em tirar vantagens ilícitas, sem a menor dúvida. Os passos ecoavam no asfalto. Outros passos — olhou para trás — podiam ser pressentidos. De quem? Parou. Ninguém. Recomeçou a andar. Novamente ouvíu outros passos. Apressou o ritmo. De repente, sentia medo. Um medo pavoroso. Do quê? Do imprevisível?

— Desculpe aparecer assim, Greta. Você não pode avaliar quanto estou aborrecida. Gricha voltou para Santa Catarina. Descobriu que uma fazenda do meu avô, em Laguna, estava abandonada. Tomou posse da casa — em petição de miséria — e iniciou uma reforma. Quer que eu vá para lá. E o problema da Fortuna?

Greta examinou a vizinha, com ternura. A alegria de dias atrás havia desaparecido: os olhos empapuçados, a pele crispada.

— Vamos entrar, Míriam. Quer um café?

A outra titubeou, mas acabou aceitando o convite.

— Duas cabeças pensando deve ser melhor do que uma. Sente-se. Vou pôr água para ferver.

— Acompanho você, assim a gente pode conversar enquanto espera.

Entraram na cozinha. Àquela hora o sol dava diretamente em cima da pia. Greta pegou a chaleira e encheu d'água. Míriam sentou-se no banco, junto à mesa de madeira.

— Costuma encerar a mesa, Greta?

— Uma vez por mês.

— Está linda — passou a mão, delicadamente. — As coisas antigas são sempre mais bonitas.

Silêncio. Míriam descansou a cabeça na mão, feito uma criança, o olhar turvo. Greta aguardou de pé, escorada no armário. A amiga era de fato uma presença indevassável, com aquele chapéu fora de moda. Uma touca de feltro, amarrada no queixo.

— Parei de bordar — falou, subitamente. Gricha disse que eu ia acabar cega. Não preciso mais suportar aquela megera da loja. Ele me trouxe algum dinheiro. Estou tão cansada de viver sozinha. Minha tia também se foi para Santa Catarina. Não tenho mais ninguém aqui. Pedi que ela ficasse... Coitada. Quer ser enterrada na cidade onde nasceu. Antes de ir embora, ela me falou que, se morresse em São Paulo, não teria uma única pessoa para lhe levar flores. Pelo menos em Santa Catarina, os parentes lembrariam dela, nem que fosse no dia dos mortos.

— E você, já se decidiu?

— Pois é, não sei — endireitou o corpo. Se eu largar o apartamento, sem mais nem menos, a Fortuna vem e demole o prédio. Daí, cadê que eu recebo meu dinheiro?

— Por que não aceita a oferta do apê na cidade? Serve para alugar...

— Acontece que enchi o saco do Dr. Alceu e ele vai querer se vingar.

— Não vai, não. Converso com ele amanhã. Tenho que ir à clínica, no caminho dou um pulo na firma.

— Posso ir com você? Tenho um medo medonho daquela gente.

— Claro — Greta disse, enquanto despejava a água fervendo sobre o pó, na caneca de alumínio.

— Você faz café assim? Que esquisito — Míriam se levantou.

— Café de caipira. Fica mais forte e saboroso. Quando a água ferve e o pó começa a subir como agora, está vendo?, passo no coador de pano. Em coador de papel não funciona, o pó atravessa.

— Onde estão as xícaras?

— No armário. Você pega?

O café foi sorvido devagar. A luz amarelada do sol tingia as figuras e o ambiente.

— Há dias que o cheiro de mato molhado, ou de café, me lembra a infância, meu pai, não sei.

Greta quis dizer qualquer coisa e não conseguiu encontrar nada.

— Então, tenho certeza — a vizinha continuou — que dentro de mim se esconde mais alguém. Como se eu estivesse aqui apenas de corpo presente.

— Todo mundo é assim, Míriam. Ninguém é uma só pessoa.

— O meu outro eu é violento, obsessivo, capaz de paixões desenfreadas. Ainda bem que não vem à tona com freqüência, porque seria intolerável de suportar. Preciso de Gricha perto de mim. Ele me dá segurança. (Gosto tanto dele que na última noite em que dormiu em casa tive a impressão de ouvir seus sonhos — ela pensou, não disse.)

Mas foi igual tivesse dito.

Greta, mais tarde, rememorando o diálogo com Míriam, reconheceu que gostaria de tê-lo mantido com Tina. A atmosfera era a de Tina; a obsessão, idem.

E isso teria importância?

Elisa conversa com as suas plantas, enquanto varre as folhas secas.

Mateus estaciona a moto, pendura o capacete no guidão e se dirige para a casa.

— Bom-dia, senhora. Sônia está?

Elisa tira as luvas de borracha, estende a mão para o visitante.

— Não, meu filho. Foi à cidade. Vamos para a Europa, sabia?

Ele não respondeu.

— Quer entrar? Não sei a que horas ela chega, e...

— Obrigado. Vim entregar este envelope. Pensei que ela fosse aparecer para buscar...

Elisa examinava Mateus atentamente: um homem interessante.

— Muita gentileza sua. Afinal, moramos tão longe. Quer descansar um pouco, tomar um copo d'água? Eu estava arrumando esses canteiros — apontou — porque vamos ficar fora um tempão. Coitadas das minhas plantas. Sabe que elas também sentem saudades?

Parado, pensativo, ele não sabia o que dizer. Saudades. Razoável a idéia. Ele tivera, uma vez, um vaso de begônias fantasticamente florido. Passou um fim de semana na praia e, quando voltou, as flores estavam definhando, quase mortas. E não faltaram nem água nem ar. Em poucos dias retomaram o vigor, espichadas e faceiras. De certa maneira, sem que admitisse claramente, Mateus se convenceu de que a solidão não fazia bem às plantas.

— A senhora compra, ou faz as mudas? — finalmente falou alguma coisa.

— Às vezes compro, às vezes faço. Ano passado os lagartos comeram todas as folhas dos antúrios e das trepadeiras, aquelas, está vendo? Me deram um trabalhão.

— Na minha casa do Rio, quando eu era carioca, porque hoje não sei mais o que sou, tínhamos um jardim. Meu pai é que cuidava dele.

— Ah, é? — Elisa se animou. Tão bom prosear com alguém. — E ele tinha jeito para jardinagem?

— Era um jardineiro de mão cheia. Não sei se é verdade, minhas irmãs mais velhas afirmavam que ele conversava com as flores.

O rosto de Elisa se iluminou.

— Para que elas crescessem felizes.

Mateus se impressionou com a réplica.

— Bom, senhora, já vou indo. Tenho muito o que fazer e quero aproveitar, que o tempo está firme. Até logo. Boa viagem.

Elisa esperou que ele desaparecesse na avenida. Sônia lamentaria a ausência. Tem certeza.

Ontem morreu o cão pastor do 530. Ignora-se por quê. Um cão gordo, de pêlo brilhante, olhos doces e rabo sensível. Bastava alguém da vizinhança chegar — à noite ele ficava solto na rua — para logo vir, prestimoso e afetivo, de cauda abanando, mostrar serviço. Um exçelente guarda. Chamava-se Duque. Um cachorro novo. Devia ter, no máximo, cinco anos. Morte misteriosa.

Míriam versus Fortuna. Uma situação desagradável. Greta serviu de madrinha. Prazo pedido pela firma, para decidir se aceita a proposta: 30 dias. Míriam solicitou o capital de volta, com juros e correção monetária, ou um apartamento, de igual valor, na cidade.

O que Greta acha que a firma vai propor: devolver o dinheiro simplesmente, sem correção. O que é atrevimento.

Alexandre Ribeiro bateu na porta, trazendo uma tela na mão.

— Desculpe a hora, aparecer assim, de manhã. Terminei o seu quadro e vim trazê-lo.

— Muita gentileza.

— Pois é, minha cara, nós artistas somos impacientes — desembrulhou a tela. — Terminamos um trabalho e logo queremos que alguém o veja e aprove.

Greta espiou o quadro, constrangida. Ali estava Tina, sem tirar nem pôr. Uma Tina que ela conhecia e detestava. A Tina romântica e doce. Em segundo plano, o lago e os chorões, em tons cinza. Aliás toda a composição era cinzenta, como se a paisagem e a figura estivessem encobertas por um véu.

— Interessante — exclamou, e imediatamente se arrependeu. Interessante não é um adjetivo, mas uma observação impessoal.

— É tudo o que tem a dizer? Para mim é um belo quadro.

— Foi o que me ocorreu.

— Quer comprar?

A pergunta deixou-a boquiaberta. Comprar? — tirou a colagem de Tina da parede e no mesmo lugar pendurou a tela. Ambos se afastaram alguns passos, para aferir o resultado.

— Se não quiser, não se preocupe. Sem compromisso.

A luz que incidia no quadro revelava as pinceladas de tinta e realçava a cor suja, o acabamento ruim. Daquele ângulo o quadro era feio, mal pintado; salvava-se o desenho, mas nem tanto. Jamais o teria comprado, se o tivesse visto numa exposição.

O pintor tirou a tela da parede, devolvendo a colagem, com ar de superioridade. Greta procurou algo gentil para dizer, e desistiu. Ele viu o monte de papel na mesa.

— Que é isso?
— Nada importante. Coisa para matar o tempo.

Ela pensou em oferecer um suco, afastando-o do assunto. No entanto, ele já fixava a pilha de jornais embrulhados em plástico, que o entregador largava no jardim todas as manhãs e que não eram nem abertos. Greta limitava-se a colocá-los no banco, até que chegassem a uma quantidade insuportável, e jogar no lixo.

— Se não lê o jornal, por que mantém a assinatura?

Greta sorriu.

— Qualquer dia posso ter vontade de ler. Antigamente eu lia vários jornais, até os do Rio. Desde que mudei fui me desligando e, aos poucos, perdi o hábito. O mundo não varia. As notícias do rádio e da televisão me bastam.

Ele se encaminhou para a janela, examinou a paisagem e se instalou no sofá. Greta sentou-se defronte, numa poltrona gasta, o couro descascando: a sua preferida. Ele cruzou as pernas. A calça de lã, erguida, expunha a meia rasgada. Almofadinha por fora e roto por dentro — ela pensou.

— Gostou do meu projeto? — encarou-a, hostilmente.
— Tenho recebido várias opiniões favoráveis. Tancredi se ofereceu, para me ajudar na elaboração do memorial descritivo. Uma ótima pessoa. Sugeriu que se criasse um estacionamento, administrado por ele, que se sacrificaria pela Aldeia. O que está atrapalhando tudo é a influência que Antônio exerce sobre alguns moradores. Sei que ele incita o pessoal contra mim.

— Ah, não diga isso. Que lucro ele podia ter? Indicou você para o posto. É um sujeito de princípios, amigo leal. Um coração deste tamanho.

— Princípios, bom coração! Anda minando todo mundo contra minhas iniciativas.

— A troco de quê? Ele se dedicou bastante: além de dirigir a fábrica de colchões, perdia os fins de semana destrinchando problemas da Aldeia. Para ele deve ser um alívio não ter mais nada em que pensar e cuidar dos seus negócios particulares.

— Sinto os olhares, as repreensões que ele, no fundo, me faz, com esse negócio de guarda-noturno, com o fato de eu não ter estado aqui quando houve a enchente. Se duvidar, anda dizendo por aí que fui eu que tampei as canaletas.

O pintor se levantou, visivelmente inquieto. Greta, pausadamente, tentou esclarecer o mal-entendido.

— Antônio é incapaz de um pensamento que desabone alguém. Nós gostamos dele porque sempre foi prestativo, atencioso, compreensivo e eficiente. Tem excelente caráter. Ninguém jamais poderá levantar qualquer dúvida sobre a sua retidão. Nem mesmo o Tancredi, com quem teve uma rixa séria, anos atrás. O Tancredi ia ganhar uma comissão enorme na compra de lixeiras de alumínio para a Aldeia — ela também se levantou — e foi impedido pelo síndico, ao descobrir a manobra.

— Do que está falando? — ele parecia surpreso.

— Conto dentro de um minuto. Vou pegar um pouco de suco para nós, ou você prefere vinho? É a única bebida da casa.

Ele consultou o relógio.

— Vinho.

Greta abriu o armário e pegou os cálices vermelhos. Enquanto lidava com o saca-rolhas, contou.

— Uma firma qualquer, não me lembro do nome, vendia umas bandejas suspensas de alumínio, bandeja ou cesta, não sei, para colocar latas de lixo, na rua. A firma era de um primo do Tancredi. Antônio, antes de comprar, pela verba do condomínio, andou pesquisando os preços e descobriu que a mercadoria do Tancredi custava vinte por cento mais do que as ofertas da praça. Interpelou então a firma e constatou que o adicional correspondia à porcentagem do corretor. Desistiu da compra pelo condomínio, para não ter que dedar o vizinho.

— Essa agora — ele pegou o copo e, sem desejar saúde, bebeu um gole.

Súbito, fixou Greta enraivecido.

— Não acredito numa palavra do que você disse. Acho que está querendo destruir Tancredi, o meu maior colaborador. O único sujeito disposto a me ajudar. O mesmo jogo do Antônio. Você é uma intrigante.

Greta olhou para ele, espantada.

— Eu? Longe de mim. Citei o caso para ilustrar o caráter, a habilidade do Antônio, que é, por isso, querido e respeitado.

— Não é o que eu tenho ouvido, por aí. Conheço moradores que não pactuam com essa famosa admiração, muito pelo contrário. Ele não é o santo que se pretende. Aliás, estou examinando os balancetes mensais do último ano, porque encontrei o Caixa a zero. Ele fez questão de pagar todas as contas para não me deixar chance de fazer o que quer que fosse, até entrar dinheiro de novo.

Alexandre Ribeiro enfiou, irritado, o quadro embaixo do braço.

— Até mais.

Ela o acompanhou, pelo jardim. Em vez de esperar que ela destrancasse o pequeno portão, pulou a cerca, passo de bailarino.

— Você tem pernas leves — Greta sorriu.

Ele encarou-a com perceptível rancor.

— Diga àquela sua faxineira que não preciso mais dela. Quero distância de gente que transa de uma casa para outra. E você — dedo em riste —, cuide-se ao externar opiniões a meu respeito na Fortuna. O Dr. Alceu é meu aliado.

Greta não levou em consideração a advertência. Só podia vir de um doente. Um, a desconfiança exagerada do Antônio e dos outros. Dois, o abusivo conceito de si mesmo, do poder que pudesse exercer. Três, idéias de pseudograndeza, como a proposta do circo e do parque de diversões. Quatro, incapacidade de receber crítica. E, finalmente, a mania de perseguição. Até o andar dele revelava um sujeito paranóico. Patologicamente esquizofrênico?

Ele acabava de passar por Camilo e nem o cumprimentou. Se Alexandre Ribeiro não se prevenir, vai acabar no hospício. *L'être suit son vice.*

Período de férias da clínica. Tina desaparece, aos poucos, da memória. Uma criatura egocêntrica, que vivia de fantasias. Há muitas dores no mundo e todos fazem jus a um grito. Tina deu o seu. Um grito desesperado, obcecado, que eclodiu na gargalhada em frente do espelho. Por que uma gargalhada? Teria pressentido o absurdo da ocasião? Cada um tem sua forma de loucura.

Setembro. Manhã de neblina. A casa de Gino de Carli está fechada. Alguns galhos da unha-de-gato avançam pelas janelas. A viúva não providenciou a mudança, não tomou nenhuma atitude. Fechou a porta e se mandou. O que dá a impressão a Greta de que vai ouvir novamente a voz do vizinho a cantar suas óperas. Deseja ardentemente que isso aconteça e que a morte não tenha passado de um pesadelo. Ele morreu ou foi morto? Por que Gino, que era músico e tão inofensivo?

Camilo adoeceu. Um movimento em falso provocou-lhe dores na coluna. Não consegue nem se mexer, coitado. Greta soube, porque ele mandou o carteiro avisar. Uma temeridade largar o velho com o menino dessa maneira. Por uma semana, ela podia emprestar a Zaíra para que limpasse a casa, lavasse e cozinhasse. Com os dois dias de sobra do síndico, dava para atender à emergência. A empregada era responsável, entendia a dificuldade. Greta visitava-o todas as tardes.

— Me dê o telefone de alguém que eu peço providências à família...

— Não, Greta, obrigado. Está perto do dia da mãe de Ivo vir... Eu não quero que internem o menino. Ele é muito sensível, não suportaria ficar longe de mim. Não fala, não anda, é retardado, mas tem sentimentos. Além do mais, gosto dele. É tudo o que me resta na vida. Se ele for embora, não tenho mais motivo para continuar vivo.

Greta pensou alguns segundos em fazer a pergunta tantas vezes ensaiada e sempre adiada. Antes, porém, precisava encher a bolsa d'água quente.

— A sua filha não gosta dele? — ajeitou a bolsa nas costas do velho.

— Gosta. A questão é o que o menino representa: o fracasso dela e do pai. Já avaliou o que significa olhar para Ivo diariamente? O filho longe, a imagem do fracasso fica diluída. Meu genro é um sujeito de projeção. Eles recebem muita gente, dão festas e jantares, a profissão dele depende do sucesso pessoal. Ivo seria um obstáculo...

— Entendo. Acontece que um dia eles vão ter que admitir a existência desse filho. Não tiveram outros?

— Não. O insucesso do primeiro arrasou com eles. Minha filha é boa gente, sofre com a provação, mas não tem outro jeito. Ivo, inclusive, não suporta a mãe. Ninguém sabe por quê. O que muito prejudica o relacionamento.

Greta procurou o menino com os olhos, ele estava grudado na televisão. Por acaso ou não, ele a fitou com uma expressão de curiosidade e de carinho. Um carinho animal, de gato.

— Eu acho que Ivo devia ter aulas de fisioterapia, de aprendizado, para se adaptar ao mundo.

O velho se mexeu, aflito, na cama.

— Conversei com a mãe. Prometeu arranjar uma dessas associações de excepcionais, onde ele vá por algumas horas.

Ivo parece que não apreciou o papo, porque deixou a cabeça pender, tristemente, sobre o peito. Ou foi coincidência?

A campainha tocou. Greta foi ver quem era, pela janela.

— Um momento, Antônio — ela gritou lá de cima.

Ele trazia algumas revistas e jornais para Camilo.

— Como se sente hoje, meu caro?

— Melhor. Um anjo está cuidando de mim.

Greta baixou a cabeça, encabulada. A conversa girou em torno de vários temas, até cair no que incomodava realmente os amigos: o síndico.

— Não entendo o que acontece. O homem se alterou radicalmente, depois da escolha. A cortesia desapareceu. Sem mais nem menos começou a ter acessos de ira, outro dia até destratou a Jane, imagine. Despediu a empregada com argumentos ridículos, de que estava levando e trazendo fofocas. O Soares me contou que ele foi fazer perguntas as mais cretinas sobre mim. Chegou ao desplante de insinuar ao nosso querido dentista que cortasse relações comigo, se as quisesse ter com ele. Vê se pode. Nem o pedido dos postes de luz será mantido, porque ele considera que o desenho e a quantidade não correspondem às necessidades da Aldeia. Ele preferiu refazer os planos, recalcular os postes, distribuir diferentemente. Argumentei com Soares que é próprio dos artistas a vaidade. Que, se ele conseguisse convencer a Light a providenciar outra localização dos postes, ou maior número, para ter o crédito do negócio, a Aldeia lucraria com isso, desde que não perdesse tempo: a última vez que estive na Light me informaram que os postes seriam colocados em dois meses. E a gente precisa tanto de iluminação na rua, não é? O Soares, que é muito engraçado, levantou a hipótese de ser ele um doido que fugiu do hospício.

Todos riram. Ivo imitou os adultos. Greta ignora se ele riu do papo ou da televisão.

— Eta galo de briga que nós arranjamos — Camilo disse. — Vem a calhar para a Fortuna. Enquanto não tivermos luz, continuaremos a ser o paraíso das prostitutas. Vocês notaram que aumentou o ponto, na avenida? Uma noite aí, eu estava voltando das compras, e uma mulherzinha queria a qualquer preço me cantar. A mim, nessa idade.

— Toninho, meu filho, também. Estava andando de bicicleta e uma delas, em plena luz do dia, caiu em cima dele. O garoto não sabia o que dizer e saiu numa carreira desabalada. A mulher largou a gritar que ele era bicha.

— Um horror, mesmo — Greta exclamou. — Foi-se a época em que essa fazenda era maravilhosa. Não gosto nem de pensar. Me dói o coração.

— E o caso da Míriam, evoluiu? — Antônio perguntou.

Greta contou o que sabia.

125

— É aceitável a devolução, com correção monetária. Até sem a atualização do capital, valeria a pena pegar o dinheiro de volta.

— Tem razão. É injusto, mas... Tento o possível para ajudar...

— Sabemos, minha filha — disse Camilo. Conhecemos as suas limitações. Não se moleste à toa.

— Quando eu vinha para cá, o síndico entrava no prédio. Deve estar atazanando a cabeça da coitada da Míriam.

— Alguém quer café? — Greta ofereceu. Zaíra preparava afobada o jantar, enquanto passava roupa.

— Aquele rato está lá, oh — apontou o apartamento de Míriam. — Ainda há pouco apareceu na janela.

Os últimos raios de sol batiam no prédio de concreto. Por instantes, Greta experimentou a sensação de que o edifício ia se mexer. Ao longe, as árvores, em silhueta, formavam uma espécie de muro, circundando o terreno. Uma beleza. Então ela viu uma imensa sombra escura sobre a região. E sentiu um arrepio: o relógio dava suas monótonas batidas.

Ninguém mais contaria essa história — eis a justificativa para continuar. Ou contaria?

A realidade é o pretexto. O resto, imaginação.

Carmen Miranda tomou um pileque mais violento do que o normal, e está cantando, na rua, acompanhada de um crioulo guitarrista. Uma serenata na noite quente de primavera. A lua cheia ilumina o casal e as árvores paradas: expectativa ou perplexidade? A grama cresce, as trepadeiras desabrocham. A quietude pesava antes da cantoria. Por quê?

Uma hora da manhã. A voz de Carmen Miranda corta, alegre, o silêncio noturno. "Mulher de malandro não chora."

Greta sente saudades de alguma coisa, mas não sabe exatamente do quê. A armadilha da emoção. Até agora não tocou no nome de Breno. Aqueles anos insossos do casamento foram esquecidos. Há três anos está separada e ainda não pediu o divórcio. Nunca sentiria falta de Breno. Um casamento errado não deixa dores nem alegrias. Uma experiência sem marcas. Às vezes não consegue nem admitir que houve um casamento e que durante oito anos privou do mesmo teto com um homem. A abordagem desse tempo não compensa. Não significou nada. Nada, entenderam? Um espaço morto.

Luís foi diferente. Uma paixão com gosto de cinzas. Que também se perdeu. Por isso a carta continua em pé, na cômoda, à espera de que seja enviada. Mandar a carta significa que pretende manter correspondência. Aquilo diz respeito a Tina, não a Greta. Só os neuróticos alimentam fantasias de eternidade. Transferem para o outro o afeto que deviam sentir por si mesmos. Tina tentou a metamorfose, a abstração do seu próprio eu. Daí o desequilíbrio.

Greta sente saudade do que, então? O sentimento pode ser mais de opressão do que de nostalgia. A casa está vazia; a porta aberta. É sair e se integrar no mundo. Que mundo? O de fora ou o de dentro? O mundo somos nós, ela diria, se tivesse coragem. Aliás, esse tom e as coisas que estão brotando mereciam ser postos no lixo. Alguém pode fugir ao seu estigma?

"Mulher de malandro não chora" — o samba, distante. Tomara que ninguém implique com a serenata da Carmen Miranda. Os chatos, impacientes e egoístas são tantos!

Decididamente Greta não está nas mais fecundas noites. A solidão embota a inteligência.

O caminhão de mudança percorreu a rua das Palmeiras, estacionando defronte da casa de Gino. Greta, que estava regando o jardim, se interessou pela novidade. A viúva ia se mudar? Que lástima.

Graziela, de preto, atendeu aos quatro homens: quando teria voltado, que não se percebeu? Desde ontem um carro estranho estacionara na garagem. Ela pensou que pudesse pertencer a algum dos filhos.

— Oi, Greta! — a vizinha gritou. — Depois falo com você.

À tarde, um entra-e-sai danado. Móveis e caixas eram transportados para o caminhão, ininterruptamente. Greta pensou em oferecer almoço para a vizinha, ninguém respondeu ao telefone. E acabou desviando-se da viúva, entretida que estava no conserto do caramanchão, pois as tais chuvas prejudicaram bastante a estrutura. O velho carpinteiro ficou conversando, enquanto trabalhava. Greta não admitia que a trepadeira de jasmim fosse danificada, nem os bancos de madeira machucados, então permaneceu ali, como quem não quer nada, pastorando os serviços.

É um sujeito curioso, esse Abdias. Nota-se que tem amor à profissão, pela maneira suave com que trabalha. Os gestos das mãos grossas e enrugadas são calmos e precisos. Constantemente ele pega o metro de madeira do bolso de trás da calça de cor parda, mede a treliça e assinala com um lápis o corte que vai dar, cerrando em seguida; a ripa de pinho em poucos minutos é pregada, em substituição à outra. Para reforçar as colunas, serve-se de mourões de eucalipto, envernizados. As ramas soltas do jasmim são enfim enroladas na treliça. Uma tarefa de artesão que ama o ofício. Anos atrás, o velho Abdias refez o telhado, tratou do assoalho, das portas e das janelas, restaurou a casa; do contrário, seria inabitável.

Às quatro horas, em ponto, o carpinteiro interrompeu o serviço, embrulhou a marmita em jornal — ninguém cozinha igual a minha mulher —, guardou as ferramentas e aconselhou Greta a fazer uma limpeza no porão, para ver se as chuvas não o estragaram demais.

— Até amanhã, Abdias.

Graziela vinha ao seu encontro.

— Não posso entrar, Greta. A mudança já vai sair. É tão fácil hoje em dia, menina. Nem tirei as roupas dos armários. Tomaram conta de tudo. Só orientei nas coisas que podiam jogar fora. A roupa do Gino, por exemplo, dei para os homens da transportadora. Quem ia querer, não é?

Greta reparou que ela estava com o rosto descansado, quase feliz.

— A vida continua, minha cara. Daqui a uma semana estarei na Itália, com meus irmãos. Talvez para sempre.

— Vamos sentir sua falta. E a casa?

— Meus filhos resolvem. Vender, sem os documentos, é impossível. Alugar não é má idéia... Para mim tanto faz. Eu detestava morar aqui.

— É, você me disse. Pensei que tivesse se habituado.

— A única coisa de que eu realmente gostava era ouvir Gino cantar à noite. Se morasse num apartamento não podia, né?

Greta concordou, mas cogitava de outra coisa, de perguntar "por que ele se matou?" A outra, se quisesse...

O caminhão buzinou. Por segundos ela teve a impressão de que a viúva ia falar no assunto. O rosto indicando um certo anseio, ou seria dúvida?

Graziela beijou a vizinha e se dirigiu para casa. Pelo jeito, nem entrou, pois logo o carro saiu atrás da mudança.

Greta retornou cabisbaixa, arrependida de não ter feito a pergunta. Ao mesmo tempo reconhecia o direito da viúva de manter o mistério. Nem tudo tem explicação nesta porcaria de vida. A morte de Gino que permanecesse obscura. Por que devassar segredos insignificantes diante do ato irrecuperável?

Teatro. Há meses não saía. Ver uma peça afigurou-se-lhe um gesto de bravura. Subitamente, ela estava ali, sentada, aguardando o início do espetáculo. Nem perguntou qual era, entrou e sentou. A sala, pequena, tinha sido, possivelmente, um galpão adaptado. Em vez de cadeiras, degraus de cimento com almofadas. O palco, a descoberto, não possuía pano de boca, o cenário visível: caixotes pretos, iluminados, e as paredes negras. Talvez descesse do teto algum telão? Talvez. Greta consultou o relógio. Nove e quinze. Na platéia — contou — trinta pessoas. Será que estavam à espera de mais público? Ou iriam cancelar a sessão? Bastou pensar para que a luz geral se apagasse. Um refletor clareou uma das caixas, onde está sentada uma mulher — quando ela entrou? — com um xale nas costas, fingindo que costurava. É uma personagem de idade indefinida, grandes olhos escuros. A mímica de enfiar a agulha no pano imaginário, de puxar e cortar a linha, é perfeita. Música de Mahler. A mulher pára os movimentos, fixa a reduzida platéia e pergunta, com a voz quente e forte: "Alguém tem horas aí?" Ninguém responde. A mulher sacode os ombros: "Para mim todos os dias são noites". Na expressão, um ar doentio, gasto. Em segundo plano, o refletor clareia dois jovens conversando, sem que se lhes ouça a voz. Estão de mãos dadas. A mulher continua o monólogo e a costura. Os jovens, no plano suspenso, travam um diálogo simples, sobre um jogo de vôlei. Greta não presta atenção ao que dizem. Nesse momento, ela observa o público: quatro adolescentes, mascando chicletes. Eis um prazer que desconhece: chicletes. Tentou algumas vezes e não conseguiu apreciar. Achou repugnante aquela mastigação, que nem de cavalo. Os jovens têm cabelos encarapinhados, crespos, de uma das meninas nem se podem ver as feições. No outro lado do banco, uma criatura híbrida, de lábios pintados e brincos, roupa masculina. Homem ou mulher? Ela pensa que nome teria a figura, e o primeiro que lhe ocorre é Darcy. No palco, os jovens dançam, agarradinhos, um bolero dos anos 50. A mulher, que costura, continua falando sozinha, num tom monocórdico, desligado, sem vida. "É, como todo mundo, eu tive meu tempo bom". Os jovens viram-se de costas para a platéia, tiram a roupa e vestem outras, que surgem num cabide móvel, enquanto a mulher perde o fio dos pensamentos e solta umas frases meio soltas, sem sentido. Ave-Maria de Gounod. Os jovens, vestidos de noivos, se ajoelham. O casamento. "Papai estava tão elegante. Ele, sim, parecia um príncipe... (tom) Diabo. Não sei por que estou me lembrando dele hoje. Deve ser coisa de velho". Os jovens continuam na cerimônia, aliança no dedo, etcétera. Um homem encapuzado entra em cena. A mulher, desenxabida, abaixa o xale, para tomar a injeção no braço. O corpo se retesa e treme, como se fosse morrer. A cabeça pendida, desanimada. Vozerio de festa. Os jovens cumprimentam pessoas irreais. A mulher solta novamente frases estapafúrdias, uma não tendo nada a ver com a outra. "Uma vez eu vi uma flor que falava. Chamava-se Violeta. O camaleão troca de pele, sabiam? Meu pai era louco por caça. Vivia lustrando a espingarda, tratava melhor a arma do que a minha mãe". Riso de boba.

A peça, finalmente, envolveu Greta. De repente, ela se esqueceu de onde estava. A trajetória da mulher doente era revivida através dos jovens, a personagem reconstituindo a vida. Inclusive as mesmas cenas se repetiam quase iguais, apenas corrigindo ou acrescentando dados, o que era bastante curioso. A memória consertando as informações. Uma história simples, de uma mulher comum, dependente, incapaz de modificar, interferir no seu próprio destino, até que, no dia em que completa cinqüenta anos, faz a única opção: enquanto os parentes comemoram o seu aniversário, ela ateia fogo na casa, matando a família inteira. Pela peça, não se fica sabendo exatamente onde ela acabou, se num sanatório ou numa prisão.

Greta considerou a história sedutora e o espetáculo despojado e singelo. Lamentou quando as luzes se acenderam. Por uma hora estivera presa emocionalmente, queria que a peça continuasse mais tempo. Em todo caso, aplaudiu com entusiasmo. Os demais espectadores bateram palmas moles.

Greta voltou contente para a Aldeia. A partir dessa noite, sairia mais. Estava cansada da sua solidão, daquele desligamento louco em que se encerrava. Afinal, ainda tinha sangue nas veias.

Tancredi batia de porta em porta, atrás de adesões ao abaixo-assinado, solicitando alteração do projeto da Light. Apenas doze moradores tinham concordado, os demais só o fariam se Antônio assinasse antes.

O corretor de seguros não teve outra alternativa, e foi procurar o ex-síndico. Cheio de nove-horas, sentou-se na sala, simulando uma visita corriqueira.

Jane tratou de providenciar um cafezinho, o marido diminuiu o som da televisão, um tanto amolado; pelo menos, podia assistir a algo entre uma frase e outra. Se havia uma coisa que apreciava era jogo. Não perdia uma transmissão. Todos na Aldeia conheciam a sua paixão por futebol, com exceção de Tancredi, pelo visto.

— O amigo vai me desculpar, mas não posso perder o jogo. Não se incomoda, não é?

— À vontade, meu caro. Dei uma passadinha porque estou pegando assinaturas para alteração do projeto de iluminação da rua.

— Ah, sei. Tem o plano aí com você?

— Está anexado. Quer ver?

Antônio examinou rapidamente o desenho e as especificações.

— As alterações são mínimas — ele disse e contou as bolinhas indicativas. Apenas a quantidade diminuiu e houve um remanejamento aqui e ali.

— O Alexandre diz que, agora sim, os postes estão simétricos, embelezando a rua. Os vinte centímetros que ele aumentou, na distância entre cada um, deram para abrir mão de dois.

— Estou vendo. Infelizmente, a mais prejudicada será Greta, pois, sendo o terreno maior, esse trecho da rua terá menos iluminação. Ela atentou para isso?

— Ainda não. Pretendo ir lá amanhã... Ela será a mais prejudicada?

— Olhe — ele se distraiu, na televisão quase acontecia um gol —, compare os desenhos: entre a casa de Gino e a de Sônia, no projeto anterior existiam dois pontos de luz.

Tancredi prestou atenção ao desenho.

— O outro poste deve ter saído, deixe-me ver, já sei, daqui — apontou. — No fim da rua, em frente da casa do Dilermando Canudos. O que é temerário. Essa zona é escura e desprotegida.

Tancredi tinha dificuldades em ler a planta. Não entendia o que era uma planta baixa.

— Onde está minha casa?

— Aqui — Antônio mostrou, desistindo de lhe dar mais explicações. — Assino apenas para não dar a impressão de que estou boicotando o meu sucessor. Mas, cá para nós, meu caro, as alterações são inexpressivas, nem valem a pena. A economia de dois postes não será significativa para o condomínio e a instalação pode ser adiada, por causa das modificações. No fundo, são banais. Seria melhor que ele se esforçasse pelo reparo das canaletas de escoamento das águas pluviais.

O corretor de seguros, absorto, deixou escapar sua opinião.

— Estou quase arrependido de ter me vinculado a ele. Parecia tão bem educado, cortês, e na verdade o sujeito é intratável. Não aceita a menor observação ou contestação. Sobe logo pelas paredes. Até com o padeiro ele implicou, reclamando do pão e ameaçando cancelar a entrega se...

Antônio interrompeu o vendedor de seguros com a mão. No vídeo, o gol estava próximo. Rivelino driblando dois adversários, chutou forte.

— Goooool! Ah, meu irmãozinho, você nunca me decepcionou — esfregava as mãos de contentamento.

Jane entrou na sala, sorridente.

— Demorei muito? Não sei o que acontece com o gás. A água demora tanto para ferver... Na sua casa também acontece isso, Tancredi?

— A patroa anda se queixando...

— Açúcar ou adoçante?

— Açúcar, por favor. De amarga chega a vida — sorriu.

A velha mania das frases feitas — o ex-síndico pensou e foi aumentar o volume da tevê, para ouvir os comentários do locutor.

Tancredi sentiu-se demais. Tirou a caneta do bolso e pediu que Antônio assinasse o documento. O outro, que estava bastante alegre com o gol, despediu-se afetivamente do vizinho.

— Apareça, meu caro. Me deu imenso prazer a sua visita. Recomendações à família.

E se instalou comodamente para assistir, enfim, ao segundo tempo do jogo.

A primeira viagem de alguém para o exterior é realmente

importante. Há toda uma expectativa... Sônia e Elisa estão alvoroçadas. Saem diariamente e voltam abarrotadas de pacotes.

— Se eu fosse vocês, embarcava de malas vazias para encher na Europa — Greta arriscou um palpite.

— Vamos ficar no navio durante vários dias. E o nosso guarda-roupa estava velho demais. Além disso, descemos na Espanha. Até que a gente conheça os endereços... — Elisa justificou.

— Quando vão partir?

— Daqui a vinte dias. Ansiei tanto por essa viagem, Greta! — ela soltou um suspiro. — Você não tem amigos para mandar alguma coisa? Estamos às ordens.

— Cuidado. Não se comprometam. Todo mundo tem alguma coisa para pedir. Em todo caso, talvez eu peça que coloquem uma carta no correio.

— Com muito prazer, Greta.

— Sônia, você sabia que a Graziela também viaja?

— Pois é. Aliás, estivemos na Fortuna e soubemos que a casa será alugada, apesar da proibição no contrato.

Greta examinou a vizinha com simpatia. Vestia um taier cinza, finamente talhado, com uma blusa branca de gola alta, em gracioso babado. Demonstrava excitação. Naquela tarde, ela diria que Sônia era bonita, não pelos traços, que sempre foram finos e delicados, mas pela atmosfera. Como se estivesse desabrochando para a vida.

— Bastante justo permitirem o aluguel — Elisa disse. — Inventários levam anos. Você pretende mesmo visitar a mulher dos sonhos, minha filha?

— Daqui a pouco, mamãe. Quero contar para Greta que vimos as pranchas do circo penduradas nas paredes da Companhia. Sabia disso?

135

Greta se mexeu, irritada, na cadeira.

— Não. Isso quer dizer que a Fortuna encampou a idéia maluca. Vou lá esta semana.

— O síndico saía de uma reunião com o Dr. Alceu. Pela cara dele, tudo deve estar correndo às mil maravilhas.

Elisa interrompe a filha.

— Nós, mulheres, não permitiremos que eles façam nada. Temos falado nisso.

Sônia levantou-se.

— Contanto que não banquem as Lisístratas!

— Quem são essas?

— Lisístrata é a primeira feminista da História. Convenceu as mulheres de sua cidade a fazer greve sexual, para que seus maridos não fossem para a guerra.

Sônia sorriu, vendo a expressão desenxabida da mãe.

— Tchau. Tenho que ir. Cadê o vaso?

— No carro, minha filha. Você volta tarde?

— Na hora do jantar. Bom chá para vocês. Agora que é nossa procuradora, Greta, não deixe que mamãe se envolva nos problemas da Aldeia.

— Deixa comigo.

Sônia fixou atentamente a vizinha.

— Você só devia usar cores alegres, Greta. Com essa blusa clara, seus olhos ficam mais azuis.

— Obrigada. Me sinto melhor de cor escura. Acho que é porque a roupa não suja tanto e eu não preciso perder tempo, de manhã, pensando no que vestir.

Sônia abriu a porta.

— A Jane e a Clotilde estão chegando.

As duas mulheres se levantaram para saudar as companheiras.

Na lista dos primeiros moradores da Aldeia, constam os nomes de Dilermando e Clotilde Canudos. Compraram a casa construída, no dia mesmo em que fora publicado o anúncio da venda no loteamento modelo. A fábrica de lingerie ficava a quinze minutos dali e o marido podia se dedicar ao seu *hobby:* radioamador. O lugar, perfeito. De longe via-se a torre instalada no fundo do quintal, onde ele tinha seus aparelhos, prestando inúmeros serviços, que escondia, convencido de que não diziam respeito a ninguém. Falava corretamente cinco línguas.

Dilermando e Clotilde não tiveram filhos — a grande dor. Um dia, referindo-se ao problema, ela disse que o marido possuía espermas fracos, que não fecundavam. Após quinze anos de casados, eles se separaram por dez anos, voltando a viver juntos exatamente na casa da rua das Palmeiras. Desconhecem-se detalhes do período de separação.

Há pouco mais de seis meses, Clotilde estudou transformar a fábrica numa cooperativa dos empregados, desde que permanecesse na direção, pois, sem trabalhar, morreria de tédio. A indústria pertencia à família e durante quatro gerações foi gerida pelos seus membros. Não tendo filhos nem irmãos, optou pela cooperativa. Aquela era a sua maneira de contribuir para a sociedade. E não abria mão. Normalmente, Clotilde permitia que as mulheres da Aldeia comprassem seus produtos a preço de custo, o que lhe dava uma certa liderança. E ela foi visceralmente contra a proposta de diminuir os postes de luz. Claro, seria uma das prejudicadas. Então, bateu de porta em porta, pedindo que ninguém participasse do abaixo-assinado. Conseguiu o que queria. O papel parou com a assinatura do Antônio.

O síndico teria que aguardar outra oportunidade para ser criativo. Já se viu mexer numa coisa que fora feita e analisada por todos os condôminos, exaustivamente? Clotilde esteve inclusive na Light: em quinze dias os postes seriam instalados — essa a notícia que trazia para dar às vizinhas, no chá daquela tarde.

O carro preto estacionou defronte de uma casa de tijolos aparentes, no Alto de Pinheiros. Notava-se que estava em obras. Seria este mesmo o endereço? Procurava o papel na bolsa, quando viu Alice carregando uma enorme cesta-de-lixo.

— Oi, Sônia. Entre. O lixeiro passa daqui a pouco. Desculpe a bagunça, mas estamos aumentando um andar...

— Trouxe este vaso que minha mãe preparou para você.

— Muito obrigada. Venha por aqui, pela garagem. Graças a Deus este piso está terminado. Não imagina a confusão para tirar o telhado.

Sônia teve dificuldade, logo que penetrou na sala, de enxergar o que quer que fosse, tamanha a penumbra.

— Fecho tudo por causa da poeira — acendeu a luz e puxou a cortina.

Um lustre *art-nouveau* iluminava a mesa redonda, separada visualmente do resto do espaço por uma estante de madeira: nas prateleiras, uma coleção de vidros coloridos, um mais vibrante do que o outro. As paredes, cobertas de quadros, dos mais variados tamanhos, arrumados geometricamente. Um perfume delicioso no ar. Incenso? Sônia sentou-se no sofá, encoberto por uma seda antiga. Muitas vezes lera descrições de ambientes, tentando imaginá-los. Acontecia de encontrar descrições de objetos insólitos e, então, ia à biblioteca procurar livros que os reproduzissem. Aquela sala parecia um cenário, com um requinte que ela jamais sonhou. Só sentia falta de livros. Nenhum à vista.

— Estou muito contente com a sua vinda — Alice falou.
— Aceita um licor ou prefere um cálice de Porto?
— Porto. Prefiro Porto.

Alice foi para dentro, Sônia pôde reparar atentamente em algumas das preciosidades expostas. Uma imagem do século XVIII, sob um espelho veneziano. As pessoas que moram aqui são felizes — pensou. Sente-se o equilíbrio interior dos moradores. Três gatos surgem, de não se sabe onde, e se instalam calmamente. Cada um numa posição e num local específico. O gato ruivo escolheu o sofá, o branco uma cesta de revistas e o preto uma arca pequena. Alice retornou com os cálices cheios.

— Tomara que Tiago chegue logo. Está louco para conhecer você, a moça dos anúncios.

Um jovem barbudo aparece na sala.

— Meu filho, Sônia.

— Você ou o pai pegaram meu violão?

— Eu não, Francisco. Nem seu pai. Para que ele pegaria?

— Sumiu, pombas.

Alice olha sorridente para Sônia.

— Meu marido é maquetista. Foi hoje com Mateus ver um sítio que pretendemos comprar juntos. Quer ir ao estúdio de Tiago?

A outra concordou. Atravessaram um jardim e entraram no amplo estúdio. A maquete gigantesca ocupava todo o espaço central. Maquete de um clube de golfe. Notavam-se perfeitamente os buracos. Uma construção aberta mostrava as divisões internas dos salões de festas, dos escritórios e dos banheiros daquela que seria a sua sede. Uma piscina de acrílico ou vidro pintado. Era realmente um trabalho de ourives. Ou de maluco, Sônia reconheceu, vendo os móveis em miniatura.

— Ele mesmo constrói todas as peças. Dê uma espiada aqui.

As gavetas estão cheias de minúsculos pedaços de madeira, de telhas, de portas e de janelas, de vidro, de móveis, de armários e de quadros. Tudo rigorosamente arrumado.

— Fascinante — Sônia exclamou. Com o que ele fez essa grama da maquete?

— Cola e serragem. Depois pinta de verde com a pistola. Perfeição, não é? Fico horas aqui vendo ele trabalhar. Às vezes, ajudo. Mas minhas mãos são grandes e grossas. Não prestam para esse tipo de coisa.

— Não é verdade — Tiago disse, ao entrar. Você sempre me ajuda muito.

Alice apresentou a amiga.

— Cadê o Mateus?

— Está conversando com o motorista da limusine. Já vem. Você sabe, ele é maníaco por carro antigo.

— Vamos voltar ao nosso vinho do Porto? — Alice convidou.

Curiosamente baixo, perto da mulher, e franzino, Tiago tem o pescoço longo e os ombros caídos.

— Tim, tim. À nossa visitante — ele falou — que se parece com a Ingrid Bergman. Não a Ingrid de agora, evidentemente. Com aquela que fez "Casablanca".

Todos riram. Neste momento, entra Mateus. Cumprimenta Sônia polidamente e senta-se numa cadeira de balanço. Ela conta os planos da viagem, veio para se despeidr e saber se querem alguma encomenda.

Mateus estava abatido, com olheiras profundas. Era estranho, ela não tinha coragem de cobrar a ida ao apartamento dele, na data combinada. Também não conseguia agradecer a tradução que, afinal, ainda não lera, apesar de que ele a tivesse levado há vários dias.

— Vai para casa daqui? — ele perguntou para Sônia.

— Vou, sim.

— Aproveito uma carona até a Marginal.

— Não se preocupe, Mateus, preciso comprar uns remédios na farmácia e levo você — Tiago disse, enquanto se levantava. — Puxa vida, ia me esquecendo que combinei com o Pedro de consertar o aviãozinho do filho dele.

Alice seguiu o marido, perguntando do sítio. A aparência de Mateus era de alguém absorto em si mesmo, distraído com os seus pensamentos. Sônia percebia-se inexplicavelmente atraída por ele, como se... A idéia foi cortada de propósito. Quanto mais se vive mais se aprende. Vê se tem cabimento, na minha idade, essa tremedeira na alma... Mateus fumava alheio. Ela aguardou que ele lhe dirigisse a palavra. O silêncio constrangia — deslizou a mão no gato a seu lado, no sofá. Ouvia, se é que alguém acredita, a tragada que Mateus aspirava, apesar do som do gato ruivo que ressonava alto, soltando gemidos. Bebeu outro gole de Porto. E se puxasse conversa? Mateus, as pernas cruzadas, balançava-se na cadeira, planque, planque, planque, planque, as mandíbulas apertadas, tensas. O móbile de barbatanas de baleia mexeu-se sem emitir barulho. Mateus soltou as pálpebras devagar e olhou com firmeza (ou seria provocação?) para Sônia, por alguns segundos. Um olhar afiado, de quem tenta desvendar segredos. Ela enfrentou-o sem querer, sentindo-se ela própria com ar de suspeita. Dentro de si, alguma coisa incômoda: pressentia-se a inchar, inchar, inchar. Que era aquilo? Meu Deus! De repente, a sensação de suspeita explodiu em molhada pulsação. Ali, naquela sala, às vésperas de completar trinta anos, seu corpo explodia em solitário amor.

— Desculpe, Sônia. Fui vestir um agasalho porque estava esfriando... Pelo jeito, vocês não abriram a boca, não é? Esse Mateus não toma jeito. Em que está pensando?

— No sítio — ele respondeu. — Nos abacates imensos que vi e não apanhei — fixou Sônia, novamente.

Ela ficou atônita, o rosto vermelho. Será que ele falava por metáforas?

— São horas, Alice. Mamãe está me esperando.

É estranho que a presença de alguém se altere, dependendo da roupa que usa. No primeiro encontro, Alice vestia preto e dava a impressão de ser mais magra; há pouco, de *blue-jeans* e sandália, estava gorda e agora, com aquela túnica de lã e de botas de salto alto, pintada, sugeria outra vez uma figura esguia.

— Um segundo, Sônia. Quero te dar uma lembrança.

De costas para Mateus, ela se aproximou de um quadro e tirou os óculos, para melhor enxergar a assinatura, sem no entanto conseguir: ilegível. Um desenho, retrato da dona da casa, bastante fiel. Alice trouxe um camafeu belíssimo, que prendeu com alfinete, na lapela do casaco de Sônia.

— Para dar sorte. Se por acaso você passar numa loja de produtos para animais, pergunte se tem banheira de passarinho. Há anos quero uma dessas banheiras de vidro, para ver meus passarinhos se lavarem. Essas de plástico que vendem aqui são uma droga. A gente não vê nada.

Sônia prometeu não esquecer da encomenda. Faria o possível.

— Um abraço para o marido. Lembrarei de miniaturas, se der de cara com alguma. E você, Mateus, quer algo, também?

— Não, obrigado.

À noite, na cama, Sônia se entrega a longas carícias. Por que não aproveitar os anos que lhe restam? Essa viagem...

Greta deitou a cabeça sobre a mesa, desanimada, deprimida. É verdadeiramente difícil dizer o que se quer contar. Ou seria contar o que se quer dizer? Cada dia uma incógnita. Uma cebola fechada que ela ia descascando pele por pele. Até encontrar o quê? Eis a questão. A precariedade da busca. Ou da fuga. Mas não conseguia parar. Enquanto não terminasse, nada mais podia ser feito. Então Sônia vai para a Espanha, no lugar de Tina. Amanhã pediria licença para pegar livros enquanto ela estivesse fora.

Densa e parada, a noite. As últimas luzes se apagam e a quietude da Aldeia pesa — Greta se debruça na janela, para puxar a veneziana. Folhas imóveis. Clima de expectativa. Grilos perdidos emitem sons de... Que som seria aquele? Uma definição idiota: sons de castanholas ocas. Correção: o clima não é de expectativa e sim de presságio.

Camilo e Ivo fazem, agora, fisioterapia. A filha vem ou manda buscá-los, duas vezes por semana. O velho está alegre. Manteve os serviços da Zaíra, nos dias liberados pelo síndico. Atualmente ela só tem a segunda-feira para preencher. Mora num barraco atrás do cemitério. É mãe de cinco filhos. O marido, coveiro, inicia o primogênito na sua profissão, pois deve ajudar no orçamento da família, para que os menores possam estudar. Eles andam em bando, a pé, um quilômetro de ida até

143

a escola e um de volta. Se a Aldeia tivesse dado certo, aquelas crianças de quatro, sete, oito, nove e onze anos não teriam necessidade de tamanho sacrifício: freqüentariam a nossa escola. Zaíra reclama das solas de sapato gastas. Pobres meninos. Vigiam carros no cemitério, nos fins de semana. Em novembro faturam um dinheirinho razoável, no dia dos mortos.

A fantasia, às vezes, esbarra com a realidade.

Alvoroço na Aldeia: uma prostituta foi encontrada agonizando, na ferradura, pela Carmen Miranda. A rua das Palmeiras, do lado direito da avenida — do outro ela termina no lago —, não tem saída. No seu final, uma forma arredondada, espécie de bolsão, foi projetada, para que os carros pudessem fazer o retorno, sem manobras incômodas. Assim que começa o terreno do Dilermando Canudos, o traçado se alarga, formando o desenho de uma ferradura, e se fecha na margem oposta, perto do prédio de Míriam. Mas o trator colocado defronte do prédio atravancou a circulação. Dilermando não consegue entrar em casa diretamente, de uma vez só, tendo que contornar o bolsão, para alinhar o carro de frente à garagem. Outro inconveniente: a ferradura passou a ser o leito ideal para as prostitutas que, protegidas pelo trator e pela vegetação natural, abriram uma picada nos terrenos baldios, atrás da propriedade do Dilermando, sem que ninguém notasse. Antes do trator, a ferradura não tinha sido descoberta e os moradores não podiam se queixar de nada. As prostitutas eram vistas apenas na Avenida, encostadas nos troncos de árvores ou a caminhar, simples pedestres. O que as delatava eram as minissaias curtíssimas ou, o que acontecia, alguém interceptar, inadvertidamente, alguma delas soltando o casaco a exibir o corpo nu. Como iam atrair os clientes — em geral motoristas de táxi e de caminhão — sem mostrar a mercadoria?

Zaíra contou, uma tarde, que quase todas aquelas moças moravam em barracos lá na favela e que muitas não eram mulheres. Daí as brigas constantes: uma concorrência dos diabos. Atualmente, os travestis dominavam a zona do cemitério. Faziam uma única exceção: Pablita. Magra, alta, cabelos escorridos de índia, peito liso, atraía a atenção de qualquer um. Servia de chamariz para o ponto. É linda mesmo, Dona Greta. Dizem que ela se tornou prostituta para se vingar do pai, que a violentou quando tinha doze anos. A mãe, indignada e fora de si, matou o marido e ainda está presa. A Pablita mora sozinha e nunca fala com os vizinhos da favela. As más línguas afirmam que ela faz o serviço em cima do canteiro onde o pai foi enterrado. Já pensou? Que coragem.

Há dois anos atrás não existia prostituição na Avenida. Começou recentemente, talvez porque os problemas econômicos do país se agravaram e o desemprego em São Paulo aumenta a cada dia. Existe gente fofocando que a Fortuna teria facilitado o ponto das mariposas. Greta não crê. Quem chegaria a tanto?

Carmen Miranda vinha para casa, ali pelas onze horas, e ouviu um gemido. Ao descobrir a moça, chamou a polícia, que chegou fazendo aquele estardalhaço, sirene apitando, uma confusão. Apesar disso, nenhum morador da Aldeia arriscou-se a sair. Os assuntos policiais são terríveis. Não se trabalha mais, porque vivem chamando as testemunhas para depor. As pessoas simplesmente se inteiraram do que ocorria, telefonando para Clotilde. A mulher tinha sido esfaqueada. Tomara conseguisse viver. Talvez para ela fosse melhor morrer? Nunca se sabe.

— Sujeito mesquinho esse Alexandre Ribeiro — o Soares exclamava irado. É de uma vaidade impressionante. Se não tem câncer na alma, vai ter. Ouça o que estou dizendo.

— Que foi, dessa vez?

— Imagine, Greta, que a Prefeitura arquivou aquele pedido de troca de numeração da rua, por falta de comparecimento do síndico a um "comunique-se".

— A que atribui isso?

— Ele não se interessou pela solicitação do Antônio, vingando-se de todos aqueles que não quiseram aceitar o abaixo-assinado da Light.

— Que barbaridade.

— Pois é. Fiquei sabendo, porque meu cunhado trabalha na Prefeitura. Pedi para ele dar uma empurrada no processo...

— Esse problema tem que ser discutido na próxima reunião de condomínio. O trator, idem. Não tem sentido essa máquina ficar aí, atravancando a circulação. Ontem fui à Fortuna e não encontrei nenhum diretor lá. Estão todos em Brasília, tentando financiamento para não sei o quê.

— Você viu a agitação na casa do Alexandre? O pessoal do circo veio ver a área.

— Era só o que faltava. Pelo jeito vamos ser expulsos daqui. Sou uma contra dez votos na firma.

— Se falo com você, Greta, é para desabafar. O Tancredi não dá as caras, está comprometido até os cabelos com o síndico. Não sei, não. Os investigadores vieram me interrogar sobre o caso da moça. Procuraram você?

— Se vieram, não me encontraram. Bem, já vou indo. Quero desenferrujar as pernas, Soares, dando uma olhada no lago. Até outro dia.

O dentista permaneceu alguns minutos no jardim. Greta não devia andar sozinha, a pé, por aí.

Mas Greta precisava relaxar. Depois que atravessou a Avenida, ouvia prazeirosamente seus passos a pisar nas folhas secas. A cabeça, repleta de angústias, de envolvimento com... Sônia recuperava-se da renúncia ao mundo, Míriam preparava-se para voltar a Santa Catarina. Mais dia menos dia tudo ia se resolver. De uma determinada maneira, as duas mulheres e Tina poderiam ser um único personagem, não fossem as características pessoais de cada uma, e que as individualizavam. Cada uma com o seu passado, as suas mágoas.

Um pássaro preto levantou vôo, assustado. Greta se distraiu. Que rabo comprido. Os muros do Cemitério das Flores, àquela hora, adquiriam uma tonalidade rosa. A paisagem, parada. Nos fins de tarde a Aldeia é um paraíso — ela suspirou. Imagine o caos em que se transformará, se os planos do circo e do parque derem certo. Por que não cogitaram de colocá-los ao lado do lago? Pela proximidade do Cemitério, óbvio. A alegria não combina com os mortos.

Ah, o lago. Que atmosfera de paz e magia. Só faltavam duendes, pois abandonado ganhara um ar de mistério fantástico. As pedras, que eram novas e sem alma no início, estão cobertas de musgo verde e escuro. A estátua da mulher nua, que esconde os seios com a túnica displicentemente caída sobre o corpo, também envelheceu. Foi o avô de Tina quem mandou esculpir em mármore a escultura, quando a fazenda ainda funcionava. Talvez estivesse preparando um mausoléu, não se sabe, porque é o que insinua a mulher sentada numa pedra, segurando com a mão direita a túnica e com a esquerda um bode, em posição de comer. O rosto e o penteado lembram a avó, numa das velhas fotos. Um preito de amor? Greta deslizou a mão no ombro de mármore e sentiu calafrio. Os chorões estavam apenas brotando da seca invernal, porém as árvores nativas, cheias de trepadeiras, os eucaliptos, sombreavam o lago, que já foi bem maior: os aguapés reduziram o espaço consideravelmente. Mas ficam cintilantes com os raios de sol iluminando algumas folhas, os arbustos e o espelho d'água.

    Greta sentou-se numa das pedras. Era aquele o clima que respirava na Aldeia. Um clima sombrio, com raros momentos de trégua e de luz. Como a voz de Gino, entoando as suas árias. Pena que não tivesse trazido papel e lápis. Uma vontade compulsiva de anotar pequenas particularidades, os cogumelos curvos, a penumbra rarefeita. Santo Deus, isso agora é uma mania, uma espécie de encontro consigo mesma. Enquanto abordava os outros, era a si que estava apalpando no retorno à infância, na sua ótica torta. O que lamentava ainda, a inaptidão para se exprimir. Continuava a ensaiar uma frase muitas vezes, para que soasse próxima do que queria dizer. Entre a coisa pensada e a coisa escrita, havia uma série infindável de véus, de bloqueios, de incompetência. Por exemplo, encontrar a maneira de reproduzir a sensação que o lago neste momento lhe transmite, o arrepio do seu gesto nos ombros da estátua, tal estivesse afagando sua própria avó que, apesar do olhar parado, petrificado, revelava tristezas infinitas. Teria sido infeliz? Em certas ocasiões, embalada por um tema, a mão percorria o papel, como se estivesse em transe, tão fluentes as frases saíam. No entanto, em algumas noites, a cabeça e os nervos emperravam, a procura se tornava estéril, incapaz de um sopro, qualquer que fosse. Nessas horas ela pensa em mexer nas verdadeiras dores e o resultado é sempre a fuga, a distração, a camuflagem com a chegada de alguém ou de um acontecimento oportuno. Sim, as experiências essenciais não foram sequer encaradas. Mas hão de ser. Precisa abordá-las com cautela. A cautela de quem faz curativos em feridas que podem sangrar.

    Um sapo gordo pula aos pés de Greta. Levanta lentamente os olhos míopes, atento ao menor ruído, e torna a saltar, desta vez dentro do lago.

    Greta tenta seguir-lhe os movimentos e se dá conta de que já escurecera. Tinha que se apressar, do contrário... Os sinos da igreja não tardariam a tocar.

Corações mordidos. O que fazer com as cicatrizes?

A visita à Fortuna foi desanimadora. A história do circo e do parque de diversões tomava corpo. Aliás, ao lado das pranchas anteriores, mais uma fora pendurada nas parede, a do estacionamento. A firma, mantendo a propriedade, intenta alugar a área, sem despesa nem de terraplanagem. Argumentos contrários eram recusados por aqueles diretores mesquinhos, sensíveis apenas ao lucro, à possibilidade de ganhar comissões em vendas fáceis, no conjunto habitacional a ser lançado, não em terreno próprio mas de um cliente. À Fortuna caberia construir e vender os apartamentos. Diante dessa probabilidade, o projeto do Alexandre vinha a calhar, porque a Aldeia era uma pedra no sapato de todos. Um fracasso que ninguém podia admitir. Greta teve o desprazer de dar de cara com o síndico, ao chegar. O mau-caráter beijou-lhe a mão, cheio de salamaleques e elogios, imaginem. Refeita do contratempo — que figura sub-reptícia — tratou dos seus objetivos com firmeza. O caso Míriam, o guarda-noturno — o esfaqueamento da mulher era prova mais do que evidente das necessidades de uma fiscalização —, a limpeza das canaletas de águas pluviais.

Barbosa, um dos dez diretores, foi o portador da oferta para Míriam: um apartamento de sala e quarto na rua Major Diogo, na Bela Vista. Ou aceitava, ou a Fortuna tinha todo o direito de negar-se a pensar em outra solução. O apartamento estava vazio e a escritura seria lavrada em dias. Greta se deu por satisfeita. Sabia que Barbosa gostava mais dela do que os demais. Discutir o circo, naquele momento, não seria inteligente.

— Tchau, querido. Amanhã telefono, dando a resposta. Tira logo aquela máquina monstrenga de lá, viu?

Barbosa prometia, se ela viesse almoçar com eles no sábado.

Uma idéia repentina: enviar a carta para Luís, em mãos. Ele e Sônia iam se dar às mil maravilhas. Uma voraz leitora de livros, com quem conversar, não surge sempre. E, para Sônia, um autor de teatro podia ser companhia excelente — Greta sorriu. Um final feliz? Se amar é querer a felicidade do outro, a idéia ainda era um gesto de amor. Não o amor egoísta, prepotente, possessivo, mas o amor generoso, amigo. Os animais não têm ciúmes. Sônia e Mateus jamais se acertariam. Unir os dois seria a confirmação de sua própria descrença. Míriam e Gricha foram amaldiçoados pelo incesto, pela fatalidade, pela escuridão do segredo. E a felicidade existe, meu Deus. Tem que existir.

Sônia chega à portaria de um hotelzinho em Madri. Enquanto espera o porteiro chamar Luís, examina uma construção torturada, algum adepto de Gaudí? Luís aparece de *blue-jeans*, pulôver grosso, a barba crescida. Sônia entrega a carta, conversa sobre a Aldeia. Ela dará sua versão da rua das Palmeiras. Dirá que Greta não sai de casa, que está escrevendo. Perguntará a ele o que fazer e ver. Luís, gentil, se oferecerá para acompanhá-la a esse ou àquele lugar. Os encontros serão cerimoniosos, a princípio. Sônia levará a mãe. Até que Elisa decide dormir cedo, pretextando dor de cabeça. Sônia sairá então sozinha.

E a curiosidade brotará nos corações solitários. Elisa vai para a Suíça no dia combinado. A filha se encontrará com ela mais tarde. O primeiro ato de desvinculação. Luís e Sônia, a sós, farão grandes passeios pela cidade, irão a uma tourada, porém a paisagem pouco significará para ela. O importante é a sensação que explodirá dentro de si. Ao menor toque, um frêmito de prazer percorrerá o seu corpo. Atravessará voando o trânsito maldito, de sapato sem salto (para não ficar mais alta do que ele). Ao se despedirem, à noite, ela sentirá uma vazio no estômago, embora tivesse acabado de jantar, e em frente do espelho verá sua imagem com alegria. Escovará os cabelos em movimentos fortes, experimentando outros penteados. O batom, jamais posto, será testado, e a sombra azul. Contente, dormirá com as entranhas levemente inchadas e de bóbis na cabeça. Luís sentará no seu próprio quarto, tenso, hesitando em discar o telefone, apenas para ouvir-lhe a voz. Pedirá que fale qualquer coisa, ele calado na linha. Ponderará que não se pode dar ao luxo de se apaixonar outra vez. Mas já estará encantado com aquele frescor sentimental de Sônia, aquela total disponibilidade afetiva, aquela — por que não? — ingenuidade. A cultura não vivenciada é mero acessório. Sônia leu muito, não viveu. Delicado e meigo, ele a levará um dia para a cama, apalpará aquele corpo trêmulo, vibrando de emoção, abrigará nas mãos em conchas os seios virgens, e beijará demoradamente a penugem fina, experimentará a flor intumescida, que se contrairá a morder-lhe o sexo, ele cairá exangue e saciado, um anjo sobre outro anjo, em paz com a vida.

O instante da partida será duramente escondido. Sônia irá à Suíça e a promessa do encontro em Paris aliviará a dor da separação. Ele, abstendo-se de uma refeição, provavelmente a surpreenderá com chamadas noturnas em casa dos primos. Em Paris, quinze dias depois, o encanto ainda permanecerá intato. Caminharão de mãos dadas, visitando museus, indo a teatros, em geral decepcionantes para ele, ela pouco se incomodará com o espetáculo, que podia ser qualquer um, atenta apenas e obsessivamente a ele, e os dois irão a pequenos bistrôs e falarão horas e horas seguidas, e ela pedirá que a leve a alguns locais conhecidos nos livros, atravessará os Jardins de Luxemburgo, num domingo à tarde, verá os franceses carregando suas cadeiras para se expor ao sol ralo de novembro e tantas coisas mais, não adianta imaginar todas, um frio antológico se anuncia, por isso ela entrará numa loja e comprará um casaco de lã com pele na gola e nos punhos, e um cachecol de cachemir para ele, gastando uma pequena fortuna e, mais tarde, eles irão para o hotel simpático da rua Jacob, e, de repente, é hora de voltar para casa, sem que tivesse ido a Londres, a Amsterdam, o que não representaria nada, e os dois se separarão com um soluço travado na garganta, e ele prometerá vir logo adiante, em março possivelmente. E Elisa? Cumprirá o programa de ver os primos, de passear pelo lago de Genebra, os fins de semana nas montanhas, contará das suas samambaias de metro, espantando os primos com a descrição, e soltará curtos suspiros de saudade ou de felicidade, não se sabe, e comprará relógios para ela, a filha e o irmão, chocolates para os sobrinhos e, no dia marcado, entrará no avião, tendo a seu lado Sônia, uma mulher que ela não mais reconhecerá.

Greta sorriu. Que cabecinha mais doida.

Dylan Thomas escrevia noturnamente. "Neste meu ofício ou arte soturna e exercida à noite...".

Depois de molhar as plantas, Greta resolveu tomar banho e se arrumar, pois Míriam pediu que a escoltasse para ver o apartamento da Bela Vista.

Dia azul e quente. Um dia de verão — separou uma calça branca de brim e uma blusa vermelha de algodão. Transferência do espírito de Sônia? Talvez. Míriam apareceu igualmente de roupa leve: uma saia floreada, camponesa, um xale de seda nas costas. Os pés nus, na sandália de couro cru. Os cabelos caíam em longa trança nas costas.

— Você está ótima, Míriam.

— Obrigada — tirou um lenço da sacola e assoou o nariz. — Peguei um resfriado, acho. Horácio e Elisabeth que se cuidem. Cada vez que eu fico doente, eles pegam também.

— Sei.

O prédio era velho, acinzentado e triste, apenas externamente. Porque, examinando com boa vontade, tinha uma pórtico distinto, art-decô. Três andares. O zelador vesgo procurou a chave do apartamento 301, numa gaveta, reclamando da Fortuna. Escada ampla, cuidada, madeira maciça no corrimão.

— Que você acha? — Míriam perguntou, assim que elas andaram pelos cômodos.

— Aceite correndo. Com uma pintura, o apartamento ficará jeitoso. A sala e o quarto são de tamanho razoável. Você aluga isso aqui e se manda para Santa Catarina. Ou então, passa uma procuração para essas firmas especializadas em administrar imóveis e que cuidam dos contratos, cobram os aluguéis etcétera.

— Então vamos até a Fortuna, quero resolver tudo rápido.

A escritura foi marcada para tão logo os papéis ficassem prontos. Um despachante trataria do caso, com prioridade. A Fortuna não agüentava mais a pressão, os inúmeros processos recorrendo do prazo para demolição do edifício. O interesse era da firma em solucionar o impasse.

Greta e Míriam comemoraram a novidade, tomando um gostoso sorvete de nozes. Míriam comentou qualquer coisa sobre um financiamento que o governo oferecia para plantações, mas que Gricha se decidira pela criação de cavalos manga-larga.

— Ele tem paixão por cavalos, Greta. Não acredito que vou mesmo para Santa Catarina!

Eram quatro horas da tarde quando a Brasília entrou na rua das Palmeiras. Uma nùvem negra anunciava chuva. Defronte da casa de Gino, um caminhão de mudanças. De quem seria? Greta teve de aguardar que os homens manobrassem uma cama de casal (curioso, o pano que cobre o colchão é roxo), para poder entrar no jardim.

Descoberto o algoz da prostituta: o marido. Ela se chama Regina, não morreu, ficou apenas cheia de pontos. Porteiro noturno de um bar, Agenor desconhecia as atividades da mãe de seus filhos. Uma noite, por acaso, trocou a folga semanal com um colega. Viu a mulher na Avenida. Escondeu-se atrás de uma árvore. Ela exibia o corpo nu, sob a capa de chuva. Um táxi parou. O marido, veias dilatadas, esperou alguns minutos antes de percorrer a trilha e chegar à ferradura. Ignora-se o que aconteceu ao outro homem, de que maneira conseguiu sumir dali, àquela hora. Só se enveredou pelo mato.

Após a tentativa de assassinato, o porteiro pegou as crianças e desapareceu. No barraco, as roupas sujas de sangue.

Os jornais publicaram a foto de Regina no hospital, chorando. Justificava, enfaticamente, as atividades, confessando que Agenor, a quem amava, não recebia o suficiente para o sustento dela e dos filhos. Uma profissão, como outra qualquer, já que durante o dia era obrigada a ficar em casa. Quem cuidaria das crianças? Não existia creche na favela. A matéria do jornal terminava dizendo que Regina não entraria com nenhuma queixa, e que queria o marido de volta.

— O pior, Greta, é que a Zaíra estava indignada. Se fosse ela, destruía o sujeito. A toda hora o rádio conta casos de mulheres que são mortas por maridos e amantes, sem mais nem menos. A gente até parece bicho ou praga, ela disse. Tem cabimento? O Agenor, D. Jane, podia simplesmente largar da mulher, não precisava esfaquear, a senhora que acha?

Greta e Jane sorriram.

— E a minha sogra, ai a minha sogra. Ficou apavorada. Deseja que a gente se mude daqui, imagine. O mundo estava perigoso, mas aqueles fatos na Aldeia eram muito, muito inquietantes.

— Concordo — Greta arrematou. — Infelizmente.

As duas mulheres se fixaram, sem comentários. Como se uma soubesse do que a outra estava falando.

A voz de Amelita Baltar enchia a sala. Greta, sentada na cadeira de couro, pôs o livro de lado, para ouvir pela milésima vez aquela voz potente e expressiva. Cantar seria mais gratificante do que escrever ou pintar?

O vento assobiava forte, anunciando mudança de tempo — tropeçou na pilha de livros, trazidos a semana passada da biblioteca de Sônia, e aumentou o volume do toca-discos. Realmente, Amelita canta com os nervos, é toda emoção.

Batem à porta. Greta consulta o relógio. Dez horas. Visita, com tamanha ventania?

Um casal: os novos vizinhos. Vinham pedir emprestado o telefone, pois o da casa ainda não fora ligado. A mulher, muito clara, quase transparente, é médica. Uma criatura frágil. O marido, que os apresentou, Sofia e Leonardo Mendes, se excusou pelo horário.

— Sofia tem um doente em estado grave no hospital.

— Por favor, fique à vontade. O aparelho está aqui, no corredor — acendeu a luz.

— Não quer sentar?

Greta examinou de soslaio o homem calmo, elegante e discreto.

— Incomodo se fumo cachimbo?

— Longe disso. Até me dá prazer — Greta afastou com o pé os livros no chão. Ele fez menção de ajuntá-los. — Deixe, não incomodam.

— Interrompemos a sua leitura.

— Qual o quê. Um papo é mais agradável. Na Aldeia, para quem não aprecia televisão e mora sozinha feito eu, as alternativas são poucas — fixou-o pela primeira vez nos olhos e sorriu.

Ele desviou os seus, para amassar o fumo no cachimbo. Fechou a bolsa de couro, e aspirou várias vezes a fumaça. Greta se deu conta de que a agulha rodava há alguns minutos no disco.

— Com licença — tirou o braço do prato. — Tem alguma preferência ou...

— Se quiser virar o disco, me parecia muito bom. Aliás, foi a música que nos deu coragem para vir telefonar. Tivemos certeza de que alguém estaria acordado.

Greta diminuiu o som, depois pegou uma garrafa de vinho e três copos.

— É a única bebida da casa.

— Eu aceito, mas Sofia não bebe álcool.

— Verdade?

Greta sentou-se de frente para o visitante.

— Estão se adaptando à rua das Palmeiras? Saúde.

— Saúde. Numa semana apenas não dá para emitir opinião. Saímos cedo e voltamos à noite.

— E por que escolheram morar tão longe do centro?

— Ah, não é longe, senhora.

— Me trate por Greta, faz favor. Eu o chamarei de Leonardo, certo?

Ele fitou-a brevemente.

— Entre trinta e sessenta anos as diferenças não são relevantes.

Ele dá a impressão de estar checando a frase dita, enquanto torna a acender o cachimbo. Greta nota que ele tem as têmporas grisalhas.

— Como eu ia dizendo, é mais fácil ir daqui para o consultório do que da minha casa no Sumaré. Pegando-se a Marginal, chega-se rapidissimamente.

— É médico, também?

— Psicanalista.

Sofia aproxima-se.

— Agradeço muito a sua gentileza — a voz fina, baixa.
— Meu doente reage bem. Não terei necessidade de ir ao hospital esta noite.

— Aceita um suco ou café?

— Nada. É bonita a sua casa... Mora aqui há muito tempo?

— Esta foi a primeira construção, quando existia a fazenda e o progresso não tinha chegado tão perto. A terra ficou valorizada e a família resolveu lotear a área. Está vendo essas tábuas largas? São do início do século.

— Fantásticas. Precisamos ir, Leonardo.

A porta da rua se escancarou violentamente. Greta correu para fechá-la e, no mesmo instante, a luz apagou.

— Um minuto. As velas estão preparadas — pegou os castiçais sobre a arca. Tem fósforos aí?

O psicanalista acendeu um, as chamas das velas tremeram fracas.

— Coisas que acontecem em dia de ventania. Quer um pouco mais de vinho?

Leonardo disse que sim. A mulher pediu desculpas, gostaria que ele se apressasse. É imprescindível que durma cedo hoje, pois amanhã é seu plantão e ela nem virá para casa.

— São constantes esses plantões?

— Uma vez por semana. Estamos com falta de pessoal.

A conversa enveredou pelas dificuldades de ser médico em hospitais mal equipados, o sistema de higiene precário, os salários miseráveis. É comum saber-se de gente que entra para uma operação de amídalas e sai com hepatite. Enquanto a mulher falava, Greta experimentava um curioso constrangimento, provocado talvez pela pouca iluminação, ou pelo marido silencioso e sereno, atento aos seus próprios gestos de atiçar o cachimbo — o cinzeiro entupido de fósforos apagados —, de cruzar e descruzar as pernas. Por duas vezes ela interceptara uma faísca sutil nos olhos dele, como se a estivesse absorvendo, devorando, antropofagicamente, em contraste total com Sofia e sua voz ritmada, fria. E ela, Greta, de que jeito a estariam sentindo? Uma lesma pegajosa tentando se esconder num caramujo?

— Eu queria saber de onde vêm as badaladas de um ou mais sinos, não sei, que ouvi ontem de tarde — Sofia perguntou.

— Da igreja da Aldeia. Tocaram ontem de tarde? Não ouvi. Ah, já sei. Saí com Míriam, nossa vizinha que mora aí no prédio, e...

— Alexandre me disse que vão demolir a construção, não é? Esperam apenas que ela se mude.

— Conhece o síndico?

— Assim que viemos para cá ele veio nos cumprimentar. É tão charmoso e inteligente. Leonardo não foi muito com a cara dele.

O marido movimentou-se na cadeira, com visível desagrado. À luz das velas os rostos adquiriam uma cor indefinida, e enormes olheiras.

— Não diria tanto — ele argumentou. — Apenas não compartilho do seu entusiasmo.

— Ele nos deu várias dicas, gentilmente. Não comprar pão do padeiro da Aldeia, nem pegar uma faxineira, uma tal de... esqueci o nome, que é uma leva-e-traz daquelas. E nos convidou para a próxima reunião de condomínio. Abordou a hipótese de que não seríamos aceitos pelos vizinhos, porque é proibido alugar casa aqui, uma porção de coisas.

— Bobagem isso — Greta desmentiu. — Todos reconhecem o direito da viúva, enquanto o inventário não estiver acabado. De qualquer modo, comparecer à reunião é útil, porque vocês ficarão conhecendo todo mundo. Antigamente, nos reuníamos uma vez por ano; agora, uma por mês. São tantas as novidades.

Absteve-se de contestar os outros itens. Ela que descobrisse por si a validade das observações. Incrível a implicância com o velhinho, que fazia pão ele mesmo, no maior capricho.

— Você não achou excelente a idéia dele, Leonardo, de fazer uma exposição de desenhos e esculturas no cemitério?

— Onde?

— No cemitério. Ele disse, brincando, que é o lugar mais freqüentado da cidade. No saguão dos velórios, ele tem certeza de que as obras serão vistas — riu. — Espaço cultural, no cemitério! — levantou-se. — Parece que os administradores da firma vibraram, e pediram que funcionasse de diretor da galeria, chamando outros artistas para expor depois dele.

— Era só o que faltava — Greta abanou a cabeça. Um circo, um parque e uma galeria de arte, ela pensou, não disse.

— Até qualquer dia, Greta. Outra vez, obrigada.

— Foi um prazer conhecê-los. Apareçam sempre que quiserem. O telefone está às ordens — escondeu os castiçais no corredor, para que o vento não apagasse as velas.

No instante em que abriu a porta, a luz voltou, quebrando, quem sabe, o clima de intimidade instaurado entre os três.

— Ih, Greta, está voando papel naquela mesa.

Ela se desculpou por não acompanhá-los e foi recolher as folhas do chão. A voz da Amelita voltou a preencher a sala. Mas Greta já não prestava atenção. O pensamento concentrado nos visitantes.

O convite feito à mão e xerocado, foi distribuído nas moradias. Um convite pretensioso, apesar da gráfica pobre, anunciando a abertura da exposição e do novo espaço cultural — Galeria da Fama — no prédio da Administração do Cemitério das Flores, sob os auspícios da Fortuna, empresa a serviço da arte brasileira.

Quem primeiro reagiu: Camilo.

— Greta, isso é heresia.

Ivo tentava bater palmas, para que a vizinha predileta visse o que aprendia no tratamento.

— Pensando melhor, por que não? Arte pode ser exposta em qualquer lugar, Camilo.

— Correto, minha filha. Só que Cemitério não é para festas.

— Quem falou que ele vai servir drinques ou coisa que o valha? O convite não toca em coquetel, nem menciona a palavra inauguração. Fala em abertura: sábado, ao meio-dia.

— Eu devo estar esclerosado. Não consigo entender mais nada.

Ela pensou um pouco, antes de argumentar.

— Esclerosado coisa nenhuma. O homem é que é criativo.

Ivo finalmente logrou uma palma perfeita. Greta deu-lhe entusiasmados parabéns. O menino, então, tentou um assobio.

— O garoto vai indo divinamente na escola. Ainda não completou o mês e as conquistas são visíveis. Adora ir aos exercícios. Enquanto ele está nas aulas, eu faço fisioterapia para a coluna.

— Que bom.

— Pois é, minha cara. A gente se adapta a dilúvio, a cataclismo. Agora, esse negócio de usar cemitério de sala de exposições é demais. Venderei meu lote e pedirei a Mirna que eu seja cremado. Pelo menos, não participarei da degradação humana.

— Não pense nisso, Camilo.

— Ouça, Greta, ninguém brinca impunemente com os mortos. Se houver vida eterna, os espíritos reagirão. Imagine o quanto o Ananias se contorcerá de raiva, religioso que era. Jamais admitiria que um velório, onde se pressupõe exista dor e recolhimento, fosse decorado com quadros e esculturas. Uma tela colorida num lugar desses? Não, minha filha, nunca poderei compreender, quanto mais aceitar.

Ivo continua se esforçando para emitir o assobio.

— Cores vivas não significam necessariamente alegria.

— Pode ser. Chamei o Soares, o Dilermando e o Antônio, para que viessem aqui. Quero saber a reação dos outros — ele se levantou vagarosamente e foi pegar no aparador uma tigela de biscoitos.

Camilo piorava, dia a dia, na postura. Há muito tempo não empurra mais a cadeira do neto pela rua das Palmeiras, saindo apenas se o motorista ou a filha vêm buscá-los. Os quartos de cima foram, inclusive, abandonados.

— Subir escadas já não me permito com tanta freqüência. Por isso transferi a biblioteca para cima. Ivo e eu sempre dormimos juntos, não precisamos de dois quartos. Na realidade, não sofro de nada específico. Meu mal é velhice, Greta.

— E o banheiro?

— Ah, minha filha, você sabe como essas construtoras são. Anunciaram a casa com três quartos e três banheiros, para cobrar mais caro. Então ao lado da biblioteca, colocaram um lavabo com chuveiro. Desse jeito tapearam o comprador. Para nós foi uma sorte. Comprei apenas um aparelho elétrico.

Ivo desacorçoou do assobio. E voltou às palmas. Greta desejou dizer para ele que não se incomodasse, porque ela também não sabia assobiar, e não era excepcional. O menino não entenderia.

— Tem notícias do circo e do parque?

— Nenhuma. Vi as pranchas penduradas lá — Greta consultou o relógio. — Tenho que ir.

— Posso pedir um favor? Me arranja alguns livros emprestados, minha filha. Os meus, eu sei de cor.

— Pelo que você se interessa? Ainda policiais?

— Não. Vê se me arranja uns livros de História.

— Trago amanhã — beijou Ivo e saiu.

Ao atravessar a rua deu com Gricha, a entrar no prédio. Míriam ficará feliz. Pelo menos alguém, na Aldeia.

A exposição se inaugurou no sábado de sol quente, com a presença de apenas dez moradores da rua das Palmeiras. O pessoal da Fortuna compareceu em peso, exceção de Barbosa, que tinha convidado Greta para almoçar. Uma cerimônia simples. Nem podia ser diferente, pois havia um morto no velório do lado esquerdo. Os quadros e as esculturas tinham sido colocados na tarde anterior quando não havia cadáveres. Está aí um detalhe que precisava ser melhor estudado. Ninguém marca data para morrer. Verdade que a Administração do Cemitério é consultada antes. Ainda assim, por causa de uma exposição era impossível negar um velório. Na sexta-feira as salas estavam vazias e de repente, pimba, alguém morre e...

Faz-se necessário que se diga. Contrariando a afirmação de Camilo, a galeria não incluía os velórios. O velho se afobou à toa. O edifício possuía uma grande área de circulação e distribuição, com um leve desnível, em seis degraus de escada, dando acesso ao bar. No meio dessa área, um jardim, rodeado por um banco de pedra, para as pessoas descansarem, no centro da construção. Ao longo do vestíbulo, das escadas e do piso do bar, o espaço se prestava magnificamente para exposições.

Alexandre Ribeiro colocou três esculturas no banco do jardim — uma era o globo que estava na casa dele — e as demais sobre caixas brancas de madeira, no *hall* de entrada. E nas paredes laterais pendurou os desenhos emoldurados. Nenhuma tela colorida. Apenas desenhos a lápis ou a nanquim. Daquela mostra ninguém podia reclamar. Se se quisesse observar com mais rigor as peças, no que se **refere** ao local, talvez fosse possível implicar com uma escultura, um nu feminino. Mas tão delicada era que... Não, o homem soubera dosar tudo. E os desenhos — paisagens e figuras, em flagrantes de rua — são de qualidade. A Fortuna podia se dar por satisfeita. Se outros artistas teriam igual critério, não se sabe. Esperar para ver.

Na hora da inauguração, alguns repórteres e colunistas convidados tiraram fotos, interferindo um pouco na dor da família que velava seu morto. Ouviam-se, inclusive, gemidos e choros, enquanto se percorria a exposição. Mas o que os presentes imaginavam, fundo musical? O artista que quiser expor na Galeria da Fama terá que aceitar o som ambiente. Agradável ou não.

Antônio e Jane entraram na galeria antes das quatro horas, perto da saída do enterro. Alguns parentes ou amigos do extinto admiravam os quadros, enquanto aguardavam que o corpo fosse encomendado.

— Que desenho bonito, Antônio. Sabe quanto custa?

— O preço está aí do lado, nessa etiqueta — o marido respondeu seco.

— Você podia me dar um de Natal.

— Não invente novidades, Jane. Você não queria o gravador?

Choro compulsivo, o enterro ia sair. Uma histérica fazia um verdadeiro escândalo.

— Não vá embora, meu amor. O que vou fazer aqui sem você? Que ingratidão a sua, me deixar sozinha. Não (gritou), não fechem o caixão. Ai, meu Deus, por que não me levou no lugar dele? Por quê?

Antônio ficou nervoso e empurrou, apressado, a mulher para fora.

À noite, conversando com Soares, na mesa de jogo, ele exclamou:

— Não consigo esquecer a voz daquela mulher do velório. Que coisa!

Saudades da clínica. Será que Tina está voltando?

— A notícia de que Sofia é médica se espalhou rapidamente. Há três dias a coitada não tem um minuto de descanso, Greta. Posso avisar para o hospital que ela vai chegar uns minutos atrasada?

— Claro, Leonardo. Sabe onde é o telefone — Greta se recompôs do susto de ver o psicanalista sozinho. Leve rubor nas faces.

Evidentemente que todo mundo ia logo conhecer a eficiência da doutora. Um dos filhos da Zaíra, o primogênito, cortou o pé com um alfange. A mãe disse que ele estava aparando a grama do cemitério e, distraído que era, tirou uma bruta lasca do calcanhar. Greta aconselhou a empregada a procurar a médica, pois o menino se esvaía em sangue. Sofia atendeu de boa vontade, deu uns pontos, aplicou uma injeção contra tétano, fez um curativo e logo o garoto trabalhava sol a pino. Cometeu um grave erro, não cobrando o serviço. Foi o bastante para que os doentes da favela quisessem se consultar com a generosa doutora. Até fila fizeram na rua das Palmeiras.

— Não sei como vai ficar esse negócio. Mandar embora essa gente é um crime. Sofia não consegue.

— Por que você não a aconselha a montar um pequeno consultório na favela? Aí ninguém viria incomodar vocês em casa. Ainda mais num domingo.

— Aí é que está. Ela precisava ter tempo e recursos técnicos.

— Aceita um café? Acabei de coar.

Leonardo deu uma espiada na mesa de Greta, enquanto ela preparava a bandeja. Na máquina uma folha de papel, batida pela metade. Ao lado, uma pilha de manuscritos rabiscados. Dicionários. Uma gramática.

— Que é, uma pesquisa? — virou-se para ela, que vinha trazendo café.

— Mais ou menos. Anotações sobre a Aldeia.

— Pode-se ler?

— Não. É apenas maneira de encher o tempo — entregou-lhe a xícara, com a mão tremendo.

Ele vestia uma calça cinza, camisa preta.

— Escrever nunca foi passatempo.

— Concordo. Mas não quero ser pretensiosa. Ainda não sei se terá qualidade para ser publicado. Entre a intenção e a realização há uma grande distância. Na minha insignificante opinião, qualquer pessoa nasce artista.

— Eu não diria tanto.

— A vida, o meio ambiente e a educação é que dispersam ou dificultam o desenvolvimento da sensibilidade. Ou você acha que ser artista é privilégio só de alguns?

— Talvez...

— A diferença — admitindo-se que todas tenham idêntica oportunidade — é a obsessão.

O psicanalista parecia distante. Em que pensaria?

— Um amigo meu largou de escrever para não ficar esquizofrênico. Vivia rodeado de fantasmas. Talvez aconteça o mesmo comigo.

Leonardo soltou um riso irônico. Greta pensou se não estaria entrando em terreno alheio. Afinal...

— Que planos tem para hoje? — ele a fixou firme nos olhos.

— Nada especial em vista — sentiu-se ridiculamente disponível.

— Que tal dar uma volta a pé? Você podia me mostrar a Aldeia.

— Com prazer. Mas não são muitas as atrações. Já foi ao lago?

— Não.

— E ao cemitério?

— Também não.

— Então me dê uns minutos para trocar de sapatos.

Leonardo notou que, da mesa de Greta, podia-se ver a janela da sua sala. Aproximou-se para espiar o jardim. O caramanchão, com o banco de madeira, e todas aquelas plantas, era encantador.

Greta tornou a ficar vermelha.

— Daqui se vê a sua sala, daquela janela a de Sônia e Elisa, as vizinhas que estão na Europa — aliás, vou levar a chave para arejar a casa um pouco — da cozinha, controlo Camilo.

— Você é um perigo. Não sente vergonha de bisbilhotar a vida alheia? — sorriu.

Um sorriso franco, Greta reparou, que principia nos olhos e termina na boca, sem mexer a pele.

Ele pegou a carteira de fumo e o chaveiro, que estavam em cima do sofá.

— Depende do sentido que você dá a bisbilhotar. Eu não faço mexericos. Seria mais verdadeiro dizer que eu investigo a vida dos outros, por curiosidade. Alguém, com humor, registraria diferente as mesmas cenas que eu encaro do meu jeito. E sem o menor senso de humor, isso eu garanto. Vamos? Passe na frente. Apenas eu sei fechar essa porta, porque a fechadura está defeituosa.

— Quem são as vizinhas?

167

Mais tarde, sozinha, Greta sentia-se agoniada. O passeio fora maravilhoso, Leonardo revelou-se um companheiro plácido, interessado em tudo e em todos. No lago, sem querer, eles se aproximaram, quem sabe, além do que previam. A umidade das pedras, o vapor que saía da água, a atmosfera de sonho em que se deixaram ficar, as vozes baixas, para não perder o encantamento, e, por conseguinte, o roçar dos rostos íntimos, as mãos que quase se encontraram, teriam acenado com uma expectativa que talvez jamais se realizasse? Uma intimidade passageira, que não se repetiu no resto da tarde... A não ser... vamos, Greta, admita, e o almoço na cozinha? Ele preparando a salada, enquanto você se esmerava na massa, heim? Vocês dois tiveram excelentes momentos. Ele riu muito quando você contou por que parou de ir à clínica, da sua relação com o Dr. Oswaldo, de que optou por se encontrar sozinha. Com que carinho ele a ouviu, misteriosamente extrovertida, efeito do vinho?, soltando segredos que até você ignorava; a seriedade dele quando falava em Tina, na maneira que você a escondeu e abandonou: por quê? Não confia mais no ser humano, na capacidade de se recuperar, inventando novos valores? Patatipatatá. O vinho tinto animou sua face de um colorido infantil e seus olhos brilhavam de entusiasmo ou de sensibilidade, sabe-se lá, você lavou os pratos que dava para ele enxugar, e seus dedos raspavam nos dele, receptivos, um frio gostoso na boca do estômago, depois você coou café e ainda acabaram a garrafa risonhos e descontraídos, como se aquele encontro não fosse acabar nunca.

E, de repente, a emoção foi cruelmente interrompida e você ficou prostrada e se arrependeu de ter se soltado tanto, desabituada a essas manifestações dos sentidos, devia mais era ter desempenhado um papel ridículo, ou foi o inverso e o que ele mais gostou, seria exatamente a personalidade reprimida e carente, você pensa, procurando um apoio, que diabo, queira ou não, reconheça esse outro eu, fora de uso, mas verdadeiro, e que hoje veio à tona, inebriantemente, incontrolavelmente. Pare de sondar a casa dele, a cada quinze minutos, ele é casado. Ponto final. Esqueça essa fantasia que teima em alimentar. A mulher dele é gentil, e eles devem se amar muito, estão casados há anos, já seguraram muitas barras juntos, não é você quem vai pôr areia no relacionamento do casal, um dia de convivência amena não significa nada, apenas isso, uma convivência amena, ele não tem culpa dos seus anseios, foi o primeiro homem que apareceu na Aldeia e que resolveu aproveitar um domingo, pegando você desprevenida e sedenta. Outro dia, descrevendo uma cena de amor, deve ter se dado conta de que há muito tempo não faz uma, e isso influenciou a permissividade súbita, exarcebou as suas faculdades emotivas, mas, realmente, o homem não tem culpa, um companheiro delicioso — será que você o viu andar na sala? —, ele está sozinho, a mulher não vem dormir em casa, imagine, e se bancasse a despudorada, e fosse convidá-lo para jantar? Não, ele jamais entenderia, e não é coisa que se faça, interferir na integridade alheia. Se fosse seu marido gostaria que outra mulher se aproveitasse de sua ausência e viesse conquistá-lo, ou se oferecer? Não. Portanto, respeite a dignidade de um casal e vá para a cama dormir, reflita sobre o cartão que recebeu de Sônia, contando o quanto está alegre, no passeio que ela e Luís fizeram a Toledo, o beijo que ambos mandaram. Às vezes você se acha uma visionária. Ou seria uma fada?

Dilermando Canudos vinha das compras, reclamando do calor. Encontrou Soares, que consertava o portão, chave de fenda em punho, tentando apertar um parafuso. Cada um acendeu um cigarro. Dilermando, pelas tantas, comentou que Alexandre Ribeiro era visto a toda hora com a Pablita.

— Veja o par, Soares. Ele, baixinho e franzino, com aquela mulher de dois metros de altura — balançou o corpo às gargalhadas.

— Não é engraçado, Dilermando. É trágico. Esse cara traz a moça para dentro de casa, nas minhas barbas, como se fosse a coisa mais natural da paróquia. Da janela vi a moça pelada lá dentro.

O radioamador pensou em ponderar que se o vizinho viu foi porque procurou ver, mas não disse nada. Tratou de diminuir a indignação do amigo.

— O Alexandre é artista, deve estar usando a moça de modelo, Soares. Cachorro que late não morde. Se fosse outra coisa não ia exibir assim, publicamente.

— Para o Tancredi ele contou que está comendo a moça.

— Ela é profissional, ora.

— Então ele está desrespeitando a Aldeia.

Parado no meio-fio, pacote de compras apoiado nas pernas, Dilermando encerrou a discussão em poucas palavras, abordando os embaraços que enfrentava na ferradura.

Alexandre Ribeiro abriu a porta de casa e atravessou a rua.

— Como vai este radioamador famoso? E você, Soares? Tudo bem?

O síndico estava de terno branco, de gravata, pasta de executivo na mão.

— Vocês é que são felizardos. Não precisam sair com esse calor para a cidade. Estou tratando da concorrência dos circos. Sabem que temos vários candidatos?

— Alguém aprovou o projeto?

— A Fortuna. O contrato de aluguel do terreno é provisório. Faremos primeiro um teste.

— E o condomínio em que pé fica?

— A maioria dos moradores está a favor. Apenas uns vinte condôminos não concordam. Os amigos do Antônio.

— Não é verdade. Em todo caso, você não se impressiona com a balbúrdia que viraria esse maravilhoso ambiente?

— Soares deu um tom de ameaça à pergunta.

— Se vocês tivessem reparado direito nas pranchas, notariam que não seremos perturbados. A lona será erguida a mil metros daqui, naquele setor — apontou. — Estaremos devidamente protegidos.

— E as carretas dos animais? — Dilermando pegou o pacote. Sem esperar resposta, atacou com outra pergunta.

— Quanto o amigo está ganhando nesse projeto?

Alexandre se atrapalhou um pouco, mas respondeu que menos do que precisava para viver, ou que poderia ganhar de outra empresa, se não fosse síndico.

— E que chance você teria de bolar um plano desses?

— Soares quis encostá-lo na parede.

— A realidade, meus caros, é que, com a morte do meu querido tio, as chances apareceram aqui. Eu podia não ter tido a brilhante idéia. Por isso o Antônio deve estar morrendo de inveja e despeito. Teve a mesma oportunidade e não aproveitou.

— Como se atreve a se referir assim a um amigo tão leal, dedicado e discreto? — Soares gritou, apoplético.

— Ele já teria solucionado meu problema da ferradura — Dilermando intercalou.

Soares não lhe deu atenção.

— Vai me desculpar a sinceridade, só louco pensaria mal do Antônio, que jamais diria uma palavra contra o que quer que fosse, exatamente porque foi o síndico anterior. Não aceitaria a possibilidade de sugerir inveja ou outro sentimento baixo. É um sujeito superior e íntegro. Eu, se fosse você, trataria de ter o apoio dele, de ouvir-lhe os conselhos.

— Prazer em vê-los. Preciso ir andando. Qualquer dia continuamos o papo — o síndico repentinamente se despediu. Mas, por dentro, espumava de raiva. Quem aqueles dois medíocres pensam que são? Não sabem com quem estão lidando, nem do que sou capaz. Ainda vão beijar meus pés — fez sinal para o táxi. Há anos pensa numa carreira política e agora está prestes a conseguir os meios necessários. Se cuidar pessoalmente da inauguração do circo e do parque... A favela pode render uns cinco mil votos. Já é um começo. Uma faixa, na extensão da largura da avenida: Circo do Povo — Alegria para todos! E manda o Tancredi trabalhar na favela. Obra de Alexandre Ribeiro, o artista do bairro, o amigo dos humildes. E favelado tem dinheiro para ir ao circo? Uma noite grátis. Isso o que precisava arranjar. Ganharia a concorrência quem aceitasse a proposta. A Fortuna estava impressionada com a sua eficiência. Não negaria ajuda a alguém que pudesse lutar por benefícios imobiliários, mudanças de lei... Uma empresa que se preze tem um vereador a seu lado. Se ganhar a confiança da diretoria... A exposição, um sucesso. Alguns colunistas gozaram o espaço cultural; no entanto, no frigir dos ovos, a Fortuna capitalizou a promoção; mencionou-se muito o Cemitério das Flores pela imprensa, as vendas de lotes aumentaram — empertigou-se no assento. Graças a mim, aos meus magníficos planos. Não posso esquecer da médica, essa graça de mulher que veio para a Aldeia. Pode ter influência na favela. E, se não se enganava, ela lhe dera uns olhares mais do que convidativos — sorriu para si, satisfeito.

Ao subir para a reunião da Fortuna, Alexandre Ribeiro sentia a euforia de uma autoconfiança jamais experimentada.

— Os cães ladram e a caravana passa.

Greta pegou uma gripe forte. Uma semana de cama, com

febre e dores de cabeça insuportáveis. Sofia veio saber se precisava de assistência, a pedido da empregada. A própria Zaíra abriu-lhe a porta.

— Por aqui, Doutora.

Sofia entrou no quarto em penumbra. Um inalador estava ligado.

— Que horrível, Sofia. Há muitos anos não tenho uma crise de sinusite tão braba.

— Além da inalação, que está tomando?

— Antialérgico e antibiótico. Não se preocupe, domino meus estafilococos.

— Quando sair da crise, seria bom você tomar uma vacina — pegou-lhe a mão. — Você está fresquinha.

— Nos fins de tarde é que a febre aumenta... Como vai tudo?

— Mais ou menos. Arranjei um barraco para montar o consultório. Puxa vida, ontem atendi umas trinta pessoas da favela.

Greta entreviu a médica ternamente. Vestia uma calça de brim e blusa branca. Magrinha e fina. Teve vontade de chorar. Aquela mulher meiga e simpática estava sendo traída por ela que, às escondidas, sonhava com...

— Você precisa ficar boa, para a festa de aniversário da Clotilde.

— É. Do jeito que estou, não sei se vou poder ir.

— Até sábado você estará curada. Que troço é isso aqui no prato?

— Rodelas de batata crua. Invenção da Zaíra. Diz que diminui a dor de cabeça.

Sofia riu. E ela ficava feia rindo — Greta constatou. O rosto se enruga todo. Decididamente a médica não devia rir nunca, pelo menos um riso tão escancarado.

— Leonardo mandou um abraço. Não veio comigo porque está com um cliente atrapalhado, numa violenta depressão. Coitado. Foi atender o cara. Um caso triste, de falta de identidade masculina. Ele está um bocado nervoso, pois cuida do homem há mais de cinco anos. O diabo é que a psicanálise não cura ninguém. Eu posso, por exemplo, receitar um remédio para sinusite. O máximo que um psicanalista consegue é dar consciência das limitações e fazer alguém, apesar dos conflitos, se adaptar mal e porcamente ao mundo. E olhe lá.

Greta sentiu uma leve ponta de inveja.

— Vocês conversam muito sobre isso?

— Não, ele não gosta. Sei desse caso porque a situação se agravou. Mas, voltando à vaca fria da sua sinusite, trouxe um antiinflamatório para você. Pode ajudar. Minha única recomendação é que você o tome com leite ou na hora das refeições, porque costuma incomodar o estômago — levantou-se e foi até a janela. — Tome três por dia.

Greta mexeu-se encabulada na cama.

— Que genial, daqui você enxerga tudo o que acontece na minha casa. Ainda mais que está sem cortinas — a médica voltou-se para a doente. — Você, assim de perfil, me lembra o que Leonardo disse, de que é a mulher mais bonita e inteligente que ele já conheceu. Bonita por dentro e por fora.

— Eu?

— Exatamente. Você foi uma companhia excelente domingo passado. Ele jura que é ótima cozinheira.

— Bondade dele — Greta falou, sem jeito e um tanto decepcionada. Se ele comentou com a mulher tão livremente, é porque aquele dia tinha sido inexpressivo ou... — virou a cabeça devagar no travesseiro. Precisava ficar com tanto sentimento de culpa?

Sofia sentou-se na beirada da cama, para lhe dar um beijo.

— Tchau. Tome o antiinflamatório e levante o moral. Ah, nosso telefone será instalado na segunda-feira. Que bom, não é? Grite por socorro, a hora que quiser.

Sofia saiu. A empregada trouxe um lanche e um copo de leite, antes de ir embora também. Em pouco tempo Greta dormia profundamente.

Ela acordou na manhã seguinte quase sem dor, mas com a sensação nítida do sonho erótico da noite. Tentava conquistar — imagine o absurdo — Camilo. Depois de um diálogo esquisito e intelectual, nua, beijava-o no rosto, no pescoço, carinhosamente, como se fosse sua filha, até que se decidira pela boca. Um beijo demorado, asfixiante.

Ingeriu mais uma dose do antiinflamatório e voltou para a cama. Espiaria os jornais atrasados. Quando se está doente, apenas leituras levianas resistem.

Novamente pegou no sono e tornou a abrir os olhos a uma hora da tarde. A cabeça ainda pesada. A fase de ressaca da dor. A crise estava passando.

O banho quente de chuveiro e a roupa limpa deram-lhe outro ânimo. O tempo está nublado — constatou e sentou-se no sofá. Uma fraqueza nas pernas, precisava comer. Assim que acabou a refeição, bateram à porta. Era Míriam.

— Que bom que é você.

— Está tão pálida. Esperava alguém mais?

— Não. Quer dizer... sei lá em que pensei. Daí a cara assustada. Andei de cama, minha cuca está cheia de remédio, deve ser isso. Sente-se e me conte as novidades.

— Gricha detestou o apartamento.

— Ah, não. Pelo amor de Deus não desista.

— É óbvio que não. Está decidido. Assinei contrato com uma administradora. Mas, de repente, senti uma tristeza de largar a Aldeia...

Greta se emocionou.

— Apesar dos contratempos, me acostumei a esta rua — ofereceu à amiga uma expressão sofrida. Olheiras profundas sombreavam o rosto de camafeu.

— Sentirei sua falta.

— Você viria nos visitar em Santa Catarina? A Clotilde me prometeu que sim. Gricha pretende instalar um rádio na fazenda. Considera absolutamente necessário para vender os cavalos, ao chegar a época.

— Vai levar seus móveis?

— Não. Vou deixar a porcaria toda. Não tenho nada que preste, apenas aquele armário que a minha tia deu. Você o aceitaria de presente?

— E se você despachasse?

— Não compensa. Nem sei como é a casa. E a fazenda fica a cem quilômetros da cidade. Aquela mesa redonda de jacarandá, com as quatro cadeiras, podia ser colocada aí na varanda. A cama, o colchão, as duas poltronas velhas, essas coisas, os armários de cozinha, o fogão, talvez...

— Dê para a Zaíra.

— Nesse caso, prefiro dar para a Carmen Miranda, que está noiva.

— Ótima idéia. Uma ou outra, tanto faz.

— Ela vai casar com um pai-de-santo. Gozado, né? Ele compõe sambas e vende bujão de gás na favela. Ganha uma miséria.

Greta se sentia bastante fraca. O suficiente para não oferecer chá ou café.

— Bobagem. Quer que eu prepare alguma coisa para você?

Ela recusou, tinha acabado de comer pão frito na manteiga. O papo não se desenvolveu, Greta estava ainda sonolenta, desligada. Míriam saiu, prometendo voltar mais tarde. Aquilo devia ser efeito dos remédios. Nada grave.

A luz da rua das Palmeiras foi, finalmente, ligada. Aqueles que estavam em casa, Soares e Dilermando, além das mulheres e crianças, assistiram eufóricos à ligação. O poste, na ferradura, asseverava que, a partir daquele instante, os freqüentadores cantariam noutra freguesia. Greta, ausente no momento importante, soube por Camilo que Alexandre Ribeiro circulava à cata de cumprimentos, como se fosse o autor da façanha.

— E muita gente cumprimentou o cretino. Vê se pode. Inclusive a médica, que foi comemorar com ele o serviço do outro.

— É compreensível, Camilo, ela não sabe dos antecedentes.

— Quero que vá conosco à casa do Antônio, Greta. Ele, apenas ele, merece o nosso agradecimento.

— Com prazer. Alguém mais vai?

— Não sei.

— Espere uns minutos, que já vou aí — desligou o telefone.

Evidentemente, Antônio merecia a homenagem. E se chamasse Míriam?

177

Dias mudos. Não quer nem pensar na festa de Clotilde. Não quer ou não pode? Ambas as coisas. O sangue sobe para o rosto à mais leve recordação daquela noite. Não, nenhum vexame na bebida. Imagine. Leonardo? Pois é. Mas não chega a... Será mesmo? Vamos, reconheça, Greta, do contrário não conseguirá sossego. O suicídio de Gino pesa? Os mortos não ressuscitam. Míriam e Gricha tentarão realizar-se em Santa Catarina, a salvo da indiscrição ou do preconceito. Viverão secretos na fazenda, abençoados pela maldição (se é possível dizer-se isso). Você tem pudor e, no entanto, não ponderou para si mesma que irmãos ou parentes devem se amar mais do que os outros? A força do corpo, a integração das moléculas divididas, daí os Édipos e Electras da vida. O encontro dos eus despedaçados, você se explicou. Aqueles dois irmãos com certeza se amam e se dão mutuamente mais prazer do que os simples mortais, não é? Sônia e Elisa sonham na Europa. Nem tudo dentro de você está perdido. Há sombras de esperança. Os sopros de fé que a fizeram se encostar languidamente em Leonardo, aceitando que ele a apertasse e mostrasse os efeitos causados pela aproximação, você toda permissiva, femininamente se oferecendo; as marcas da solidão quase apagadas naquele momento em que ele demonstrava os efeitos que seu corpo, sua voz e seu olhar provocavam nele e o que, em contrapartida, ele produzia em você, contrariando o papel representado da fracassada, da não dotada para o amor. Esqueceu-se até de onde estava — espiou em volta —, ninguém parecia interessado em ninguém. Ele notou o seu cuidado e sorriu. De repente, você viu, perto da cortina, Alexandre Ribeiro e Sofia se beijando na boca. Aquilo machucou você. A mulher não tinha direito de proceder daquele jeito na frente de todos, ainda que o gesto fosse exatamente aquele que você gostaria de fazer, dar um beijo em Leonardo. A revelação dos dois, grotescamente irresponsáveis e despudorados, feriu-a demais. Como se Alexandre e Sofia estivessem lhe devolvendo a imagem imprudente e descabida de sua atitude amorosa com Leonardo. Por pouco não sofria um colapso, de vergonha e indignação. Então você dirigiu seu par, sem que ele percebesse, para o outro lado da sala, saindo pela varanda. Não, você não desejava que o marido visse a mulher naquela situação de intimidade, pois era óbvio que ficaria aborrecido e... Você não suportaria que ele... nem sabe o que, não é? Você o convidou a comer e os dois se sentaram numa das mesas lá fora — tão alegre a decoração da festa —, em meio aos amigos de Clotilde, vindos da cidade. Leonardo, distraído, pensou que você quisesse estar a sós com ele, que entendeu o convite e, por baixo da mesa, procurou pegar a sua mão, mas você delicadamente se afastou; o encanto estava quebrado, pelo menos por aquela noite — você suspirou, se lastimando. Leonardo pensou que aquilo talvez fosse excesso de recato seu, acendeu o cachimbo e começou a contar-lhe uma história, a do paciente que ele perdera dias atrás, um paciente homossexual que, infelizmente, se suicidou, e o quanto ele, Leonardo, sofria com a impotência médica diante do caso, tinha até vontade de abandonar a profissão. Com que então um psicanalista também se desespera? Você olhou de novo para ele e novamente sentiu dentro de si uma avalancha de sentimentos contraditórios, foi sua vez de procurar a mão dele, e o contato direto provocou em vocês um elo, uma corrente à parte. Ele largou o cachimbo e se levantou. Venha, ele disse, e você o seguiu sem perguntar nada, afinal para quê? Ele atravessou o jardim, você estava de salto alto, o vestido branco enganchou na bolsa de uma mulher gorda, correu para soltar o fio inconveniente, desculpou-se amável e correu para segui-lo, já na porta —, e se aparecesse alguém? —, ninguém apareceu e ele se dirigiu para o portão da sua casa, que abriu e mandou você entrar, emoção palpitando descompassada no peito. Ele murmurou, não acenda a luz, onde está aquele castiçal? Sentou-se no sofá e puxou-a para perto dele; você estava sem jeito, parecendo uma colegial, agitada, ele a enlaçou carinhosamente e fez que se encostasse no ombro dele: *agora, sim, estamos à vontade.*

Os dois, lado a lado, a salvo de público, você relaxou e deixou-se embalar pelo mutismo de Leonardo, pela respiração, a mão dele brincando levemente com o seu braço. Você se sentia divina, assim quieta e aconchegada, ele virou o seu rosto e lhe deu um beijo demorado, retribuído por inteiro, totalmente entregue à sensação do corpo, isenta de culpa, gozando o prazer de ser acariciada, tocada. E depois ele a levou para o quarto.

Nessa noite você sentiu várias vezes a alegria de ser mulher, mas não quer se lembrar de nada. Porque aí principiou o seu tormento. O tormento de estar só, de querer que ele seja apenas seu. Você vai até a janela quinhentas vezes por dia, anda pela sala inquieta, desejando que ele a procure logo, nem que seja por poucos minutos, porque sentimentos esquisitos brotaram dentro de você: insegurança, ele a tratou como objeto e não a procurou mais; culpa, a mulher dele flagrou vocês e se sentiu traída, não encontrou o marido em casa e ficou esperando para o ajuste de contas, que humilhação; e, principalmente, o sentimento de abandono, pois, se ele não tinha idêntica vontade de ver você, a fantasia talvez estivesse iludindo o seu bom-senso, aí é que está.

Você passou a viver o vulgar inferno da paixão. Isso é sinal de que não está morta. E não é possível o céu da paixão? — você se pergunta, zanzando de cá prá lá na sala deserta, na rua deserta, na Aldeia deserta. São cinco horas da manhã e você ainda tenta dormir, doída de saudades. Mude a tecla. Presuma o que teria ocorrido naquela noite com Alexandre e Sofia. Não pode? Evidente que sim. Ele a levou para a casa dele e lhe contou os planos políticos, defendendo a tese da função do intelectual na sociedade, na urgência da saída da torre de marfim da criação para uma atuação na coletividade, assim por diante. Languidamente Sofia ouve, vibrando de esperança, ele em tom de troça defendia o amor livre, a posição contra a prisão do casamento, uma obrigação social, que precisava ser vivida sem que tolhesse os instintos do indivíduo, o importante é que a união familiar fosse mantida independente dos prazeres extraconjugais, um relacionamento amoroso não significava compromisso algum, pura manifestação dos sentidos, que não abalava a estrutura dos casais, ajudava, isso sim, que fosse mantida. Sofia riu e perguntou por que ele era solteiro e ele respondeu que toda vez que se entusiasma por uma mulher ela é casada e Sofia arriscou a afirmar que talvez ele escolhesse gente comprometida para não ter o ônus da relação amorosa. Ele conteve a agressividade — ia sugerir que aquilo era conversa de psicanalista — e induziu a médica para a experiência do amor sadio e inconseqüente. E ela que, naquele instante, ansiava aquilo mesmo, uma descarga emocional, acabou indo para a cama com ele.

Voltou para casa decepcionada. Ou ele não sabia fazer amor, desacostumado pelas prostitutas servis e apressadas, ou ela não tinha conseguido se soltar a tempo. Não permitiu que ele percebesse por gentileza, mas se prometeu nunca mais cair nessa esparrela de... — entrou pé ante pé no quarto. Leonardo dormia profundamente.

Enganava-se. O psicanalista reconhecia que ele e a mulher foram se distanciando aos poucos. É evidente que, se se experimentara longe dela, Sofia devia estar igualmente distante dele. Se se interessara tanto por Greta, seria natural que a mulher procurasse outro homem. Viu claramente ela e Alexandre na festa e não se incomodou. Mais dia menos dia, o casamento ia terminar. A questão era saber como.

E a horta? As mudas de hortelã, salsinha e tomate vingaram; não pegaram as sementes de pimentão, agrião e espinafre. Nas caixas de madeira as alfaces pedem transplante, Greta preparou o canteiro, revolvendo a terra para misturar com o adubo, a enxada tão pesada, o sol queimando nas costas. Depois, pegou as mudas verdinhas e plantou uma por uma, em ziguezague, ajoelhada no chão, a calça velha enrolada na perna, chapéu de palha na cabeça. Leonardo chegou, de repente, sem avisar, e se postou ali, embaixo da mangueira, com aquele riso nos olhos, vendo-a no estado lastimável, afogueado e suando de escorrer.

— Não se apresse, eu espero.

— Faltam essas três — ela respondeu de cabeça baixa, constrangida. — Nesse horário, pensei que estivesse no consultório.

Ele não explicou, ficou calado, fumando.

Greta tirou as luvas, pegou os apetrechos, ele se ofereceu para carregar a enxada, ela passou as costas da mão na testa molhada — você vai sujar a sua roupa —, sucumbiu, deixando que a ajudasse, porque estava realmente cansada. E foi tomar um chuveiro rápido.

Encontrou-o lendo um livro, sentado no sofá. Uma sensação que não esqueceria. Todas as mulheres que amam sabem o que representa essa imagem do seu homem a descansar na sala.

Cabelo lavado e escorrido, o rosto limpo, Greta jogou-se na velha poltrona de couro e ofereceu a ele uma expressão submissa. Estava contente. Muito contente.

— Comprou mesa nova? — ele perguntou.

— Não. Míriam me deu, porque se mudou para Santa Catarina. Ela me recomendou que pusesse na varanda, achei que ficava melhor aí, nesse canto. Ganhei mais um armário, aquele — apontou.

— Quer dizer que vão demolir o prédio?

— Acho que sim. Não saí esta semana, nem telefonei para a Fortuna. Sinto falta de Míriam. Por falar em telefone, o seu foi ligado?

— Segunda-feira.

Ela rapidamente pensou que ele podia ter...

— Que horas são? — Greta interrompeu-se, na repreminda mental.

— Cinco. Por quê?

— Estou com fome! Pensei que fosse mais tarde.

Ele sorriu.

— Que tal você sentar mais perto? Aqui ao meu lado?

Greta obedeceu embaraçada porque cheirava a sabonete. Leonardo esticou o braço sobre o encosto do sofá, sem se acercar dela. Greta espiou-o desconfiada.

— Você fica lindíssima com esse ar de menina medrosa.

— Na minha idade?

— Quantos anos tem?

— Trinta e dois. E você?

— Quarenta.

Silêncio incômodo se instalou entre os dois. Que ele cortou.

— Me fale um pouco de você.

— De mim?

— Comece contando onde nasceu — fitou-a circunspecto, como se tivesse vindo apenas para isso.

— Quanto tempo tenho, doutor? — arrependeu-se imediatamente da pergunta.

Ele não deu importância à provocação. Simplesmente afagou-a na cabeça.

Greta contou honestamente, sem enfeite nem dramatização, os dados históricos e objetivos. Leonardo prestava atenção, compenetrado. Às vezes os olhos sorriam (a boca, não), de ternura? Ela falava de si com minúcias de quem está narrando um personagem, isenta de julgamentos, transmitindo tudo o que surgia na hora. Ao chegar aos dezoito anos, parou.

— E daí? — ele insistiu.

— O primeiro namorado foi um poeta. O segundo, um jornalista. O terceiro, um médico. O quarto, um pintor. O quinto, um advogado, com quem casei. Vivemos juntos oito anos.

183

Abri uma galeria de arte, associada à minha cunhada. Vendi a minha parte para ela, quando o casamento gorou. E daí conheci Luís, um dramaturgo. Sempre escolhi gente de talento e complicada. Os homens desprovidos de inteligência não me atraíram nunca. O que é uma pena. Eu podia, talvez, ter sido menos incompetente. Ou mais competente, sei lá. Meus relacionamentos foram todos torturados, difíceis. Você vai dizer que eu escolhia gente atrapalhada porque estava restrita a um determinado ambiente. Pode ser. Cada um encontra sua maneira de evolução, de expectativa no outro. Quem sabe recebi mais do que dei. Ainda não estou convencida. O problema é que, romântica e puerilmente, eu acreditava no amor único e eterno. O que me movia para outras tentativas era a certeza de que aquele seria o último amor. Pode ser que a separação da minha mãe e do meu pai justifique um programa desses de integração, união. É possível. Não consegui. Então vim definitivamente para a Aldeia. Luís queria casar comigo, mas a esperança de eternidade estava mais do que estourada. O que você vê hoje é uma mulher caminhando para a velhice com pavor de outros insucessos, disposta a ficar a salvo das tentações. Graças à boa situação econômica, vivo com o mínimo, posso me dar o luxo de não trabalhar na cidade. Luto apenas pela sobrevivência emocional. Não sou daquelas que só confia no valor do dinheiro, da propriedade. Se eu quisesse talvez ficasse rica: aplicaria na Bolsa, investiria em imóveis, em ouro, sei mais em quê. Teria possibilidade e um esquema fácil de ser acionado.

— Os seus valores são outros.

— Exatamente. Ponto final. Acabou-se a sessão.

Leonardo fixou Greta durante alguns segundos. A impressão era de que ele ia revelar algo.

— Quanto tempo durou a última paixão?

— Um ano e meio. Ninguém teve culpa do insucesso. Foi incapacidade de convivência. Para mim, o amor (e não a vida) é o contrário da morte. Alguém já disse isso antes? É a primeira vez que essa idéia me vem à cabeça.

Ele se inclinou e lhe deu um beijo.

— O que você espera de mim?

— A eternidade.

O jantar. Salada de arroz e legumes. Que mais?

— Quero ver a geladeira.

— Tem carne assada pronta.

— Perfeito.

Ele se propôs a arrumar os pratos, enquanto ela cortava a posta fria. Por vício, olhou para a casa de Camilo, tudo apagado. Estranhou.

Sentados frente a frente na cozinha, ela reconheceu que precisava de quase nada, para ser feliz. Um amor. Ou isso era precisar muito?

Leonardo contou que era carioca e que, inicialmente, queria ser ortopedista como o pai. Mas sua primeira mulher, Estela, tinha problemas psíquicos graves e ele terminou se inclinando pela psicanálise. Após dez anos de vida conjugal se separaram. Ela hoje está casada e tem seis filhos. São amigos.

— Você analisava sua mulher?

— Sei onde quer chegar. A resposta é não. A gente é psicanalista no consultório, com hora marcada. Fora disso, não. O envolvimento pessoal não é bom. Um ginecologista é médico no consultório, com a mulher dele é um homem comum. Do contrário...

— Você faz análise?

— De cinco em cinco anos. Ando meio relapso por falta de tempo. Qualquer dia...

— E Sofia?

— Estamos juntos há sete. Em crise atualmente.

Greta ponderou que não devia ir mais longe. Ofereceu mamão, de sobremesa. Ele recusou, de olho na colagem da parede: uma natureza morta. Na travessa, com cabeças humanas ensangüentadas, em lugar de frutas, uma flor, um copo-de-leite, brota insólita. As paredes estão fora de perspectiva. Uma composição feita de recortes, retalhos de outras imagens, formando uma textura mágica e intimista.

— Gosto desse quadro.

Greta foi até ele e tirou-o do prego.

— É seu.

— Quem fez?

— Tina — corou. — Quer mais vinho? — tentou despistar o assunto.

Afinal, não se pode jorrar tudo numa noite. Tem que ser devagar, sem ansiedade, usufruindo o prazer de se entregar e descobrir o outro, lentamente, uma aranha construindo a sua teia. A teia do amor. Os fios afetivos são frágeis e quebradiços, tão finos e tênues, há que tecer a trama pacientemente, cuidadosamente — ela disse para si mesma.

Leonardo examinava o quadro procurando, talvez, desvendar sua imagem.

— Ivo anda nervoso. Apago a luz cedo, para ver se ele se acalma. Você sabe, Greta, que eu durmo pouco. Tenho receio de morrer enquanto estou dormindo. Quem vai me descobrir?

Greta sugeriu que Camilo contratasse uma empregada fixa, mas não pensasse tanto nisso.

— Por que o menino andava desse jeito?

— Tanto pode ser a terapia quanto qualquer outra coisa. Finalmente vou ter que admitir a velhice, minha cara. A impotência da velhice — riu, não sem uma ponta de ironia. — Chega desse papo. Tem recebido notícias de Sônia e de Elisa?

— Além daquele cartão, nada.

— Você está aborrecida, Greta?

— Eu? — ela corou. — Não. Por quê?

— Sua expressão mudou.

Ele fez uma longa pausa. Ela pensa se o velho não teria visto Leonardo em sua casa.

— Que tal os vizinhos novos?

Greta venceu o encabulamento instantâneo e elogiou o casal. O velho ouviu atentamente e não fez comentário. Nenhum direito de se meter na vida alheia.

— Amanhã vão demolir o prédio, não é?

Ela demorou um pouco para confirmar. Pensava na sua impotência para supor o que estaria ocorrendo entre Leonardo e Sofia. Acercou-se da janela: dois homens prendiam ao guindaste uma enorme bola de ferro. Um caminhão era completado com tijolos, esquadrias, portas e peças sanitárias. Naquele momento, Carmen Miranda retirava as últimas coisas e, junto com um homem, certamente o noivo, enchia também a carroça alugada, para transportar seu presente. Greta conhecia o dono da carroça, o mesmo que comprava jornais velhos e garrafas vazias. O pangaré esperava paciente. Uma vez ela tivera curiosidade em saber para quem ele vendia aquele material inútil.

— Os jornais para o açougue da Avenida, as garrafas para um depósito.

— E dá para viver disso?

— Ah, moça. Tenho outros biscates, mudanças na favela, enterro de pobre.

— É verdade —, Greta reconheceu. A gente conhece pouco do mundo.

Camilo interrompeu-lhe o retrospecto.

— Coitado do cavalo — ele exclamou. Com esse calor!

Os dois riram, vendo Carmen Miranda quase cair, ao trepar na carroça.

— Será que ela já está de pileque?

Camilo resolveu sentar-se, reclamando de dores na coluna.

— Tem dias em que penso muito na minha falecida mulher. Hoje é um deles. Vocês seriam amigas.

Greta observou o retrato na moldura, procurando uma resposta afirmativa.

— Tirou-a quando éramos noivos — explicou. Vinte anos incompletos.

— Pensei que fosse mais velha. Antigamente as mulheres se amatronavam logo.

— Por causa da moda. As moças faziam questão de parecer senhoras.

Greta aceitou a justificativa. Os viúvos sempre expõem fotos das mulheres na juventude.

— Com que idade morreu?

— Cinqüenta e quatro anos.

— Por que a fotografia dela jovem, então?

— Era muito bonita.

Greta concordou com a cabeça. Ar de moça tratada, a pele de raposa solta nos ombros sobre o taier de seda, o chapeuzinho enfiado na cabeça, deixando aparecer apenas uns cachinhos do cabelo. Um encanto.

— Me diga, Camilo. Ao pensar em sua mulher, você a vê jovem ou madura?

— Não vejo. Sinto a presença, certos gestos, relembro alguns acontecimentos. Na minha memória é uma figura embaçada. Não chego a reconstituir as feições. Para isso, necessito olhar uma foto.

— Tem alguma em que ela aparece mais velha?

— Abra aquela porta de armário. Está vendo uma caixa de madeira com enfeites de prata?

Ela pegou-a e trouxe para Camilo, que colocou os óculos.

— Veja, está com Mirna no colo. Um aniversário da menina.

Ele continuou a fuçar na caixa, separando várias fotos sem mostrar.

— Casamento da minha filha. Devia ter quarenta anos.

As mulheres no altar, enchapeladas e ridículas, anos 50? Os homens, eretos, de fraque. Camilo foi um belo espécime.

— Aqui nesta fotografia, ela andava pelos quarenta e oito. Se não me engano foi a última foto que tirou.

Greta contemplou a mulher gorda e sorridente, de cara saudável, e comparou com a jovem de vinte anos. Tratava-se evidentemente da mesma pessoa. Mas que diferença. Realmente podia entender a escolha da foto para o porta-retrato. Um gesto de cavalheiro — devolveu os papéis.

— A que horas Ivo vem da terapia?

— Devia ter chegado.

Bastou falar para que o carro estacionasse. Camilo se levantou. O motorista tirou primeiro a cadeira de rodas, depois pegou o menino, que manifestava alegria em ver o avô.

Greta se despediu. Precisava fechar a casa de Sônia. A essas alturas Mário, o motorista, já molhara o jardim. Leonardo não tinha voltado ainda do consultório — atravessou a rua — tudo fechado.

No céu nublado, algumas falhas azuis. A ameaça de chuva se desfez. Amanhã irá à cidade. Não quer assistir à demolição do prédio, nem agüentava mais ficar na Aldeia, aguardando que Leonardo a procurasse. Iria ao cinema, para dar fim àquela tensão doentia. Decididamente o amor não vale a pena. Causa mais dor do que...

Com Luís devia ter aprendido. As circunstâncias eram distintas, mas o resultado idêntico: sofrimento. A angústia de estar longe é maior do que a ventura de estar perto. Seria mesmo? Recordou, de repente, a sensação da barba por fazer de Leonardo a esfregar-se no seu rosto e estremeceu. Raios. Não podia não pensar nele?

O telefone tocava. Correu para atender: alô, disse, a voz insegura, emocionada, quem fala?

Do outro lado, o tio pedia que participasse de uma reunião no dia seguinte, pela manhã.

— Você tem algum problema minha filha?

— Não, tio. Estou gripada. A sinusite... — desligou, aflita.

Às vezes não consegue conter a exasperação. É terrível desconhecer as regras do jogo. Esta noite, por exemplo, não há ninguém na casa vizinha. Nem Leonardo nem Sofia. Pode-se ter paz sem tomar conhecimento dos fatos? Se ele telefonasse, dando uma pista, dizendo que não se preocupasse, Greta podia relaxar e aguardar. A sua vontade é de contratar o psicanalista: quanto custa uma hora de amor? Quem anda na chuva é para se molhar. Está farta de saber. A fatalidade fez que Gino se matasse e Leonardo viesse morar na Aldeia. Ciladas do destino (ou seria da ilusão), Greta. Vou acabar ficando maluca, você diz, e escancara a janela. O que vê?

Tina, de camisola, no jardim. No breu da noite sem estrelas, aquela forma branca e esvoaçante não tem medo, canta na escuridão, circula entre as árvores, ronda o quarto de Leonardo, volta, paira no ar. Um fantasma. Você fecha depressa a janela e se enfia embaixo das cobertas, o coração aos pulos.

As batidas da bola de ferro nas paredes do prédio ecoaram na rua das Palmeiras, naquele dia quente e ensolarado. O entulho do chão seria retirado em carrinhos de mão e empilhado na calçada, de onde sairia para os caminhões. Vinte homens trabalhavam incessantemente. À hora de almoço eles se sentavam no meio-fio, marmita no colo, alguns ensaiavam uma batucada, outros se estiravam para uma sesta. Às cinco, uma condução da firma vinha buscá-los.

Em uma semana o terreno estava limpo. Os alicerces não foram mexidos, a impressão que se tinha é de que o prédio ia brotar de novo e crescer sozinho.

Carta de Sônia comunicando que ela e a mãe demoram mais algum tempo na Europa. O advogado providenciará os pagamentos. Se Greta puder juntar as notas e entregar para Mário, o motorista, e continuar cuidando da casa, ela e a mãe agradecem. Nenhuma notícia pessoal, de foro íntimo. Nem qualquer menção a Luís. Apenas a frase, "sua amiga recém-nascida Sônia".

Início de dezembro. A lona do circo está instalada. Uma lona verde, plástica, presa por tirantes de aço. Várias jamantas e *trailers* rodeiam o picadeiro. Postes de eucalipto foram chumbados para a luz. A afobação é grande. Alexandre Ribeiro anda que nem doido. Moradores da favela foram contratados, pelo circo, para limpar o terreno vizinho, onde será o estacionamento. Tancredi, pelo que se ouve, não vai cuidar dele, pois os proprietários circenses alegaram que a sua utilização deveria ser gratuita. Um circo daquela categoria não cobra estacionamento. Ele se sentiu traído pelo síndico. Alexandre Ribeiro contornou o problema prometendo arranjar-lhe um emprego: supervisor eleitoral da campanha a vereador. Questão de dias. E logo que o parque for instalado... Quem transita pela Avenida vê muitas setas de madeira a indicar a distância para o Circo do Povo e alguns cartazes e faixas. As prostitutas sentem a fiscalização da polícia e não estão nada satisfeitas. Em geral, nos pontos conhecidos, os policiais se divertem e pagam fazendo vista grossa. De vez em quando levam todo mundo para a cadeia e, depois de vinte e quatro horas, soltam. Isso ocorre se a população se queixa, através de denúncias feitas em jornais ou televisão, ou se acontece uma briga ou um crime. Na polícia não há lugar para prender tanta gente por mais tempo. Pior será para os travestis. Pablita, inclusive, sumiu, ninguém sabe exatamente por quê. Há quem afirme que ela está dançando num show, fazendo *strip-tease*. Por enquanto, são conjeturas.

Greta não comentou com ninguém, mas outro dia viu Pablita entrar pelo mato, atrás da casa do síndico. As aparências às vezes enganam.

Além do mais, tinha os seus assuntos. A crise entre Leonardo e a médica parecia não ter fim. Ele hesitava e francamente colocou a dúvida. Viveram muito felizes juntos, qualquer atitude, naquela circunstância, seria leviandade. Amava Greta, amava igualmente a mulher. Até segunda ordem, preferia interromper os encontros, já que a afligiam.

— Eu me apaixonei por você — ela confessou. — Devia ter pensado nessa possibilidade ao se aproximar de mim.

Ele a encarou com firmeza.

— Desculpe, Greta. Cada um de nós vai ser obrigado a resolver seus próprios problemas. Ninguém forçou ninguém. A aproximação foi mútua.

— Não consigo dormir, de angústia. Me sinto abandonada.

— Tome um calmante. Não posso assumir esse papel que você quer, de pai responsável pela filhinha emotiva e descontrolada. Você é encantadora, inteligente, capaz de fazer a felicidade de qualquer homem. Lamento que eu não esteja livre.

Greta se encerrou no quarto, disposta a morrer de amor. Mergulhou nas suas mágoas, sem forças para reagir, durante três dias. Nem viu quando içaram o circo. E a casa das vizinhas, fechada? — levantou-se. Sofria ainda — a gaveta está cheia de cartas que jamais serão lidas —, porém voltou aos cuidados do jardim, às reuniões da Fortuna, às visitas a Camilo, tão caído nesses últimos dias, coitado, e mesmo assim está fazendo sua árvore-de-natal. Todos os anos ele bola uma árvore diferente. A do último ano era criativa: as bolas prateadas, amarradas com fios de linha preta presos no teto, formaram um cone suspenso. O velho era habilidoso, ah, isso era.

A estréia do circo foi precedida de uma sessão grátis para a favela. Zaíra se entusiasmara. Nunca tinha visto tanta riqueza.

— Na minha terra até chovia dentro do circo que eu freqüentava em criança. E eu adorava o circo. Mulher e criança não pagavam nos dias de semana. Já viu, né? O engraçado é que lá a gente assistia a peças, cada dia uma nova. Lembro de uma, que contava a história de um bêbado. Chamava-se "O Ébrio". Eu chorava toda vez. Aqui, não, os artistas se apresentam cheios de lantejoulas, os animais tão enfeitados, os macacos fazem estrepolias... Os palhaços, que graça. O que eu mais gostei, foi dos trapezistas. São incríveis.

O síndico lavrou um tento. Na favela não se falava noutra coisa. O que se lamentava é que, na temporada normal, o ingresso fosse tão caro. Em compensação, vários meninos obtiveram trabalho de zelar pelos carros e algumas mulheres, as baianas principalmente, vendiam cocada e pé-de-moleque na Avenida. Todo mundo eufórico.

O circo não criava os temidos transtornos, pelo menos nesses primeiros dias, e a permanência na Aldeia não ultrapassaria dois meses. Além de ouvir-se a música durante as sessões, o rifar dos tambores e os aplausos, nada de grave.

Greta quis dar um passeio pelas instalações do circo, mas não foi além da jaula do chimpanzé. Ao notar que tinha visita ele deu de se exibir: vestiu e despiu um casaco de tricô, que pendurou num prego, lavou o prato de comida na bacia d'água, escovou os dentes, varreu o chão. Media mais de um metro de altura. Não era jovem. Ela seguia os movimentos do símio com frases de aprovação e entusiasmo. Daí resolveu dizer tchau, já vou indo, e ele deu uma bruta gargalhada. Por quê? — ela se questionou, perplexa. Num minuto ele parou de rir, acercou-se da grade e, apoiando o corpo nas costas das mãos, encarou-a firme nos olhos. Uma atitude de procura, de sondagem da personalidade dela, tão profundo e inquiridor o olhar. Greta se sentiu desavorada, com medo — deu as costas para o macaco, a respiração ofegante, e tomou o caminho de casa.

Outro dia voltaria para examinar o circo e avaliar se aquele ar de devassidão do chimpanzé era verdadeiro ou se aquilo não fora uma simples sugestão. Puxa. Ficara impressionada.

Os sinos da igreja tocaram lenta e melancolicamente. Tão logo terminaram as badaladas, gritos lancinantes foram ouvidos em toda a Aldeia. Uma espécie de urro sobrepujava os demais. Seguiu-se um ronco de raiva, como se um elefante estivesse pronto para atacar. Os animais se assustaram e reagiam com gritos e rugidos inusitados, deixando o pessoal do circo atônito.

— Decididamente não sei o que aconteceu — o tratador gritou espavorido. — De repente os bichos ficaram nervosos. Se tivesse espetáculo hoje... Nunca vi disso na minha vida, palavra de honra.

O anão, que saíra perturbado do *trailer,* perguntou ao tratador se, por acaso, eles não teriam se afligido com os sinos.

— Que sinos? Não ouvi sino nenhum. Está de porre?

— Tocaram há pouco.

O tratador pensou que o anão talvez estivesse velho demais ou doente da cabeça. E dirigiu-se para o escritório.

O anão procurou acalmar o chimpanzé, sacudido em soluços. Doía ver seu parceiro tão aflito. Se chimpanzé chorasse, verteria lágrimas copiosas. O domador assistiu ao rugir do leão, a cabeça baixa, para o som sair mais forte. Sabe que o animal, quando assustado, é capaz de atacar. E virou-se para o tratador, encasquetado.

— Gozado, ouvi uns sinos esquisitos. Pensei que fossem daquela igreja mas está vazia.

— Você também enlouqueceu, é? Não saí daqui e não ouvi nada.

— Se você é surdo, eu não sou.

Os animais se aquietavam. O anão entrou no *trailer* para terminar a arrumação interrompida. Desde que ficou viúvo, faz o serviço sozinho. Vinte anos ele e a mulher moraram juntos, naquele lar nômade. Pasquim começou a vida de picadeiro no Circo do Costinha, de sete gerações de circenses. Era menino, vendia pirulito. Aprendeu a pintar cenários e cartazes, armar a lona, exercer várias funções. Francis, o palhaço, ensinou-lhe a arte de fazer rir. Velho, largou a profissão e foi morar com uma das filhas lá pros lados da Vila Ema, dando-lhe o seu próprio *trailer* de presente. Ator de circo que não tem *trailer* não tem trabalho. A partir de então, mostrou o serviço, chegou e se instalou. Pasquim viajou pelo Brasil afora. Conheceu Raimunda na Paraíba. Era a sua vez de ensinar o ofício para a futura parceira. Por uma temporada curta, apenas uma, representaram um drama: "O Céu Uniu Dois Corações". Os atores titulares pegaram hepatite e, não tendo outro jeito para que o circo funcionasse, os anões tomaram coragem e atuaram nos papéis dos jovens apaixonados, proibidos de namorar pelos pais. No fim da peça os jovens morriam e apareciam dentro de um coração vermelho, de cetim, todo iluminado. Uma beleza. Ele chorava de emoção em cada apresentação do drama. Só a Maria deu-lhes aquela chance, a melhor dona de circo que ele conheceu. Nenhum outro grupo se interessou pela participação séria do casal. Anão faz comédia, não faz drama. Triste realidade. Palhaços, eles se saíam muito bem, as crianças adoravam os dois. Morta a Raimunda, o chimpanzé virou seu companheiro de número. Planejava largar, um dia, a vida circense, como Francis. Sem a mulher desencantara-se da profissão. Mas não sabia para onde ir. Fazer o quê?

Nessa noite, Pasquim olhou a foto do casamento, Raimunda tão mimosa, e bebeu até cair. Aqueles sinos mexeram com ele. Teve um pesadelo. Sonhou que ela estava viva e grávida. Depois, o filho crescido se transformou num gigante. Não cabia de pé no circo. Pasquim acordou chorando.

Trégua da paixão, ainda que o corpo reclamasse vinte e quatro horas. A semente quer crescer e explodir, mas precisa ser regada de carinho e não de desespero. O vidro de calmante está pela metade. A receita simples conseguiria sustar a exacerbação dos sentidos? Seria o segredo, a grande sabedoria? Haha. Diempax cura as dores da paixão. Experimente.

Visita de Breno. Agora essa! — Greta pensou, ao vê-lo na porta, sob o guarda-chuva.

Ela fez as perguntas de praxe, como vão seus pais, irmãos, primos e sobrinhos. Ele respondeu cerimoniosamente, retribuindo com questões do gênero. Esgotados os temas familiares, ela ofereceu café e logo se arrependeu do equívoco. Esquecera que ele sofria de úlcera. Não tomava café, refresco, nada.

De terno e gravata, o ex-marido continuava um homem atraente. Podia ser modelo de anúncio para vender cigarros sofisticados ou carros esporte.

Que imagem teria dela? — omitiu-se de adivinhar, realmente desinteressada. Tanto se lhe dava. Vagamente, surgiu-lhe à cabeça uma cena curta: não sabe por quê. Breno e ela, nus e indiferentes na cama, lendo.

Ele falava do escritório, de uma ação difícil, um caso de direitos autorais em desenho industrial. E o objetivo da visita? Queria o divórcio.

— Sem dúvida. Os três anos de separação já tinham passado? Nossa, perdi a noção do tempo.

— Eu trouxe a petição — pegou na pasta.

— Quer dizer que volto a ser solteira?

— Não. Divorciada.

— Você está pretendendo casar de novo?

Ele ficou sem jeito, mas acabou confessando.

— Quem é a moça?

— Você e as suas perguntas indiscretas. Uma juíza.

— Que bom. Trabalham ambos no mesmo setor.

Assim que terminou a frase, associou-a a Leonardo e Sofia, os dois médicos, e se mortificou.

A petição era simples, de uma simplicidade jamais imaginada.

— Posso assinar?

A chuva cessara. Breno elogiou o jardim, a atmosfera de magia. Ele não se admiraria se, de repente, surgisse uma bruxa, de vassoura em punho.

Greta sorriu.

— Quer ver a horta que plantei lá no fundo?

Despediram-se amigavelmente, distantes e insensíveis, o beijo cumprindo apenas um ritual.

Nesse exato instante Greta viu Leonardo espiando-os da janela.

Um assalto na rua das Palmeiras provocou pavor, consternação e revolta em todos. Na cidade acontecem diariamente milhares de casos, na Aldeia foi o primeiro. E com trágicas conseqüências: Tancredi e a mulher morreram assassinados. Supõe-se que o crime ocorreu de madrugada. Joaquim, o dono do bar, disse que o movimento aumentou com a estréia do circo e que fechou as portas às duas da manhã. Recorda-se vagamente de que um sujeito, o último a sair, com perna de pau, ficou horas no balcão, bebendo e fazendo perguntas sobre a Aldeia. Nunca tinha visto o cara na vida. Muita gente desconhecida freqüentava o seu balcão. Por isso, não podia levantar suspeitas a torto e a direito.

Clotilde, indignada, reclamou ao síndico a contratação do guarda-noturno.

— Perdão, senhora, mas o próprio Tancredi era contra a contratação, pois andava apertado.

— Em que está sendo gasto o fundo do condomínio? Que eu saiba nesses seus meses de síndico, nada...

Alexandre Ribeiro cortou-a argumentando que prestaria contas na reunião de fim de ano. As notas da limpeza das canaletas nem foram pagas ainda. Clotilde engrossou, colérica, à Fortuna cabia pagar aquilo e não ao condomínio. A discussão foi suspensa por Soares.

— Fatalidade, cara vizinha. Pode ocorrer a qualquer um, em qualquer lugar neste país. Infelizmente, desta vez foi aqui, onde não se tem mais segurança. O jeito é levantar acampamento, como o Altair.

A brutalidade da morte — corpos violentados e apunhalados — mais parecia ato de psicopata do que de ladrão. Soares se lastimava de nada ter percebido, sendo as casas tão próximas. Não fosse o sangue na calçada, os cadáveres teriam apodrecido, antes que se desse conta da tragédia.

— Não convém pensar no assunto — Dilermando falou. Por mais que se tente imaginar o horror, nunca saberemos o que ocorreu aqui, o que o casal sofreu.

Greta encolheu-se na cadeira e não abriu a boca com ninguém. Dilermando tinha razão. Nunca ninguém avaliaria a tragédia. E se distraiu examinando Altair.

Há muito tempo não se tinha notícia dele. Altair jamais morou de fato na Aldeia. A sua casa, a de número 506, uma espécie de chalé, fica no fundo do jardim, oculta por uma sebe densa, que ele mandou plantar em toda a volta. Composto de três lotes de mil metros quadrados cada, é um dos maiores terrenos da rua. A propriedade vive fechada, pois ele cuida de um orfanato. Às vezes ele vinha nos feriados, mas se enfurnava lá dentro e não se podia pôr os olhos nele. A princípio, a curiosidade era grande sobre aquela figura inusitada. Porém, notícia que não é alimentada morre na fonte, Altair soube se comportar, manter a distância e logo o pessoal se habituou com ele.

Em 1967 ou 8, por aí, Altair enfrentou problemas graves, porque prenderam, exatamente na casa dele, dois jovens acusados de terrorismo. Naquele ano, o loteamento ia de vento em popa, a maioria das casas em construção. As ruas eram limpas, os lotes demarcados e numerados nos mourões de concreto, o lago claro, a visão do paraíso palpável na beleza da fazenda. A velha casa da família era visitada e elogiada pelos presumíveis compradores, porque nela se instalara provisoriamente a Fortuna, enquanto se terminava a edificação do prédio. A sede não estava ainda em condições de ser habitada, com problemas hidráulicos e deterioração do telhado e do assoalho, devastado pelos cupins.

Altair, nos idos de 60, construiu o chalé, refúgio de um mundo inóspito, pouco receptivo a seu homossexualismo indiscutível. Vinha para a Aldeia escoltado pela mãe, mulher pequenina e distinta. O terreno, naquela época, era aberto e quem quisesse podia ver Altair, de vestido de seda, pintado, com colares e pulseiras, sentado calmamente na varanda, a conversar ou a beber chá com a mãe. Duas amigas a tomar a fresca no jardim. Uma governanta tomava conta de tudo. Chamava-se Frida. Alemã, alta e seca, os cabelos presos. Altair sempre foi gordo. No orfanato usava uma roupa indefinida, camisa branca talvez, calça preta, sem cinto, amarrada com um cordão? Era comum que alguém se dirigisse a ele como Dona Altair, o que o fazia ficar desvanecido. A instituição, um modelo de funcionamento, fora fundado por Dona Augusta em 1940, depois que perdeu o marido na guerra. Não tendo filhos, ela adotou Altair, no Juizado de Menores. Dois anos de idade. Envolvida pelos problemas de crianças abandonadas e não podendo adotar a todas, resolver fundar o orfanato, tornando-se diretora. Trinta crianças, não mais do que isso. Assim que as primeiras completaram quatorze anos, colocou-as em empregos e abriu vagas para outras. Os meninos saíam com o primário completo e algum curso profissionalizante, eletricista, cabeleireiro, encanador. Nem tudo, entretanto, foi uma maravilha. Teve que enfrentar obstáculos vários, a fortuna consumida pelo orfanato. Para não fechar a instituição, viu-se obrigada a levantar subvenção do governo — más línguas dizem que a casa da rua das Palmeiras foi construída com esse dinheiro, o que parece ser uma infame campanha de desmoralização. A velha resistiu a inúmeras amarguras. Alguns órfãos jamais voltaram, nem para lhe fazer uma visita, dois ou três se tornaram marginais. Ela detestava falar nisso. Também porque os exemplos de agradecimento, de afeição, existiam. Seis protegidos ficaram lá mesmo na instituição, ajudando no jardim, na cozinha, no cuidado dos menores. A única mulher do orfanato era Dona Augusta. E, de certa maneira, Altair, que dava preferência aos recém-nascidos, uma vocação maternal assombrosa.

Os terroristas presos na rua das Palmeiras tinham sido órfãos: um trabalhava numa indústria metalúrgica, e o outro prestava o serviço militar. Ambos com menos de vinte anos, portanto. Procurados pela Polícia Militar, se valeram da amizade de Altair e, sem lhe contar os pormenores políticos, pediram a casa emprestada por alguns dias. Altair sabia que os jovens lutavam por uma mudança social radical, que participavam de um movimento contra a exploração norte-americana, e outros que tais. Escreviam frases nos muros pedindo a reforma agrária, a proibição de remessa de lucros para o exterior, o reatamento das relações com a China. Ideologias da juventude. Altair não entendia como eles aprenderam tudo aquilo tão depressa, mas apoiava. Afinal, eram seus filhos que bravamente acreditavam em transformações para uma sociedade mais justa, de menos privilegiados.

E chora ao pensar nos meninos desaparecidos para sempre. Procurou-os por toda parte e nada. O Delegado de Santo Amaro, que encaminhava, às vezes, bebês encontrados nas ruas, para que fossem cuidados pelo orfanato até solução dos casos, intercedeu por Altair, liberando-o de constrangimentos policiais. Nada pôde fazer, porém, para localizar os meninos.

Os moradores da Aldeia contribuem com donativos para o orfanato. Clotilde, além disso, emprega ou arranja trabalho para os que devem sair. Quem anualmente coletava as doações era o Tancredi. Por isso a presença de Altair, vestido preto, bolsa de camurça, no enterro. Dona Augusta morta, ele assumiu seu posto no orfanato, adotando definitivamente o traje feminino. Uma infelicidade, estava ficando calvo, obrigou-o a usar peruca. Uma peruca discreta, de cabelos curtos, com franja. Os que ignoram que Altair não é mulher nem desconfiam que não seja.

De um ano para cá, ele não tem aparecido na Aldeia. Greta tinha se esquecido dele.

— Pois é, Altair, você realmente não quer mais saber dos seus velhos amigos.

— Nem fale — ajeitou as pulseiras no braço. — O orfanato não me dá descanso. Não adianta mais conservar a casa. Vou vender.

Após o enterro, que não foi no Cemitério das Flores e sim na cidade, Altair pediu a Clotilde que recolhesse os donativos da Aldeia.

— Pela previsão, este ano não posso pegar nem uma criança. O governo ainda não pagou a verba do ano passado. Vamos de mal a pior — suspirou. — Não é um vexame?

Clotilde prometeu caprichar no bazar de natal, animando o pobre do Altair a não esmorecer. Um dia suas boas ações e dedicação seriam recompensadas.

A Aldeia dos Sinos se deteriora humana e fisicamente — Greta reclamou na Fortuna.

A morte trágica dos Tancredi afastou-a momentaneamente das suas mágoas. Leonardo e Sofia não tinham comparecido ao enterro. Talvez estivessem viajando.

— Se vocês não tomarem providências drásticas, garanto que vão se dar mal — ela continuou, firme.

Barbosa tomou a palavra, para tentar acalmá-la. Se um guarda-noturno for contratado, a firma pagará metade das despesas.

— Então fale com o síndico, mande que o contrate urgentemente. Eu não saio de lá, nem que fique sozinha. Sei que a minha segurança não diz respeito a ninguém. Mas acho que, se houver, agora, uma ação dos condôminos, como a Fortuna indenizará os proprietários?

— Uma ação dessas leva anos.

— Depende — ela argumentou, na mesa de reuniões.
— Não fique tão seguro disso. Vocês estão com a corda no pescoço. Uma linha na imprensa e a Fortuna fica desmoralizada. Adeus concorrências públicas, lançamentos futuros.

A argumentação procedia. A Fortuna estava na bica de fechar vários negócios, para vender empreendimentos dentro e fora de São Paulo. Além disso, uma lei de zoneamento transitava na Câmara e a Aldeia teria seu gabarito de construção modificado, liberando-se para a edificação de prédios. Aprovada a lei, a área do lado esquerdo da Avenida, a do lago, seria imediatamente vendida ou incorporada com outros investidores.

A Fortuna temia Clotilde que era mulher de fibra e nada ignorante. Um gesto que ela fizesse e todos a seguiriam.

— Altair precisa vender a casa. O orfanato está com um déficit enorme. Aconselho que não se criem obstáculos.

Ela sentiu que acertara em cheio com a hipótese de denúncia pública através da imprensa. Nenhum dos presentes à reunião se atreveu a discordar. Greta se retirou contente com a pequena vitória.

Tão logo ela saiu da sala, Barbosa sorriu maliciosamente.

— Alceu, por que você não faz uma visitinha ao orfanato? Leve um cheque de doação, as crianças necessitam. Greta nem fica sabendo. Esclareça com sutileza que, por enquanto, as vendas na Aldeia estão proibidas, certo? Em breve, muito breve, a situação se definirá.

Soares parou de embaralhar as cartas.

— Como vai ser o Natal este ano?

Antônio coçou a cabeça, mudou o copo de cerveja de posição, e cruzou as pernas.

— Não sei. Em homenagem ao Tancredi não devemos programar nada. Afinal, era o nosso Papai Noel. Tem mais uma coisa, Soares, não há mais crianças em idade disso, na Aldeia. Você sabe que nos últimos dois anos não nasceu ninguém aqui?

— É verdade.

— Jane e Clotilde vão organizar o bazar de todos os anos, senão o Altair fica sem verba para comprar os presentes dos órfãos. E é só.

Uma pena. Os natais na Aldeia sempre foram divertidos. O Tancredi vestia a roupa vermelha, enchia a barriga com almofada, colava pacientemente o algodão na barba e no bigode e ia de casa em casa entregar os presentes que os pais embrulhavam, às escondidas das crianças. Todos se postavam nos jardins, no dia 24, esperando que ele viesse, as árvores ou enfeites produzidos especialmente para aquela noite, iluminados.

Este ano a Aldeia dos Sinos não terá festas.

Greta e Tina — quem é quem?

A gente cruza, na vida, com pessoas tão interessantes e, sem que se pressinta, elas desaparecem do nosso convívio num passe de mágica. Assim como surgiram, se vão definitivamente. Mateus, Alice e Tiago, criaturas tão estimulantes! O que fazer para retomar o contato? A ligação era Sônia, na fase de comprar sonhos. A experiência de testar na realidade um tema de ficção esgotou-se. Sônia estava em trânsito e se revelou capaz de transformações, ao invés de se fixar estática numa construção onisciente. Afinal, ainda tinha futuro. E tratou de escapulir. Resta ver de que maneira se desenvolverá. Se é que não se fixará na Europa, egoisticamente. Greta sente saudades dela, do seu ar sonâmbulo de leitora voraz. E Luís, que há tanto tempo não envia notícias? Vai sumir também? Tomara que não.

O Natal, sem Papai Noel, teve comemoração insossa. Os vizinhos mais íntimos circularam uns pela casa dos outros, na tarde do dia 24. Camilo e Ivo esperaram com Greta a condução que os levaria para perto da família. Ele trazia seu lenço de seda no pescoço, um paletó branco de linho. Trocaram presentes: ela ganhou um colar de dente de javali e prata; o velho, um abajur de cabeceira, para que pudesse ler na cama, e Ivo, uma flauta. Greta emitiu alguns sons, mostrando-lhe a serventia — o menino adorou.

Antônio e Jane vieram, ao entardecer, convidar a amiga para cear com eles. Greta declinou da gentileza, mentindo que jantaria com os tios. Uma vez por ano precisava cultivar os parentes, não é? Trocaram lembranças, ela serviu uma dose de uísque, enquanto Jane comentava o sucesso do bazar. A renda fora ótima.

Às sete horas, Greta deu um pulo na casa de Clotilde e Dilermando Canudos, que chegavam do orfanato. Clotilde se encarregou das compras este ano, porque Altair estava com a perna engessada, proibido de andar. A luxação insignificante, cumprido o repouso obrigatório. Animava-o a certeza de que a instituição funcionaria mais um ano, o dinheiro da subvenção finalmente no banco.

Soares telefonou da praia, onde cuidava dos netos, a mulher ainda chocada com a morte dos Tancredi. Planejavam, na volta, desmanchar a casa. Seja o que Deus quiser nos prejuízos. Mais valia a saúde mental deles. Feliz Natal, queridos amigos.

Apenas ele desligou, o telefone tocou novamente. Greta esperava que fosse Leonardo. Era Míriam, de Laguna, entusiasmada com a fazenda e os cavalos. Insistia em que fosse descansar alguns dias em Santa Catarina e mandou abraços para todo o pessoal.

Às dez horas, Greta arrumou os pratos, tirou o Chablis da geladeira, ligou a vitrola — Horowitz — e sentou-se, solitária, à mesa. Seu único prazer dependia da presença de Leonardo, que podia surgir de um momento para outro. Então...

Vã esperança.

— Encare isso como provação — Tina disse.

Greta espreitou-a, desconfiada.

— Sério mesmo. O amor exige sacrifícios. Ninguém ama impunemente.

— Já ouvi você falar algo parecido. Não está se repetindo?

— Não seja cruel. A solidão foi opção sua. Que tal um pouco de gentileza, de bondade para consigo mesma?

Greta notou que tinha os dentes cerrados — movimentou o maxilar várias vezes.

— Dê um sorriso. O pernil está saboroso. A musse de limão excelente. Deguste a comida com carinho. Uma das boas coisas da vida é comer. A outra, beber. Ambas imprescindíveis, quando não se tem felicidade no amor.

— Pelo menos, são indispensáveis. O amor...

— Você adora esse gostinho agridoce. Um pouco de vinho? Liszt por Horowitz é perfeito — Greta reconheceu, satisfeita por ter colocado o braço do toca-discos no automático, para tocar ininterruptamente.

Tina, com aquela atmosfera pairante, romântica e dissimulada, vacilou em cobrar o seu esquecimento... Estava fora de circulação mais tempo do que merecia. Mas hoje era dia de Natal. Deviam se poupar mutuamente. Que não era justa aquela rejeição, não era.

— Gozado. Ainda outra noite você sobrevoava o jardim e a casa de Leonardo, pronta para um acesso de pieguismo.

— O seu defeito é recusar a emoção, natural em qualquer ser humano. As pessoas choram, ora bolas, sofrem, dão gargalhadas, se atormentam, gritam de felicidade, se desesperam. À toa. As emoções chamadas baratas são as mais comuns e verossímeis. Você está seca para abrir o bué e não se solta. Quer bancar a adulta civilizada, madura. Vamos, moça, reconheça que chorar lava a alma.

Greta, que tinha os dedos apertados, comprimidos, sentiu os olhos vermelhos, a mandíbula trêmula. Um nó na garganta — levantou-se e fechou todas as venezianas da casa. Não daria a ninguém a chance de vê-la frágil e emotiva. Nem a Tina. Nem nesse Natal nem em nenhum outro.

Tina sorriu.

— Você é que sabe. A essa altura dos acontecimentos nada mais importa. O que pensa da Aldeia?

— Uma degringolada total. Tio Alceu não foi mal-intencionado. Ele procurou imitar os loteamentos estrangeiros. Quis vender a idéia de um provável retorno à simplicidade de uma vida saudável, em núcleos habitacionais mais coerentes com os homens, que sempre gostaram de área verde, de sossego. Tanto é verdade que ele podia simplesmente ter vendido a fazenda inteira por uma fortuna, na ocasião. No seu jeito torto, ele também foi romântico.

— Ah, não me venha com bobagens. Nós sabemos que ele está com a corda apertando. E o fato de ter dado a fazenda em garantia de um empréstimo? Não podia ter feito o loteamento. É fora da lei. Se tivesse devolvido o capital reajustado para todos os compradores...

— Tem gente que não quer, e a situação atual não está tão propícia que permita essa honestidade. (A Fortuna andou dando com os burros n'água em alguns empreendimentos, dos quais ainda não se recuperou). Mais um ponto em favor dele: não é o único dono. Uma corja de herdeiros, tios e primos, não quer perder um tostão. De minha parte, só fiquei sabendo dos problemas com a área depois do loteamento vendido. Adianta participar das reuniões, exigir benfeitorias, cuidar para que os condôminos sofram menos o equívoco da compra? Se o projeto tivesse dado certo, pagaríamos a dívida e estaríamos nadando em dinheiro. A Aldeia dos Sinos seria um modelo, para os especuladores imobiliários, de como ter lucros decentemente. Se o tio Alceu pudesse retroceder, recuaria no tempo e venderia a fazenda. Você tem que reconhecer.

— Se não reconhecesse, cuspiria na cara de todos.

— Então, queira ou não, você é cúmplice da farsa.

— Ah, isso eu não admito. Minha cumplicidade, se houve, foi considerar o loteamento viável. Eu teria orgulho e alegria em morar num lugar privilegiado, de bom gosto, a vinte quilômetros de São Paulo, onde o conceito de vizinhança e camaradagem existisse. Palavra de honra, estávamos conseguindo isso aqui. O novo síndico quebrou um pouco os nossos hábitos, jogando uns contra os outros, fazendo o jogo da Fortuna, em vez de lutar apenas para diminuir as desgraças e os aborrecimentos. Um circo, um parque! Onde já se viu? O parque não demora será instalado e a Fortuna vai tirar uma ninharia de aluguel. Falta de respeito para quem mora aqui, não é?

Tina fez suspense. Irônico suspense. Como se ela soubesse o que estava por vir e Greta se perdesse em suposições.

— Errei no alvo?

— Você está apenas apaixonada.

— Uma paixão que vou matar amanhã.

Dia 26 de dezembro. Greta é surpreendida por uma chamada de Sofia, que a convidava para um chá, na tarde seguinte.

Marcaram encontro na Brunella de Moema, às quatro. Greta ruminou probabilidades as mais angustiantes, uma aflição de dar dó. E se Sofia perguntasse à queima-roupa se o marido... Hesitava em consultar Leonardo: o que devo dizer? Até que ponto ela sabe? Uma atitude infantil. A percepção, a sensatez, a inteligência para aferir dados cabiam exclusivamente a ela, que descobriria, no momento oportuno.

Se pelo menos a cabeça parasse de funcionar a mil por hora! Não conseguia ficar quieta, nem se concentrar. Decidiu vagar um pouco pela Aldeia.

O dia estava lindo. Um dia de verão. Acabou no circo. Àquela hora, onze da manhã, nenhum movimento. Aproximou-se da jaula do chimpanzé, que estava sentado, procurando pulgas ou piolhos nas pernas. O animal levantou o rosto, arqueou as sobrancelhas e nem deu bola para Greta. Como se não a tivesse visto. Ela seguiu em frente. O leão ressonava. Onde se enfiaram os artistas? Os *trailers* fechados.

Pasquim, que varria o terreno, descansou o corpo na vassoura: panelas secavam ao sol.

— Procura alguém, moça?

— Não. Moro na rua das Palmeiras e vim ver a caravana, os fundos do circo.

— Por quê?

— Curiosidade.

— Então mate logo, porque vamos partir. O pessoal está pensando em interromper a temporada.

— Não me diga. Público ruim?

— Péssimo. O prejuízo é enorme.

— Puxa. Pensei que com circos maiores...

— Qual o quê, moça. A gente tenta um lugar, não dá, troca por outro.

Greta relacionou a figura do anão com a do chimpanzé, pareciam irmãos.

— Além da falta de público — Pasquim continuou — todo mundo está triste, reclamando de doenças. Até os animais andam de mau-humor. Sei não. Se eu acreditasse em bruxarias... Circo vizinho a cemitério não pode mesmo dar sorte.

O anão tirou uma garrafa miniatura de bolso e bebeu um gole.

— Aceita? Pinga das boas.

— Obrigada.

O anão balançou os ombros, indiferentemente, e tornou a beber.

— E daí, o que acontece quando uma praça não dá?

— Levantamos acampamento. Quer sentar um bocadinho, moça? Fiz um bolo de fubá — a mesura indicou a escada de acesso ao *trailer*. Assim a senhorita sente como vivemos. Tem *trailer* aí que é de rico, o dos trapezistas, por exemplo. O meu é de pobre. Ganhei de presente. Cavalo dado não se olha os dentes, não é? Os trapezistas sim, luxam! E nem moram conosco. Dormem fora.

Greta penetrou no quarto-cozinha, o fogão na entrada. Uma cortina floreada dividia ou inventava um dormitório. Duas poltronas de plástico. Os pés dos móveis e do fogão tinham sido nitidamente cortados. Um vaso de flores enfeitava a estante de louça.

— Saindo daqui, para onde vai o circo?

— A turma pensa em Guarujá. Foi o que ouvi dizer. O povo anda aborrecido, ninguém fala, cochicha. Credo! — benzeu-se.

Greta ponderou se podia ou não continuar com as perguntas. E se o anão se ofendesse? Comeu e elogiou o pedaço de bolo. Pasquim fez ar de descaso e jogou os pratos numa bacia.

Greta se levantou. A cabeça rente no teto.

— Agradeço-lhe a cordialidade: o seu *trailer* é muito aconchegante, espero que me retribua a visita — esticou a mão.

O anão apertou os olhos, o rosto malicioso, suspendeu a calça e desabotoou a camisa xadrez.

— Não quer fazer um amorzinho? A cama é limpa e o papai aqui é artista — piscou.

Greta ficou em pânico. A indignação visível na vermelhidão. Rapidamente ela procurou se controlar e não bancar a humilhada e ofendida.

— Até outro dia, Pasquim. Preciso ir — fincou o pé na escada.

Nesse instante, o domador chegava. Examinou a visitante dos pés à cabeça.

Ela se apressou a voltar para a rua das Palmeiras. Um sol abrasador. A cabeça quente. Não devia nunca ter ido àquele lugar. Nunca.

Entrava esbodegada no jardim, quando ouviu que alguém a chamava. Quem seria? Nunca vira aquela mulher antes.

— Meu nome é Ângela. Sou irmã de Alexandre Ribeiro.

— Ah, muito prazer. Vamos entrar.

— Desculpe minha vinda, sem avisar. Aproveitei que o carro do meu marido dava sopa. Ele está em Araraquara hoje. E eu queria consultá-la sobre a Aldeia. Desde que meu tio morreu, não sei...

— Sente-se. Eu gostava muito do velho Ananias.

— Eu sei — ela levantou a cabeça. — Quanto vale a casa?

— Não posso informar. Não tenho idéia.

— Deve valer uma nota.

— Seu irmão talvez saiba. Mora nela, não é?

— Aí é que está o problema. Tio Ananias deixou-a para nós dois. Ele se instalou lá e nunca me pagou aluguel nem coisa que o valha. E não pensa em sair...

— Ah!

— Estamos enfrentando dificuldades. Meu marido é economista e não consegue emprego desde que se formou e largou o banco em que trabalhava. Tinha uma promessa de um cliente. Na última hora...

— Essas coisas são normais.

— Até agora não me incomodei de Alexandre ficar aqui porque o inventário não estava pronto. Mas fui me informar na Fortuna e me disseram que as vendas são complicadas, que era melhor eu me acertar com ele. Complicadas por quê?

— Todos os moradores têm compromisso de compra e venda. Ninguém tem escritura definitiva. Se você arranjar um comprador que aceite as mesmas condições, não vejo o menor obstáculo. Não sei se vai interessar a você, mas a Fortuna confia na aprovação de uma lei de zoneamento que permitirá a construção de prédios na Aldeia, do outro lado da Avenida. Se realmente acontecer, todos aqueles que quiserem, podem trocar os terrenos, ou casas, por apartamentos. Tenho a impressão de que, neste caso, você e seu irmão poderiam pedir dois apartamentos pequenos.

Ângela fixou o olhar longe. Morena, alta, os cabelos pretos, soltos e brilhantes, mais ou menos trinta anos, charmosa.

— Morar no mesmo prédio que ele? Deus me livre. Alexandre já nos deu tanta chateação. Ele é irascível. Tem mania de dar ordem, de impor as coisas. Ninguém agüenta. Estou disposta a resolver esse negócio da casa, custe o que custar. Você sabe que em Araraquara ele não tem um amigo? Um único amigo. Sente o tipo de pessoa que ele é? Não sei de onde tirou a mania de se candidatar a vereador. Pode tirar o cavalo da chuva. Quem iria votar nele, os artistas? Duvido.

— ...

— O meu receio é que ele se encalacre de dívidas. Uma eleição custa rios de dinheiro. Nós só temos essa propriedade. Meu pai é dono de uma vendinha de bairro e vive modestamente.

A anfitriã ofereceu um suco de maracujá.

— Apanhei hoje cedo no jardim. Está tão quente...

— Que me aconselha?

— Aguardar mais um mês. Nesse meio tempo a Fortuna terá uma solução.

As duas bebericaram o suco, caladas.

— Seu irmão não ajudaria você e seu marido um pouco?

Ângela virou o copo de uma vez.

— Ajudar? Imagine. Ele sempre foi esquisito. Desde criança. Na época do ginásio, o melhor amigo dele era um namoradinho meu. Estudavam juntos. Num mês um era o primeiro, no seguinte o outro. Desafiavam-se. Quer dizer, o Juca era o desafio. Alex tinha que vencer o amigo, a todo custo. Nem que para isso precisasse falcatruar. O Juca era um craque em português. Alex, em geometria. Num dos exames de fim de ano, Alex ensinou Juca a desenhar uma perspectiva errado, de propósito. Ele sabia todas as regras, mas não descobria onde colocar o ponto de fuga. Naquele exame fundamental, o Alex sacaneou o amigo, que tirou nove, enquanto ele garantia o seu dez. O próprio Juca me contou as trapaças do meu irmão.

Greta riu. Curioso: adulto ele parece cultivar o mesmo esquema de comportamento. Quer ser melhor do que Antônio, que nem está mais na jogada. Ele não queria ser apenas um bom síndico, desejava suplantar o antecessor, como se fosse um desafio.

— Mais tarde, quando ele montou o atelier para pintar — Ângela continuou —, tinha dois colegas que o ajudaram muito, repartindo o aluguel, as telas, as tintas e os pincéis. Na primeira oportunidade passou os colegas para trás, fazendo uma exposição individual. À boca pequena chamava os companheiros de medíocres para baixo. Nunca ninguém entendeu essa necessidade que ele tem de destruir os outros, para aparecer. Acho que as pessoas que ele mais admira são as que ele deseja destruir. Não sei bulhufas de psicanálise, mas presumo que exista algum significado... Os outros artistas estão ótimos, moram no Rio. Um, o Ari, é casado com uma prima nossa. Ganhou prêmio do Salão Nacional este ano! Alex deve ter ficado uma fera! Vai ver, quis se candidatar por causa disso, para ter poder nas mãos e ser tão importante quanto o ex-amigo. Se não conseguiu como artista, tentará em outro campo.

— Se se aplicasse, Alexandre poderia ser um excelente artista. Tem talento.

— Houve tempo em que isso me interessava. Cheguei a comprar um quadro dele, numa exposição. Sabe o que ele fez? Um dia me pediu emprestada a tela que eu mandei emoldurar, e vendeu. Sem me dar satisfações. Um ano depois confessou. Bem, deixa prá lá. Preciso resolver o assunto da casa. Muito obrigada pela orientação. Não me custa ter paciência mais um mês.

Greta lamentou que Ângela se fosse. Parecia uma pessoa inteligente. Escoltou-a até o portão.

— Você trabalha?

— Sou professora. Este ano vou me preparar para a tese de mestrado. Chi, quase uma hora. Tchau.

O motorista das vizinhas molhava o jardim, o carro preto reluzindo na porta. Greta se dirigiu a ele.

— Antes de ir embora, Mário, pode pegar umas contas para entregar ao advogado?

— Pois não.

— Tem notícias delas?

— O doutor acha que só voltarão no mês que vem. A mãe está adoentada, teve um troço no coração.

— Não me diga.

— É, sim senhora. Foi até pro hospital.

— Que pena.

Por essa notícia Greta não esperava. Elisa adoecer na Suíça.

A tarde não rendia. Greta não se concentrava, por mais que se esforçasse. Puro pânico do encontro do dia seguinte. De um lado o temor, de outro a esperança. A gangorra dos sentimentos. Um barulho de trem longínquo na memória. Por quê? Um trem correndo.

O que representa Leonardo para ela, afinal de contas? Nem chegaram a criar vínculos. Alguns encontros divertidos. Nada mais. Um homem calmo, realizado, preso à sua vida familiar. E ela? Uma mulher faminta de amor, que cometeu a imprudência de confiar-lhe a sua felicidade. O que não era nem ao menos razoável. O futuro já passou. Foi ontem, entendeu Tina? Provavelmente, neste instante, Leonardo e Sofia se abraçam confiantes, perdoados mutuamente. O coração de Greta acelera de vergonha, de pensar que interferiu na união do casal, inserindo-se como uma probabilidade egoísta e inconseqüente. Uma temeridade a sua, entrar em clima amoroso... Se não tivesse se envolvido, não sentiria ciúme, nem desgosto. Ciúme da sombra que vislumbra dos dois abraçados, a caminhar pelas ruas da cidade. O sorriso do reencontro.

Greta molha a nuca dolorida e mira-se no espelho: o que vê? As rugas da paixão, da insônia, da solidão. As rugas do desvario. Hoje, vai precisar de calmante. Necessidade atroz de dormir, de esquecer tudo, de mergulhar no vazio, no oco do mundo. Não ter cabeça, tronco e membros. Não ser — o comprimido entalou na garganta. Tomou mais água.

A sala às escuras? Nem notou que já era noite — acendeu a luz. Será que dormira? O estômago doía de fome. Oito horas. Nem almoçou. Os nervos esgarçados pela ida ao circo, pela visita da irmã de Alexandre, pelas novidades da Suíça, pelo medo. Nem quer pensar na maluquice de amanhã — pegou uma maçã, que mordeu sem lavar.

Na cozinha, a noite murmura. As folhas farfalham. O vento rumoreja debilmente. Os verbos noturnos, que preciosismo. Alguém já tentou escutar a noite? Ora, direis, ouvir estrelas. Claro, os poetas. Os poetas escutam. Doidice e lugar comum têm limite, não é Tina? — Greta riu alto. E o riso ecoou na Aldeia como um grito. No circo os animais se inquietaram outra vez. E os sinos da igreja, assombrosamente, badalaram. A esta hora? — olhou a casa de Camilo. O velho fechava a janela. Naturalmente pressentira algo estranho. Os sinos nunca tocavam à noite.

O restaurante da Brunella estava sem movimento. Em compensação, no setor de doces e sorvetes, filas de jovens de roupas coloridas e motocicletas envenenadas. Greta escolheu uma mesa lateral no avarandado, para duas pessoas. Quatro horas. Sofia surgiu, toda de branco, em roupa de hospital, o rosto sem um pingo de pintura. Greta enxugou as mãos, que suavam, no guardanapo, antes do cumprimento afetuoso.

— Desculpe ter feito você vir até a cidade.

Greta fixou-a séria. Ou seria dramática? A angústia evidente no ar de expectativa. Sofia, ao contrário, demonstrava uma serenidade inusitada.

— Chamei você, porque não tinha tempo de ir à Aldeia. Além disso, não sinto vontade de pisar lá. Estou muito confusa.

O garçom se aproximou: Sofia insistiu em tomar chá e Greta pediu um grande sorvete com cobertura.

— Bem — Sofia continuou —, eu e Leonardo atravessamos um período de crise, você sabe. E não estamos conseguindo superá-lo. No momento ele ainda não voltou da viagem, foi ver a família. Eu ando pelo hospital mesmo, ou em casa de mamãe. Depois do que eu soube da tragédia do tal Tancredi, nossa, não fico naquela casa sem ninguém comigo nem um minuto. Tenho medo pavoroso de assaltos. Não sei como você...

Um casal entrou no avarandado. A moça se atrapalhou: onde sentar? O rapaz levou-a para o fim da sala.

— Vou ser absolutamente sincera e quero que seja também, Greta. Sei tudo do seu caso com Leonardo. Ele me contou. Somos honestos um com o outro. De minha parte, confessei minha aventura extraconjugal...

— Qual foi a reação dele?

— Se aborreceu, é óbvio. Mas compreendeu. Se ele se apaixonou por você, reconheceu a minha possibilidade de envolvimento com alguém. Não tolerou foi a escolha: um cirurgião, colega meu.

— Pensei que o síndico e você...

Um pormenor que Greta não tinha percebido, a médica possuía um tique nervoso: piscava o olho esquerdo, sem parar. Talvez porque estivesse excitada.

— Imagine! Aquilo já foi desespero de causa. Tentei me curar do caso com o médico. Alexandre é um sujeito muito vaidoso. No fundo, quer bancar — e mal — o coelho, de vez em quando. Nem merece que se fale nele.

Greta, no íntimo, chocava-se com esse tipo de revelações. Ela jamais teria coragem.

— Você deve estar louca para saber por que conto essas coisas, não é?

Ela enfiou um pedaço enorme de sorvete na boca, para não responder.

— Eu e Leonardo, é preciso que você saiba, vivemos magnificamente juntos. De repente, o casamento começou a degringolar. Por fastio, monotonia, um monte de fatores que eu nem sei mais quais foram, próprios da instituição casamento, acho. Tanto eu me envolvi com outro homem, como ele, anos atrás, se envolveu com uma cliente. Nas duas vezes superamos o deslize, certos que ambos havíamos nos descuidado emocionalmente. Não temos, nem ele nem eu, o conceito de posse de tanta gente.

Sofia espalhava geléia na torrada demoradamente.

— Ninguém é dono do outro, não é? — ela continuou.

— Depende — Greta quase engasgou. — Não é questão de posse. É de preservação daquilo que se quer para si.

— Pode ser. De qualquer maneira, desta vez, as coisas se complicaram. Perdemos a confiança mútua. Tudo nos irrita e exaspera. Aventuramos uma semana na praia, para ver se acertávamos os ponteiros, e foi um desastre. Brigamos por besteiras. O que significa que ainda estamos ligados, ou...

— Exatamente o contrário? Creio mais na primeira hipótese.

Pausa constrangedora. Sofia apoiou a cabeça na mão esquerda, bebeu um gole de chá e fixou Greta inquiridoramente.

— Você gosta dele?

A outra soltou um suspiro, corada até a raiz dos cabelos, e confirmou: Sofia parecia estar analisando Greta, como se desconfiasse da confirmação.

— Gozado. Achei que você era tão desligada deste mundo, que não se apaixonaria jamais.

— Antes essa impressão fosse verdadeira. Eu me sentiria menos infeliz.

— Você se dispõe a quê? Ficar com ele a qualquer preço?

— Não, Sofia. Sou obsessiva, me entrego de cabeça, mas... Da obsessão me transfiro de malas e bagagens para a

219

derrota e desisto. Neste momento, me debato entre um sentimento de culpa horrível e a certeza do fracasso.

— Conheço essa sensação.

— Leonardo me disse, textualmente, que não pretendia se separar, que confiava em vencer a crise.

— Falou isso no último encontro de vocês? Muita água já rolou... A afirmação envelheceu.

Sofia mastigou, em silêncio, a torrada. Por alguns segundos, ficou apenas de corpo presente na Brunella, o espírito longe.

— Posso pedir a você um favor, Greta?

— O que quiser.

— Primeiro, deixa que eu cometa uma indiscrição, para você entender a razão do pedido. Leonardo me disse que você foi a mulher com quem ele se sentiu melhor, sexualmente, na vida.

Greta chocou-se com a confissão. Ele fora longe demais. Que absurdo.

— E esse ponto é importante, principalmente para os homens. Ele jura que não — pesquisou em Greta alguma reação — mas eu sei que é. Como o é também para as mulheres. Nós já nos demos divinamente, repito, e, por isso, quero um crédito para o nosso relacionamento. Rompi com o médico e optei por Leonardo. Aguardo que ele volte para comunicar minha decisão.

— Qual é o favor?

— Não ver Leonardo, enquanto acertamos o nosso casamento.

— Relaxe, Sofia. Ele nem vai me procurar.

Intimamente, reconhecia que ela tinha direito a fazer um pedido daqueles. Era um gesto de humildade, de tentativa de...

— Ele pode pensar em ter uma conversa com você, para pôr os pingos nos is. Uma, com o meu cirurgião, quase me joga nos braços dele para sempre. Essas situações são delicadas, mexem com a gente por dentro. Ainda mais gamada do jeito que estou.

— Então...

— Já disse, Greta. Não se anula uma relação tão levianamente. Eu e Leonardo temos chance de ser felizes.

— Entendo. Não quer trocar o certo pelo duvidoso.

— Não se trata disso. É uma questão de bom-senso. Gosto dele. O fato de eu me apaixonar pelo médico não significa, ou não altera, nada.

Greta ponderou que jamais compreenderia um comportamento desses. Se alguém é capaz de se apaixonar por outra pessoa, está livre e desimpedido afetivamente. Não compreenderia uma divisão nesse sentido. O amor existe, ou... Deve ser uma caipira retrógrada.

— Você concorda com o meu pedido?

Ela confirmou.

— Não parece muito convincente.

Greta sorriu.

— Pode confiar.

— Sei que posso confiar em você. Obrigada.

— E a casa?

— Pretendo cancelar o contrato, pagar as multas...

— O consultório da favela...

— Na favela, eu continuo. Não posso mais largar aquele povo. E, se o fizer, deixo alguém no meu lugar.

Ela virou o bule de chá.

— Acabou. Está na hora de ir. Você quer me dizer alguma coisa?

— Não.

As duas mulheres se levantaram. O garçom trouxe a conta, que Sofia fez questão de pagar. Na rua, cada uma pegou seu rumo. Sofia sentia-se tranqüila com a colocação honesta. Greta voltava acabrunhada para a Aldeia, indecisa com os caminhos revelados no bate-papo. A franqueza da médica, o relacionamento direto e objetivo, de certa maneira machucavam e ofendiam. Como se Sofia fosse dona de dois bonecos, ela e Leonardo, e resolvesse tirá-los da vitrina, para pentear e vestir. Não tinham vontade própria. Marionetes na mão do ventríloco, todo poderoso, que os devassava, não permitindo nenhum segredo, nenhuma intimidade.

Dia 29 de dezembro. O circo foi desmontado. Em algumas horas, da lona e da caravana, restaram apenas as marcas no terreno, que a próxima chuva apagaria. A não ser que o espaço fosse alugado novamente — tudo é possível —, quem pela avenida transitar, pensará que o circo não passou de invenção de uma mente fantasiosa. No entanto, todos têm consciência da curta, porém marcante, presença dele na Aldeia dos Sinos. Principalmente os circenses, que não esquecerão tão cedo a experiência.

Pasquim veio alegre à rua das Palmeiras. Não para se despedir de Greta, e sim para dizer adeus a Suzi, filha de Antônio, sua jovem amiga. Ao anão, ela garantiu que ia ser artista. Custasse o que custasse.

— Muito bem, Suzi, mas prefira o teatro, a música, o cinema. Qualquer coisa. Circo não compensa.

Ela se abraçou a ele com lágrimas nos olhos. Para aquela menina sensível, de dez anos de idade, o circo foi uma revelação.

Última noite do ano. Greta se prepara para cear. Uma tristeza doída na alma. Por quê? As grandes fortalezas ficam abaladas nas ocasiões sentimentais. Passagem de ano é uma delas — estica a toalha de crivo, reservada para comemorações. Mesmo que ceie sozinha, é preciso manter a solenidade. Greta sentia nos poros a solidão. O próprio barulho corriqueiro dos talheres e dos pratos ecoava na sala, delatando-a. E se ligasse a televisão? Ouviria vozes humanas — arrumou a mesa cuidadosamente. Um lugar para ela, outro para Leonardo. Ausente em pessoa, presente na imaginação. Ligou o aparelho. Musical americano no vídeo. Na cozinha, cuidou do pequeno lombo que assava no forno. Salada de salsão e camarões. Arroz à grega. O estômago reclama de fome. Agora, faltava se arrumar — foi para o quarto.

Às onze horas sentou-se à mesa. Nua.

— Quem consegue vestir a tristeza?

Tina, encostada à janela, espia o quadro que Hooper apreciaria pintar. Sobre a toalha de linho rosa, a louça de vidro transparente, as begônias roxas no vaso. O corpo alvo e nu, os cabelos louros soltos, a flor atrás da orelha. Uma atmosfera de sonho. Na parede branca, atrás de Greta, uma colagem dramática e a veneziana entreaberta completavam o quadro.

— Às vezes a gente pode se bastar a si mesma. Nem que seja preciso ligar a televisão.

Apoteose no musical. A cantora, chatinha, glamurizada, de dentadura postiça, de plástico, era afinada, mas não sabia cantar. Paciência. Nada é perfeito.

De repente, Greta sentiu-se leve. O lombo estava saboroso, o Beaujolais sublime. Viver o aqui/agora é mais importante do que desenterrar recordações ou fantasiar o futuro. Tenho um nome, goste ou não dele. Sou alguém.

— Feliz Ano-Novo, Greta Cristina de Almeida.

Telegrama da Suíça. "Pesarosamente comunico falecimento mamãe dia 2 pt Sônia". Greta dobrou o papel penalizada. E foi comunicar aos amigos a notícia.

Camilo esboçou uma frase que não completou: aos velhos não sobram alternativas. Qualquer coisa semelhante.

À tardinha todos se reuniram, em velório simbólico, na casa de Elisa. Antônio propôs aos amigos uma missa de sétimo dia. Quem sabe Clotilde combinaria com o síndico? O condomínio mandaria rezá-la, oficialmente. Se ele não aceitar, nos cotizamos...

— Há quinze dias não vejo Alexandre por aqui. Depois que o circo se mandou, ele evaporou — Clotilde disse.

— É um indivíduo estranho. No fim de ano não estava na Aldeia, mas ontem vi que ele saía de casa. Olhava para trás, desconfiado, para se certificar de que não era perseguido... Camilo comentou. — Ofereci uma carona, que ele não aceitou. Aliás, a reunião do condomínio quando será?

— Deixe que eu descubro. Altair quer vender a casa. Já me perguntou pela reunião umas duas ou três vezes — Greta respirou fundo. — Aguardem uns dias. Ouvi na Fortuna que, dentro em pouco, a complicação das escrituras vai se esclarecer. Estamos, inclusive, desfalcados: Soares na praia, Sônia na Europa.

— Em compensação — Clotilde retesou o busto —, tem mais gente aborrecida. Aquela família de estrangeiros ficou indignada com a morte dos Tancredi. Da apatia, o casal e os filhos partirão para a briga. Escreveram uma carta ao síndico. exigindo a contratação do guarda-noturno.

Esses moradores que sempre se omitiram, vão acabar se revoltando. Podem crer.

— A Fortuna já autorizou a contratação, pagará a metade das despesas. O síndico é que não tomou as providências.

Dilermando Canudos olhou em volta.

— Será que Sônia continuará aqui sozinha?

Pungido silêncio. Ninguém arriscou nenhum palpite com receio, talvez, do pior.

Quando todos saíram, Greta fechou a casa. Como se encerrasse nela um ser vivo. Pelo menos foi o que sentiu.

Exposição na Galeria da Fama. Desta vez, uma coletiva de artistas primitivos do Embu. Tema: velórios e enterros. Greta sorriu. Uma proposta engraçada — jogou fora o convite. Humor negro inteligente.

Falta alucinante de Leonardo. A derrota consumada?

Os mortos falam com os vivos nos sonhos. Noite passada, Greta conversou longamente com Elisa. Deitou a cabeça em seu colo e chorou.

Reunião na Fortuna. A lei de zoneamento da cidade foi aprovada apenas em parte. A Aldeia dos Sinos não seria beneficiada. Quanto dinheiro e tempo gastos inutilmente. Agora, a conjuntura é grave. A dívida vence em março. Ou pagam, ou entregam a área. O gerente financeiro está tenso. Talvez se consiga uma prorrogação. No instante em que as famílias proprietárias souberem, podem exigir o diabo. Inclusive a prisão dos diretores.

— O que se precisa evitar é o escândalo, para não atrapalhar os outros empreendimentos — Barbosa argumentou.

Pimenta, o diretor financeiro, balbuciou para Greta, evitando que os demais ouvissem.

— Por que não trocamos com os proprietários os apartamentos das Perdizes?

— O prédio grande?

— Esse. O prédio está à venda há século. Com a ruindade do mercado, os negócios foram poucos. Vale muito mais do que o metro quadrado na Aldeia, mas não se pode ser ganancioso a ponto de pôr a perder o prestígio da firma.

Greta muniu-se de coragem e pediu silêncio.

— Conversando com o nosso eficiente diretor financeiro, acho que ele tem uma sugestão a fazer, com o meu aval.

Apoiado por Greta, Almeida limpou a garganta, aprumou o corpo e gaguejou a idéia. Conhecia a posição de todos com referência ao filão imobiliário da empresa.

— Teríamos, talvez, algum prejuízo. Ainda assim é melhor do que ser preso ou ficar desmoralizado na praça — Greta completou, enfrentando a mesa, energicamente. — Nem o Cemitério das Flores resistiria a uma denúncia pública.

O presidente aprumou a gravata no colarinho — gesto característico, se tem assunto importante a tratar.

— Concordo em princípio, Greta. É necessário que se prepare um plano econômico e financeiro, para estudar a viabilidade...

— Se quiserem, posso consultar os condôminos. Muita gente não gosta do síndico. Eu sirvo de intermediária. É minha contribuição à Fortuna.

Os diretores olharam-na incrédulos. Será que ela vai se bandear para o nosso lado?

— Não pensem que eu vou sair de lá. Por enquanto, não há a mais remota possibilidade. Sirvo de intermediária, porque me sinto responsável pelos moradores da Aldeia. Sei o quanto aquela gente sofreu para comprar as propriedades, e do quanto foi enganada pela publicidade e pela empresa. Com exceção de poucos, meia dúzia, a maioria do pessoal é remediada e se sacrificou bastante para pagar as prestações. Aliás, Pimenta, todos já pagaram?

O diretor financeiro confirmou.

— Os últimos devedores saldaram as prestações em dezembro.

— Está claro que é urgente uma definição da Fortuna? — Greta fixou os presentes. — Por onde anda o primo Oscar que não comparece às reuniões?

Ninguém sabia. Ele seria um elemento importante na aprovação final. Sem o beneplácito dele, que era advogado, nenhuma decisão podia ser tomada.

— No momento oportuno, pediremos o parecer do Oscar.

Antes de retornar à rua das Palmeiras, Greta passou nas Perdizes. Examinou um apartamento. Tinha condições de oferecer a troca. A construção era de qualidade indiscutível. A vista — em dias não poluídos evidentemente — de ambas as faces, nos quatro blocos, encantadora. Dos duzentos e vinte apartamentos de dois quartos, apenas oitenta estavam habitados. Os proprietários da Aldeia se beneficiariam.

O trânsito fluía normalmente. Por que não era sempre assim? Dirigir nas férias, com mais de um milhão de pessoas fora de São Paulo, uma facilidade. Em menos de trinta minutos estaria em casa. O sinal fechou. Greta aproveitou para procurar uma estação agradável no rádio, os olhos ardidos. No ritmo que as coisas vão, em breve a população paulista precisará de máscaras para sair às ruas. O sinal amarelou. Pelo espelho, Greta percebeu que Leonardo estava no carro atrás do seu. O coração quase saltou do peito. Não sabia se se dava a ver ou se fingia... Ela engatou a marcha e seguiu em frente, sem pensar duas vezes. Leonardo passou ao largo e virou na esquina.

Recuperar-se emotivamente levou algum tempo. Ele estava na cidade, então. Uma tristeza infinita se abateu sobre ela. Não teriam mais oportunidade de explicação, sequer de entendimento. Todas as conversas mentais, ensaiadas e modificadas constantemente, ruíam por terra. Que decepção.

Entrou na rua das Palmeiras arrasada. Nem notou que Ângela saía da casa de Alexandre. Sentiu falta do prédio, era feio mas fazia parte da paisagem e abrigava Míriam.

De repente, ela se lembrou do sonho da noite anterior. Da janela do apartamento, Míriam acenava para ela, exibindo os bonecos crescidos. Curiosamente adultos e vestidos com as mesmas roupas, os três acenavam cheios de animação. Pareciam atores preparados para entrar em cena: Daisy, a camponesa, com o capuz enfeitado de galões; Elysabeth, a senhora inglesa de 1800; e Horácio e sua roupa de veludo. Cumprimentavam-se afetivamente quando Greta percebeu uma máquina monstrenga, um enorme rolo compressor, se dirigindo ao prédio. Greta fez sinais desesperados a Míriam para que se protegesse. Ela ria despreocupadamente. Os sinos da igreja tocaram nervosos. Greta correu porta afora a fim de avisar a amiga. No portão, viu que o rolo havia desaparecido. No lugar do prédio, margaridas do campo balançavam ao vento.

Se não fosse por ela, existiria a Aldeia dos Sinos? — olhou o monte de papel indecisa. Não estava contente com o rumo da história. Ela bem podia retroceder e camuflar a verdade, escolhendo outra versão — tantas surgiram! Asfixiante a certeza de que tudo agora estava absolutamente definido. No começo, tratou daquilo como um fotógrafo que vai copiar um filme e não sabe o que surgirá. A imagem se insinuou aos poucos, se definiu, tornou-se irremediavelmente nítida. Impossível não ser fiel aos fatos. Afinal, partia de uma realidade para outra realidade — se é que isso não sugere uma total demência. De qualquer maneira, a Aldeia fazia parte de um sistema de vida real. Aí é que está. Não podia tripudiar. Seria inverossímil. A Aldeia não pode escapar às características de sua localização geográfica. Nem seus habitantes. Infelizmente — apagou a luz, disposta a dormir.

E se tentasse?

Greta atravessou a noite em claro. Pela manhã, molhou o jardim e colheu alfaces para o almoço. Daí, decidiu tomar sol na varanda. Há tanto tempo não fazia isso, se permitir o prazer de ficar à toa, aproveitando o descanso de domingo...

Se possível, deitar ali e não pensar, a cabeça em branco, no limbo. Que tal lembrar de alguma coisa amena? O que seria? A mãe. A sonoridade doce da sua voz. Os olhos risonhos e azuis. O cheiro de vaselina, nas mãos. A cútis de porcelana. Não, a imagem não veio. Ao invés dela, Greta lembrou-se da carta disparatada que o síndico enviou para os moradores da Aldeia, comunicando a ligação de luz "graças aos esforços da Fortuna Construtora e Imobiliária que tanto interesse tem pelo bem-estar da comunidade". Vê se pode. Ele não se dava conta de que todos sabiam da influência de Clotilde Canudos e da luta de Antônio, durante mais de dois anos, para conseguir os postes de iluminação? Por que quis mentir que a vitória era dele? Ou da Fortuna? Um atrevimento fora de propósito, causador, no mínimo, de ridicularia. Angariar para si os atos dos outros e, além disso, puxar o saco da Fortuna era demais — Greta virou de costas. Não tinha nada que lembrar de coisas desimportantes. Devia, isso sim, gozar da alegria de estar tomando sol na quietude do domingo. Bendita quietude.

Uma figura lhe vem à cabeça: Pablita. Na última vez que perguntou a respeito dela para a Zaíra, a empregada disse que havia sumido e que o barraco estava fechado. Outro personagem que ia escapar sem mais nem menos? Decididamente não. À tarde dará uma volta pelo cemitério. O pessoal de lá terá notícias mais recentes. Aproveita para ver a exposição nova. Continuaria Pablita a posar para Alexandre Ribeiro? Esse é mais um que anda desaparecido. Teria ficado sem jeito com o fracasso do circo? Sentiu mais do que os vizinhos a morte dos Tancredi? Nunca se sabe. Ou talvez a razão... óbvio, ele apenas se furtava a marcar a reunião de condomínio com medo que lhe cobrassem a morte do vizinho, a falta de contratação do guarda-noturno. Coitado. Não tem culpa. Ninguém morre de véspera. Qualquer casa podia ter sido assaltada. Qualquer uma. Se a de Tancredi foi a eleita...

A campainha interrompeu-lhe os pensamentos. Greta se enrolou na toalha. Era o entregador de jornal, perguntando se ia renovar a assinatura.

Terminado o almoço. Greta vestiu uma túnica branca e foi andar. O domingo permanecia límpido, nem uma nuvem no céu. Camilo e Ivo certamente foram passear com Mirna, a casa fechada. A garagem de Leonardo está cheia de folhas secas. Os estrangeiros, sentados na varanda, acenaram para ela, que retribuiu o cumprimento. Antônio tira a sesta no gramado. Por onde andarão Jane e as crianças?

Greta entrou na galeria, suando. Que calor danado! Alguns quadros eram comerciais, de gente que aprendeu a pintar e que reproduzia mecanicamente a receita, mas grande parte das obras era curiosa. Retratando velórios e enterros os artistas primitivos demonstravam humor, uma certa euforia nas cores. Apenas um pintor, Egas ou Egon, não conseguia ler, usava tons baixos, densos, demonstrando uma preocupação expressionista: no caixão preto, a mulher deitada e coberta por uma mortalha cinza; cadeiras deformadas, vazias; do lado do esquife, uma criança vesga, esfarrapada. Greta perguntou o preço à recepcionista e pediu que o entregasse tão logo acabasse a exposição.

— No fim do mês a senhora recebe o quadro. Viu o sucesso? Só ontem vendi três telas. Também, tivemos seis velórios.

O vigia, sentado na escada, fumava placidamente.

— Trabalhando à tarde, Sebastião?

— Não estou de serviço, não. É que a patroa saiu e eu não tinha o que fazer em casa... é sempre mais animado ficar aqui do que na favela. Quem está de plantão agora é o Joca, o da carreta. Quer falar com ele?

— Obrigada. Eu queria saber da Pablita.

O homem soltou uma cusparada e arrumou o quepe do uniforme na cabeça. Greta reparou que ele tinha rugas fundas recheadas de um pó preto. Mesmo lavando o rosto aquele pó não sairia dali nunca mais. As mãos, secas e gretadas, mostravam as mesmas trilhas escuras.

— Ouvi dizer que ela arranjou um cara do jogo do bicho, dono de uma boate na Vila Buarque. Ela tira a roupa enquanto dança. Um dos meninos comentou que ela anda num chiquê daqueles. Ela merece, viu, dona? É uma ótima pessoa.

— E para os amigos, ela não arrumou nada?

— Para o Constantino, o louro, que era carne e unha com ela, sim. Os outros morrem de inveja.

Greta teve dúvidas se o velho não estava assimilando os trejeitos dos travestis, o que não combinava com ele. Agradeceu as informações e se despediu.

Ao chegar à rua das Palmeiras se encontrou com o síndico. Alexandre Ribeiro encarou-a provocadoramente.

— Tudo bem? Acabo de ver a exposição.

Ele fez um ar de deboche.

— Apesar dos pesares, as minhas iniciativas dão certo.

Ela pensou em perguntar a razão daquele apesar dos pesares. Não houve tempo.

— Estou cansado de boicote aos meus planos. Foi você que interferiu no contrato do parque?

— Eu? De jeito nenhum.

— Depois que esteve na Fortuna, suspenderam todos os projetos. Se não foi você, alguém tentou impedir minha atuação.

O sujeito devia ser louco, realmente. Tanta necessidade de afirmação para nada.

— A Fortuna tem dezenas de objetivos. A Aldeia dos Sinos pouco representa...

— Andei sabendo que você bateu de porta em porta, convencendo o pessoal a trocar a propriedade por um apartamento nas Perdizes...

— É verdade. Aliás, procurei você ontem. Estou apenas fazendo consultas.

— Quem a encarregou disso? Se não me engano o síndico sou eu.

Greta riu, pacientemente.

— Você é o nosso representante. Não quer dizer que seja o dono...

Ele não concluiu um gesto de irritação.

— Não conte com o meu consentimento. Gosto daqui e não pretendo me mudar.

Greta enfrentou a expressão hostil do síndico, com altivez.

— Sua irmã, ao contrário, demonstrou entusiasmo.

Alexandre Ribeiro ficou lívido de raiva. Será que ele desconhecia que ambas se falavam? Em todo caso, jamais daria bandeira.

— Com a minha irmã me entendo eu.

— Ótimo. Se tudo correr como a gente espera, ninguém perderá dinheiro e o investimento será devidamente recuperado.

Greta pressentiu que o síndico estava meio por fora. Será que ninguém, nem uma alma caridosa, contou para ele as pendências com a documentação das propriedades?

Alexandre Ribeiro percebeu que ela mencionara algo que não dominava, e tratou de se despedir.

Greta entrou em casa e se escarrapachou no sofá. Que porcaria, já não é mais jovem. Uma caminhada boba e chega soltando os bofes!

233

Esta noite termina de ler *O Unicórnio*. Uma pena. É tão raro encontrar um livro bom! Iris Murdoch é uma das autoras que mais aprecia. Pedirá a Sônia que lhe traga outros títulos. No Brasil saíram poucos publicados. Escreve a carta e manda pelo advogado. Aproveita para abordar a troca. Morta a mãe, aceitaria continuar na Aldeia? Dificilmente. Quem cuidaria do jardim?

Dias neutros. A reunião na Fortuna foi adiada: os estudos estavam atrasados.

Clotilde e Dilermando Canudos compraram um sítio em Ibiúna, a cinqüenta quilômetros de São Paulo.

— A Aldeia nos traz mágoas, Greta. Tantos amigos mortos e ausentes. Violência, insegurança. Um acidente a gente suporta, mais de um...

— E se der certo o negócio do apartamento?

— Podemos alugar. Eu jamais viveria na cidade — Clotilde assoou o nariz. — Tenho alergia à poluição, detesto o trânsito. Já trabalhei muito, mereço um pouco de descanso. Acertei com a fábrica de vir duas vezes por semana. Não posso brincar aos sessenta anos, não é?

— Não fale. Parece bem mais moça.

— Eu sei onde me apertam os sapatos.
— E quando pensa mudar?
— No fim do mês. A casa está sendo pintada. Há anos não me sentia tão animada, Greta. Desde a vinda para a Aldeia. O sítio é lindo.
— Vamos todos sentir a falta de vocês.
— Ibiúna é aí perto. Virei sempre. E você, teima em viver aqui?
— Além de gostar da rua das Palmeiras não tenho outra opção.

Clotilde contemplou a amiga com carinho. Estava tristonha. Lamentando, talvez, a debandada geral. De qualquer maneira cada um tinha que cuidar de si.

Camilo e Ivo chegavam da fisioterapia. Greta aproveitou para se retirar.

Mas não iria procurá-los. Estava cansada, um desânimo imenso. Clotilde e Dilermando, que perda inestimável. A Aldeia se deterioraria mais rápido do que imaginara.

Embrulhada numa manta, Greta teve vontade de passar a vida a limpo. Como se o retrocesso pudesse apagar as marcas da memória. Mas não apaga. Ninguém nasce de novo. O simples fato de reconhecer as feridas, não altera nada. O destino traçado desde a fecundação. A história familiar irremediavelmente escrita. Ela jamais seria um ser autônomo, íntegro; mera partícula no todo. Daí os conflitos. No estágio da compreensão, a revolta, a crítica, a insegurança. Depois, na maturidade, a aceitação. Se nascida de outro gene teria sido diferente? A mente perdia-se em conjeturas. O motivo daquela neurótica busca de identidade seria, de fato, a sua maior preocupação? Não era. Fugia apenas de pensar em Leonardo, na rejeição que sentia, na sua imagem partida. Um sentimento incontrolável de transferência emocional, que redundou em vergonha, em raiva, em dor. Um homem e uma mulher carentes que se integraram algumas vezes. Não era suficiente a explicação? Por que a insistência no final feliz? Foi bom enquanto durou, ponto. Ela queria mais, muito mais. Nisso residia o seu sofrimento. Era insaciável.

Vou esquecer tudo por alguns dias — Greta se prometeu. A Aldeia e seus insolúveis dramas, o universo se debatendo em graves problemas e ela ali, sentada no aconchego morno da sala, afundada em questões de importância relativa. Faz sentido?

Fevereiro. Greta tentou, desbragadamente, que a reunião na Fortuna fosse confirmada. Comprometera-se com os moradores e Barbosa lhe dizia categoricamente que, tão logo os estudos econômicos estivessem aprovados, ele avisaria. Impossível pôr o carro na frente dos bois. Ela quis argumentar que Alexandre Ribeiro estava minando os condôminos, indo de casa em casa desaconselhar a troca, garantindo mundos e fundos. Barbosa, no outro lado da linha, deixou escapar um risinho de satisfação. Que Greta percebeu. Será que o síndico estava mancomunado com a Fortuna? De que maneira? Ou com que objetivo?

Greta sonhou com Mateus. Um sonho esquisito. Viu-o morando numa espécie de porão, com uma criança no colo — o filho? Ele estava sentado numa cadeira de balanço dando de mamar ao menino com um seio falso de borracha, feito da ponta de uma mamadeira. Acordou no meio da noite e escreveu um conto grande. Uma novela? Não sabe ainda. Uma história que jorrou torturada, confusa. E que um dia pretende aproveitar. Preencheu vários blocos de papel. Como se não fosse ela que estivesse escrevendo, mas Mateus, através das suas mãos. Uma narrativa na primeira pessoa. O ponto de vista de um homem vencendo as frustrações do seu lado feminino, numa experiência maternal.

Que coisa estranha é o sonho, a fantasia. Por dias e noites — intervalos curtos para dormir — um homem tomou-lhe o lugar. E aqui vem a dúvida: ele, Mateus, quis ser a mulher, ou ela quis ser um homem?

Se não parar de pensar, de procurar uma explicação para tudo o que a ficção é capaz de propor, vai acabar doente. Que nem Tina.

Clotilde e Dilermando Canudos se foram, ruidosamente. Todas as mulheres da rua das Palmeiras comparecem ao botafora. Clotilde prometeu manter o bazar a preço de custo e a participar das reuniões de condomínio enquanto o caso das propriedades persistisse.

No domingo de manhã, um dia depois, Sônia desembarcou da Europa, acompanhada de uma amiga suíça. Dóris, uma presença èstranha. À primeira vista não se sabia se era homem ou mulher. Muito magra e os cabelos cortados rentes. Não encarava ninguém nos olhos. Tímida, talvez.

Sônia voltara mais magra, também — Greta examinou a amiga, sentada ao lado da estrangeira, no sofá. Sem saber explicar por que, sentia Sônia mais dura, um tanto debochada na conversa. Referia-se à doença da mãe sem ênfase, como se a sua morte tivesse sido um alívio. Vira e mexe consultava Dóris, que não falava português, mas entendia. Olhares que revelavam intimidade. Contou das excelências da viagem à Holanda — país que mais admirou —, onde encontrou a amiga, e da ida de ambas à Alemanha e à Áustria.

Greta vacilava em perguntar de Luís, já que Sônia, ela mesma, não tocava nele. Acabou adquirindo coragem.

— Luís? Casou. Com uma jornalista francesa. Mora em Paris atualmente.

E tratou de mudar de assunto, não sem antes pesquisar em Dóris uma reação qualquer. Dóris fumava sem parar. Um cigarro atrás do outro, os dentes amarelos de nicotina. Um rosto expressivo, tenso.

— Dóris é coreógrafa. Vamos ver se consegue emprego no Brasil. Tem um currículo extenso. De todo jeito, consiga ou não, prometi produzir um espetáculo para ela — piscou carinhosamente. — E a Aldeia, como vai?

Greta contou as novidades boas e más. Lamentou que não tivesse recebido a carta sobre os livros pedidos e a troca proposta pela Fortuna.

— Nós nunca poderíamos morar aqui na Aldeia, não é, Dóris?

A outra balançou os ombros.

— Não ligue. Ela tem uma certa animosidade no início, no primeiro encontro. Nem sei o que seria de mim sem ela. É um encanto de pessoa.

Greta demonstrou compreender e ofereceu vinho. Dóris fez um sinal positivo com a cabeça. Preparou-se então para servir. Onde estava o abridor? Foi procurar na cozinha. Meu Deus, suspirou profundamente, que clima pesado. Que nervosismo é esse? No momento em que voltava para a sala, viu

Sônia e Dóris abraçadas. Uma reclinada no ombro da outra. Por segundos não soube se avançava ou... Sônia pressentiu-a e veio ao encontro dela, procurando algo na bolsa. Acabou derrubando todos os pertences sobre o arcaz. Uma caixinha preta rolou pelo chão.

— Aí está — agachou-se. — Era exatamente o que eu estava querendo. — Você foi uma amiga generosíssima, cuidando da minha casa. Muitíssimo grata.

Greta pegou a caixa, serviu os copos e depois do brinde de boas-vindas abriu o presente: uma moeda de ouro, cunhada com as imagens de Pio XII e do Vaticano. Data, 1958.

— Estupenda.

— Uns quinze gramas. Comprei de meu tio que vive em pânico, com medo de guerra, a invasão russa a grande ameaça. Ele aplica tudo o que pode em ouro. Não é uma loucura? Tem oitenta anos.

Greta sorriu e agradeceu, entusiasmada, o presente.

O exercício de concentração. As imagens surgem, são selecionadas, anotadas. Além da história do homem (Mateus) com a criança, Sônia e Dóris provocam outra. Greta tem agora pudor de chegar à janela, e devassar a intimidade das vizinhas. Um pudor repentino. Por quê?

Chuvas intensas. Chuvas de verão. Os sinos da igreja badalaram tragicamente. Como se tocassem uma *Pavana*.

— A senhora tem visto o velho Camilo, dona Greta?

— Claro, Zaíra. Pelo menos uma vez por semana. Com a fisioterapia, o horário dele se modificou. Fica um tempão fora de casa. Por que pergunta?

— Ele estava tão abatido ontem. Quase não podia andar.

— É mesmo? Foi bom você me dizer. Darei um pulo lá, à tarde.

A empregada tirava o pó da sala.

— Na minha mesa não precisa mexer, que eu mesma limpo.

Greta ficou andando de um lado para outro enquanto aguardava a limpeza.

— Me diga uma coisa, Zaíra, a doutora Sofia continua a dar plantão na favela?

A empregada colocou o espanador embaixo do braço.

— Dia sim, dia não ela aparece. Ultimamente tem trazido um médico, para dividirem as consultas. O dr. Castro. Ele é operador. Um doutor muito simpático.

— Eles cobram as consultas?

— Uma mixaria. Prá comprar material do consultório. Até remédios eles dão de graça. O dr. Castro é muito bonito. Ótimo médico. Operou a hérnia do meu Júnior.

— Sei.

Camilo estava sentado lendo, quando Greta chegou.

— Tudo certo, Ivo?

O menino babou de contentamento e bateu palma. Ela tirou um bombom do bolso e lhe deu.

— Está doente, Camilo?

— Não, estou velho. Fico cansado com qualquer coisa. Andar de carro me faz mal. Mirna alugou uma casinha para nós, perto da casa dela.

Greta não disse nada. Esperava que isso um dia ocorresse. E para o velho seria melhor.

— Não sei se fico alegre ou triste — ele continuou.
— Moro aqui há dez anos. Me acostumei com o silêncio da Aldeia. Mas... Acho que todo mundo vai acabar debandando, não é? Pelo menos os nossos amigos. Antônio veio me visitar ontem. Está tão aborrecido que você nem sabe. A fábrica de colchões atravessa dificuldades.

— Pensei que ele não tivesse problemas econômicos.

— Quem não tem, Greta, com essa inflação desenfreada do país? Mirna preferiu alugar a casa porque o menino... subir e descer de elevador, com a cadeira de rodas... Seria um sofrimento. Para o Antônio, o apartamento também não serviria. A filharada não cabe. A fábrica está a quinze minutos daqui, ele teria que atravessar a cidade. Um abacaxi. Por outro lado, se tanta gente se mandar, que força terão os que permanecerem?

— Tem razão. Preciso conversar com ele. Está na hora, talvez, dele arranjar um bom advogado. Dele e de outros que quiserem. Pelo menos para fazer pressão.

— Eu não gostaria de estar no seu lugar, Greta. Sei o quanto tudo isto deve ser desagradável.

Greta sorriu: e quanto!

— Sabe quem veio procurar emprego?

— ...

— A Carmen Miranda. Com a partida da Clotilde ela ficou sem trabalho.

— Coitada.

Camilo se levantou devagar e arrastando o pé direito se acercou da janela dos fundos, de onde se descortinava a serra que delimita a Aldeia.

— Nunca mais vou ter essa paisagem.

No horizonte contra a luz, as montanhas azuis. A primavera do jardim balançava seus cachos rosados. O mato que cobria as ruas da Aldeia, daquele ângulo, formava manchas verdes de vários matizes. Alguns pássaros sobrevoavam as moitas mais próximas e subiam até o campanário da igreja. Pássaros pretos e cinzentos.

Greta esticou o corpo sobre a esquadria de madeira, tentou enxergar a Avenida. E teve a nítida impressão de ver uma roda-gigante girando. Às vezes a fantasia é capaz de milagres.

Camilo pediu que fechasse a veneziana. Os sinos não tardariam a tocar.

O que o velho precisava era arranjar uma noiva. Para redescobrir o prazer de viver.

Março. Greta saiu da Fortuna revoltada. As brigas internas da firma, com a ganância excessiva de alguns herdeiros, estavam longe de ser apaziguadas. Um processo judicial seria a solução e não a troca pelos apartamentos. Levaria anos na Justiça e alguns elementos acreditavam na venalidade de uns tantos juízes, assim por diante. Ninguém resiste a dinheiro — um dos primos argumentou. Tem gente com processo engavetado há quinze anos, porque a parte contrária compra o adiamento da sentença. Pode mais quem paga mais. Que os moradores da Aldeia movessem a ação.

— Sou advogado. Cuidarei dos bens da família — esbravejou o primo Oscar. — Se o velho tivesse me mostrado a constituição do condomínio, não estaríamos nesta situação.

— Você nunca tomou conhecimento da Fortuna.

— Não me deixaram.

Greta usou o argumento do escândalo, se os jornais publicassem qualquer notícia a respeito.

— Escândalos na imprensa têm curta duração e pouca, ou nenhuma, ressonância. Brasileiro não lê jornal. Comparem as nossas tiragens com as de qualquer publicação americana.

— E a televisão?

— Ninguém acusa na tevê. Em reportagens, as duas partes são ouvidas. Além disso, minha cara prima, não se esqueça de que somos excelentes anunciantes.

Toda a mesa riu. O dilema da Aldeia seria postergado. Pela milésima vez.

Greta se sentiu impotente para continuar lutando. Transmitirá pessoalmente sua opinião aos moradores. Que cada um tomasse a atitude que julgasse conveniente. Se o poder corrompe, a alienação é igualmente destruidora. Alexandre Ribeiro e seus seguidores, inescrupulosos ou medrosos para reivindicar seus direitos, encontrariam pleno apoio e ilusão na Fortuna. Os conscientes que se unissem, ou agissem individualmente. Enquanto a ignorância, a covardia e a ignomínia existissem, as imobiliárias persistiriam em explorar a boa-fé, o sonho da casa própria, o sacrifício de seres humanos desavisados, acuados pelas artimanhas e artifícios que tão eficazmente souberam criar. Cumprida a tarefa de alerta, Greta se recolheria. Talvez abandonasse a Aldeia também.

Esses eram os seus pensamentos, no trajeto de volta. Pela primeira vez admitiu a hipótese de deixar a Aldeia. E já não lhe pareceu uma tragédia. Tão distraída que... O coração apressou o compasso: a luz da casa de Leonardo estava acesa.

Santo Deus, até que enfim — foi para o quarto sem acender a luz, para não chamar a atenção, penteou os cabelos rapidamente, examinou a roupa, sim, não ia trocar-se, tudo bem, perfumou-se e se dirigiu para a sala, onde ligou o abajur próximo à sua velha cadeira de couro e se sentou à espera de que a campainha soasse.

Um minuto pode durar uma eternidade? — ela suspirou. Não, dura exatamente um minuto ou sessenta segundos. Nem mais nem menos. Ah, a tentação de se levantar e ir olhar a casa vizinha. Ficaria ali, parada, ouvindo o vento. Camilo, uma vez, disse que não sentia mais as horas nem os dias, apenas os anos. Ela ficou com vontade de saber se valeu a pena... Perguntas banais recebem respostas mais banais ainda. Desistiu. O ponteiro do relógio girava ininterruptamente. Uma das venezianas começou a bater com desespero na parede. Não, não ia fechar. Que batesse, até quebrar. Seria aquele ruído o causador da sua aflição? Evidente que não. Aquela angústia era de dentro para fora. Sobressalto, ansiedade e esperança. Outra vez uma mistura de sentimentos caóticos, mesclados entre si. Intraduzíveis. Ensaiou tantos monólogos, tantos diálogos e no entanto, se Leonardo, ou o pai, entrassem ali, não teria uma única palavra a dizer, a mente esgarçada, rompida, confusa. O que faria Tina naquela circunstância? Não sabe. Nem interessa. Greta, ela própria, estava parada, intensamente parada, pensando, racionalizando, se justificando. Na idade da razão, do respeito humano, do bom-senso. Esta a pura verdade. Era uma pessoa sensata. Adulta. Houve uma época em que... Houve mesmo? Tudo fica tão longe e inexpressivo na memória. A obsessão, os atos de coragem, de egoísmo... Que horas são? Cinco para daqui a pouco, para nada ou para tudo. A angústia já passa. Respire profundamente, relaxe os nervos, assim. Agora olhe para a janela. O temporal desabou. Vá, feche a vidraça. Corra. Viu? Sua imaginação lhe pregou uma peça. Não há ninguém na casa ao lado. Largue mão de sonhar. Ou de sofrer em vão.

— Como vai, Soares? — Antônio atendeu ao telefone com o copo de uísque na mão. — Está em São Paulo?... Não me diga. Hotel-residência, o que vem a ser isso? Ah... estou escutando, pode falar... Me parece muito bom, serviço, lavanderia, telefone... Pena que os apartamentos sejam pequenos... É, tem razão, mais tarde quando os meninos crescerem... Quem sabe. A Aldeia está daquele jeito. Camilo e o menino se mudam esta semana... Pois é. De todos, o velho era o mais entusiasmado... Não, o negócio complicou. Por enquanto, nada de novo. Greta disse que tanto o Alceu como o Barbosa deram para trás... Estaca zero no assunto escrituras. Contratei um advogado, um ex-juiz. Ele me garantiu que o processo é demorado mas que não tem dúvidas quanto aos direitos... Se quiser, posso dar o endereço... Nós também decidimos alugar a casa... A Fortuna prometeu não criar nenhum entrave. Claro, com o precedente da viúva do Gino... Você já avisou que vai alugar a sua?... Menos mal... Jane encontrou alguma coisa no Alto da Boa Vista. Vamos amanhã acertar com a Locadora.

Para mim, com essa crise, a hora é péssima. Porém, contudo, todavia... É, não fica longe da fábrica. Mais quinze minutos... Evidente que não dá mais para ficar aqui. Até Greta está pensando em largar tudo... Verdade! — ele tomou um gole, enquanto o amigo falava. Pousou o copo na mesa e imediatamente se arrependeu, enxugando a rodela molhada com o punho da camisa. — ...O síndico? Ah, meu caro, nem mencione o nome dele, que dá azar — bateu na madeira três vezes. — Ele conseguiu envolver a "turma dos moles". Estamos podres de saber como o pessoal reage, não é? Nem com a morte do Tancredi... O casal de estrangeiros andou conversando com Greta. Se não me engano o Schmidt pediu, por carta, que a reunião de condomínio fosse realizada urgentemente... Espere sentado, porque de pé cansa!... A Zaíra me contou que a faixa eleitoral dele sumiu da favela. Talvez tenha desistido de se candidatar... Sei lá... Qual é o seu telefone? Já anotei, Soares. Assim que tudo estiver arrumado... Nem eu. Pensei que fosse o último a deixar a Aldeia... Coisas da vida... Muito bem, meu caro. Qualquer dia telefono. Preciso ganhar aquela partida negra do buraco... Até breve — Antônio desligou o telefone e continuou sentado, macambúzio. Realmente era inacreditável acontecer aquilo. A Aldeia fazia parte dele, todos os seus filhos menores nasceram ali — mexeu o gelo no copo.

— Pai, o Gugu está me batendo — o filho mais moço, de pijama, se agarrou nas pernas dele.

— Cadê a sua mãe?

— Tá dormindo.

Antônio apartou a briga, colocou os meninos na cama e voltou para o seu uísque noturno. O que não mata, engorda.

Os verbos do cotidiano. Sempre alguém está indo ou voltando. Um labirinto que devolve os gestos ao mesmo ponto. Senta, levanta. Abre, fecha. Acende, apaga. Não há outra maneira de abordar os movimentos?

Abril. Jane andava pela rua das Palmeiras. Tantos amigos ausentes. Entre mortos e feridos, uma sobrevivente, Greta, que ia ver, levando uma muda do seu pé de café. Promessa antiga e não cumprida. Desoladoras placas de *Aluga-se* ou *Vende-se*. Na ferradura, antes limpa, os tufos de ervas e plantas cobrem os paralelepípedos que rodeiam o asfalto, à espera de recapeamento. Clotilde conseguia, com o cunhado, funcionário da **Prefeitura**, os reparos anuais. Nunca a rua ficara naquele mau estado de conservação. Nunca. Nem o caminhão de lixo tem passado direito, em represália pela falta de gorjeta no Natal, porque Alexandre se negou a dá-la em nome do condomínio. Alguns sacos plásticos estão abertos, caídos na calçada. Se os moradores soubessem da recusa da gorjeta, teriam dado por conta própria. É evidente. Ela apenas tomou conhecimento daquilo porque avisou ao lixeiro que se iam de vez.

— Pô, dona Jane, isso aqui vai ficar ruim mesmo. Está todo mundo indo embora!

Jane contou, mentalmente: dos cinqüenta primeiros habitantes, contando os do prédio, vinte já não viviam na Aldeia — apertou a campainha da amiga. Notou que a casa de Sônia não tinha ainda nenhuma placa.

Greta fez sinal da janela para que entrasse. Que surpresa.

—- Sônia não pretende alugar? — apontou.

— Não sei. Dóris, a amiga suíça, não foi com a minha cara. Ela se despediu de mim por telefone. A casa está montada. Ela tirou alguns móveis e a roupa. Pode ser que volte.

— Trouxe a sua muda de café.

— Que bom. Eu sempre quis ter um pé no jardim.

— Plantei um, na casa nova. Dizem que dá sorte. E a gente bem que anda precisando. O Antônio continua tão aporrinhado com a fábrica e com a mudança... Teve dor de barriga de nervoso, correndo pro banheiro o dia todo. Uma diarréia daquelas!

Greta ofereceu chá. Enquanto foi buscar, Jane pensou no quanto ela estava atraente naquela tarde, os cabelos brilhando, os olhos úmidos. Não compreende como pode viver sozinha daquele jeito. A outra parece ter adivinhado os pensamentos da amiga.

— Pois é. Daqui a pouco quem vai embora sou eu — depositou a bandeja.

— Faço votos que sim. A Aldeia não merece que fique.

— Quando eu terminar o trabalho que estou fazendo, falta pouco, essa papelada aí, ó, resolvo.

— Que quadro é aquele?

— Uma colagem que fiz há alguns dias. Gosta?

— Muitíssimo.

— Então é sua. Eu estava em dúvida se ia preencher esses espaços em branco ou não. Se você apreciou é porque está terminada.

— Que bom, Greta.

— Adoro colagens. Escritas e visuais. Presente para a casa nova — entregou a folha duplex para a Jane. — Quer que eu mande pôr na moldura?

— Não. Meu irmão, quer dizer, minha sobrinha — porque ele deu o dinheiro, sempre penso que é dele — tem uma molduraria, não se lembra?

— Vagamente. Onde é?

— Em Moema. Na praça.

Jane olhou fixamente a colagem.

— Este aqui é um lugar imaginário, não é?

— É. Uma paisagem íntima.

— O trenzinho que você desenhou no fundo...

— Não desenhei, não. São pedacinhos de papel recortados e colados.

— Que paciência. Como consegue?

Greta sorriu. Um exercício de obstinação, de autocontrole. Se Jane avaliasse em que estado emocional começara. A noite em que imaginou que Leonardo tinha voltado. Em que sufoco sentou para se distrair, os apetrechos fora de uso há tanto tempo... Melhor trocar de assunto.

— E as crianças, estão adaptadas ao bairro?

— Para elas tudo é novidade. A vantagem maior é que agora o ônibus da escola vem buscá-las na porta. Por isso estou aqui, fazendo visita. Não preciso sair correndo na hora certa. Por falar em horas, os sinos não tocaram hoje.

— Não sei se é porque ando distraída, há dias não ouço...

— Antes do velho Ananias morrer — lembra? — a gente ficou um mês sem ouvir os sinos. De repente, pimba, badalaram outra vez.

Greta não entendeu o recado da observação.

— No Alto da Boa Vista não tem nenhuma igreja perto. Não ouço mais sinos. Pensei que ia ouvir aqui... — levantou-se. — Não deu.

Dentro em pouco ia escurecer totalmente. Greta levou a amiga até o carro. Ao longe, luzes ou estrelas piscavam. Sapos coaxavam alto. Um murmúrio surdo e distante de trânsito, que chegava à Aldeia, abafado. Um cheiro esquisito de rato podre, ou de coisa em deterioração, foi sentido por ambas, que fingiram não o ter notado.

Semanas paradas. As casas abandonadas permanecem vazias. Por quanto tempo? Camilo e Ivo estão instalados na rua dos Ingleses. Têm uma enfermeira. Camilo disse que a sua *causa mortis* será a saudade da Aldeia.

Alexandre Ribeiro teve um acesso de cólera. Alguns condôminos, exatamente os seus amigos, foram se queixar na Fortuna da sujeira da rua, do cheiro podre que passou a invadir as casas. Ninguém lograva entender de onde vinha o fedor. Dos corpos do cemitério? Absurdo. Um ex-padre, de quem Greta não gostava, fez um comício na frente da casa do síndico, culpando as prostitutas da Avenida. Aquele era o cheiro do pecado.

Alexandre Ribeiro não está acostumado às críticas, pelo jeito. Nem sabe contorná-las. Explodiu aos berros, enxotando o morador moralista, em visível desequilíbrio emocional, soltando os piores impropérios. Será que ele pensou que, pelo fato de controlar alguns moradores, estivesse imune às reclamações? Quem o viu, espumando de raiva, ficou chocado. O sujeito parecia um doido foragido do hospício. Foi o que disseram.

    Outro depoimento impressionante. Alexandre Ribeiro propôs à Fortuna, meses atrás, um projeto que consistia em pintar as fachadas laterais dos prédios construídos ou em edificação, de maneira a serem identificados de longe. A proposta oferecia um desenho geométrico que variava de cor em cada aplicação. Ele propunha a compra da idéia e um pró-labore, para cada estudo de cor, dependia do bairro, do ângulo em que o edifício fosse visto. A Fortuna não se decidia pela aprovação ou não, jogando com a morosidade habitual. Todas as semanas Alexandre Ribeiro ia lá, cheio de mesuras e rapapés, um puxa-saquismo refinado, fazendo referências veladas a um contato tido com uma construtora concorrente, truque manjado. De vez em quando, para não dar demonstração de que estava aflito que a Fortuna aprovasse rápido a idéia, tocava no parque, se iam ou não alugar a área, articulava consultas sobre a próxima exposição na Galeria da Fama.

    E eis que, finalmente, a firma disse não. Não se interessava em modificar as fachadas, ou a imagem da Fortuna.

    Alexandre Ribeiro soltou uma piada, simulou indiferença, mas, chegando à Aldeia, soltou os cachorros nos diretores da Fortuna. Ameaçando-os publicamente da maneira mais agressiva que se possa imaginar, insinuou que naturalmente o pessoal ia se aproveitar da sugestão sem pagar-lhe nada. Greta atribuía ao projeto uma tentativa de arranjar dinheiro para pagar a sua parte no aluguel da casa à irmã, que não estava disposta a cedê-la gratuitamente. Ângela comentou, por telefone, que dera um último prazo para o irmão se definir. Ou pagava metade da quantia arbitrada, ou saía da propriedade. Nem que fosse obrigada a mover uma ação de despejo.

Não resta dúvida: o síndico estava acuado. Um sujeito equilibrado, responsável, já teria resolvido a questão com a irmã, evitando problemas. Ao invés disso, ele preferiu esticar a corda.

O que era chocante: a atitude serviçal e bajuladora na Fortuna e a arrogância e preponderância na Aldeia. Como se fossem duas pessoas. Os vermes comerão sua alma.

Falta água na Aldeia dos Sinos: as contas do condomínio não foram pagas.

O mau-cheiro é insuportável.

Convite para a estréia do espetáculo de Dóris: Vida e Morte de uma Mulher.

Greta não foi. Na hora de se vestir achou que estava fedendo. O fedor da Aldeia impregnado no seu corpo.

O Departamento de Higiene e Saúde Pública tentou, inutilmente, localizar o foco fétido da Aldeia. Nada foi encontrado. As casas vazias continuavam aguardando novos moradores.

Aqueles que visitam a Aldeia desistem, diante do odor maldito. Que no Cemitério é ainda pior.

    Visita a Camilo. Greta nunca o viu tão bem disposto. Leva Ivo a passear pela rua dos Ingleses, o velho lenço de seda no pescoço. Vai se casar com a enfermeira: cinqüenta e poucos anos, viúva. Uma pessoa cativante, dedicada e carinhosa. Agora, quem empurra a cadeira de rodas de Ivo é ela. Camilo anda ao lado, com a postura digna de outrora. Já não fala mais em morte.

    — Quem disse que eu estou vivo? — piscou sabiamente.

    Junho. Noite fria. As janelas da casa foram calafetadas. Quem anda pela rua das Palmeiras leva um lenço no nariz. Atualmente, apenas dez moradores resistem, os demais foram embora, talvez porque não tenham para onde ir. Os sinos da igreja emudeceram.

    Greta acende a lareira pela última vez. Estoura uma garrafa de champanha — homenagem ao que a Aldeia poderia ter sido? Da casa não levará quase nada: livros, quadros, louças, poucos móveis, os tapetes. Será? O resto é patrimônio da família.

Tina está vendo a bagunça da mudança — a serragem espalhada pelo assoalho, os engradados perto da porta, caixas empilhadas — quantas!

— O que vai acontecer comigo?

— A partir de amanhã você pode ficar por aqui, zelando pela propriedade, sonhando com os amores perdidos, pensando em si e nas suas desventuras, alienada que é. Será o espectro da Aldeia dos Sinos.

— Essa não. Você me enxergou ou quis me fazer assim. Eu poderia ter sido útil à comunidade. Ter esperança no amor não é incompatível com a vida. Pelo contrário.

— Há temas mais importantes...

— Quais, por exemplo?

— Descubra sozinha.

— Você ainda acha que é possível um gesto individual, no caos em que vivemos? É evidente que não. O retorno a uma experiência saudável, em paz com a ecologia, foi negado, destruído pela própria autora, a Fortuna. Por quê?

— Não se pode fugir à realidade, repito, sob pena de inverossimilhança. Imagine se a Aldeia se desenvolvesse e fosse realmente um modelo. No Brasil? Hahahaha. Não permitem. Ou então, para alimentar seu romantismo: que tal Leonardo entrar sala a dentro e me pedir em casamento? Quando deram certo as grandes paixões? Nunca. Deixe-me ver outra hipótese... Não. Há que seguir-se as regras. Vou beber este gole à saúde dos talentos capazes de alterar o rumo da História. Se é que eles ainda existem.

Greta fixou o fogo crepitando na lareira. Uma faísca caiu em cima da serragem, ao lado dos livros esparramados pelo chão. Sabia o que ia acontecer, mas não se levantou para apagar a chama.